로크미디어가
유혹하는
재미있는 세상

ROK
MEDIA
로크미디어

악가의 무신 5

2023년 4월 14일 초판 1쇄 인쇄
2023년 4월 19일 초판 1쇄 발행

지은이 서준백
발행인 강준규

기획 이기헌 왕소현 박경무 강민구 조익현
책임편집 천기덕
마케팅지원 이원선

발행처 (주)로크미디어
출판등록 2003년 3월 24일
주소 서울시 마포구 마포대로 45 일진빌딩 6층
Tel (02)3273-5135 Fax (02)3273-5134
홈페이지 rokmedia.com **E-mail** rokmedia@empas.com

값 9,000원

ISBN 979-11-408-0646-1 (5권)
ISBN 979-11-408-0641-6 04810 (세트)

차례

여명

황보여진은 눈을 떴다.

문득 혼절하기 직전이 상황이 빠르게 머릿속을 스쳐 지나갔다.

그녀는 신음을 흘렸다.

악운, 양경…….

'최악이야.'

그녀는 손으로 이마를 짚었다.

놈에게 유린당한 것보다 고문에 굴복했다는 사실이 참을 수가 없다.

하지만 그보다 더 참을 수 없는 건…….

"일어났군."

깨어나자마자 악운의 감시에 놓이게 됐다는 사실이었다.

"여긴…… 어디지?"

"동평."

파란색 형계로 머리를 고정한 악운은 날선 눈매 아래 흑요석 같은 눈동자를 빛내고 있었다.

스며 있는 기품 때문일까?

무늬 없는 회백색 장포가 화려한 비단 옷같이 느껴졌다.

'이 와중에 얼굴부터 눈에 들어오다니. 미친년.'

황보여진은 스스로 자조하며 한숨을 쉬었다.

"이미 볼 장 다 본 거 아냐? 그냥 죽이면 될 걸 뭐 하러 데려온 거지?"

"차차 알게 될 거야. 그 전에 몇 가지 소식을 들려주지."

악운은 담담히 현재 상황을 전했다.

"너희의 영향 아래에 있던 태산은 돌아온 뇌후대가 장악했어. 그들은 암낭패를 전멸시킨 후에 모든 악연을 끊기 위해 동평으로 오고 있지."

황보여진은 눈을 부릅떴다.

"뇌……후대?"

뇌후대를 그녀가 모를 리 없었다.

"사라졌던 그들이 어떻게……."

"공 소저가 우리와 손을 잡았어."

실종됐던 공연이 산동악가에 합류했다는 것은 황보세가의

근간을 뒤흔드는 일이었다.

이제 산동악가는 명분과 전력을 동시에 얻었다.

'백부님은 사면초가에 몰렸어.'

백부가 두려워 협조하던 이들도 이제 중립에 서서 눈치를 보기 시작할 것이다.

'설마, 그 모든 것을 고려하고?'

그녀는 긴장된 얼굴로 마른침을 삼켰다.

문득 가문에 남아 있는 부친이 떠오른 것이다.

"내 아버지는……?"

"무사해. 네 부친의 처우는 뇌후대와 약조했어. 살려 주기로."

악운이 마저 말을 이었다.

"그리고 난 너를 놓아줄 생각이야."

황보여진의 눈가가 파르르 떨렸다.

"첩자라도 하라는 거야?"

"아니. 어차피 본 가는 황보제근 대인을 필두로 뇌후대와 공씨 일가의 마지막 후예까지 손을 잡았어. 이제 그들과 함께 전면전을 치르는 것만 남았지."

"뭐?"

그녀가 믿기 힘든 제안에 얼굴을 찌푸린 그때.

"소가주."

백훈의 음성을 들은 악운이 태연히 걸음을 옮겨 문을 열어

젖혔다.

　문 밖에는 악가뇌혼대가 백훈을 필두로 무장해 있었다.

　"황보정이 동평 부근 소로(小路)에 진입했다는 전언이야. 한 시진 안에 동평 북쪽 관문에 도달할 거야."

　악운이 멍한 표정으로 있는 황보여진을 가리켰다.

　"이 여자를 관문 밖으로 안내해."

　"대체 원하는 게 뭐지?"

　악운이 차갑게 반문했다.

　"지금 네게 다른 선택지가 있나?"

　황보여진은 말없이 입을 다물었다.

　"아버님, 소자 왔습니다."

　악정호는 조사전을 찾아 부친의 위패 앞에 섰다.

　향을 피운 악정호는 절을 한 후 담담하게 입을 열었다.

　"얼마 안 있으면 황보세가의 전력이 동평에 도달한답니다. 피할 생각은 없었지만 이리도 빨리 그들과 부딪치게 될 줄은 몰랐지요."

　쓰게 웃은 악정호는 옆에 놓은 뇌공을 들었다.

　"뇌공을 들고 매번 전장에 나서실 때마다 아버지께서 느끼셨을 가주로서의 무게가 어땠을지…… 소자, 이제 조금 알

거 같습니다. 사실 평생 모르고 싶기도 했습니다."

악정호는 악운이 기루에서 했던 말이 아직도 생생했다.

"그런데 제 아들놈이 언제까지 비루한 삶을 이어 갈 것이냐고 호되게 야단치더군요. 그래서 다시 뇌공을 들고 여기까지 왔습니다. 예전이었다면 아버님께 여쭤봤을 겁니다. 잘한 일인지…….."

악정호는 손에 올린 뇌공을 꽉 힘주어 잡았다.

"하지만 이젠 그리 여쭤보지 않으려 합니다. 분명 잘한 일 같거든요. 물론 앞으로 어떤 난관이 우리 가문에 닥칠지는 모르겠습니다. 버거울 수도, 어쩌면 다시 멸가에 처할 수도 있겠지요."

악정호의 눈시울이 붉어졌다.

"아버님, 그래도 소자…… 계속해 보렵니다. 이 못나고 부족한 놈의 결정들을 가주의 결단이라며 따라 주는 가솔들을 위해서라도 해 보렵니다. 아버님께서 그토록 제게 말씀하시던…….."

악정호가 뇌공을 쥔 채 포권지례를 했다.

"혼신(渾身)을 다해서요."

결연하게 마음을 다진 악정호는 그제야 조사전 밖으로 걸음을 옮겼다.

마침내 대문을 열고 나서는 악정호의 앞에 조 총관을 필두로 한 각 수장들이 그를 기다리고 서 있었다.

그리고 그 중심에 이제껏 함께해 온 악운이 자신에 찬 미소를 보이고 있었다.

"가시지요, 가주님."

"그래, 가자."

걸음을 뗀 악정호를 따라 도열한 대대가 좌우로 갈라졌다.

끝이 보이지 않을 정도로 많은 황보세가의 가솔들이 도열해 있었다.

황보여진은 그들 앞에 끌려와 내팽개치듯 무릎 꿇렸다.

털썩.

황보정은 말을 멈추고 호위하고 선 기 대주를 불렀다.

"진군을 멈추게 하고 각 부처의 수장을 소집해라."

"예."

기 대주가 진청중검대의 휘하 가솔들과 황보여진을 둘러쌌다.

다그닥 다그닥!

얼마 지나지 않아 뒤쪽에서 여러 필의 말이 다가왔다.

수미중정단 황보섭 단주.

태산진검대 성 대주.

벽력성운단의 계 단주.

호왕단의 황보령 단주.

뒤이어 갈운정과 갈지평이 태형각(太烔閣) 무인들을 이끌고 나타났다.

현시대를 이끌고 있는 황보세가 최정예들이었다.

모두 소집된 이후가 되어서야 황보정이 운을 뗐다.

"얼굴이 많이 상했구나."

황보여진의 안색은 새하얗게 질려 있었다.

"아닙니다……."

"어떻게 빠져나온 것이냐."

나직이 묻는 황보정의 눈빛은 언제든 검을 뽑을 것처럼 서늘하고 엄중했다.

"그들이…… 풀어 주었습니다."

담담한 그녀의 대답에 장내에 모인 수장들이 웅성거렸다.

특히 갈운정이 눈을 빛내며 말했다.

"가주님, 황보 대주는 산 채로 놈들에게 붙잡혔습니다. 수치를 겪고도 살아 있으니 병력의 사기가 떨어질 것입니다. 용단을 내리셔야 합니다."

"갈 각주는 나서지 말라."

"송구합니다. 하오나……."

"두 번 말하지 않겠다."

갈운정이 어쩔 수 없이 물러나자마자 황보여진이 말했다.

"백부님."

"오냐."

"저는 평생을 제 아비를 살려 주신 백부님을 위해 싸워 왔습니다."

"안다. 그래서?"

"산동악가와 화의를 청해 주십시오."

잠깐 정적이 흐른 찰나.

황보정이 쩌렁쩌렁한 웃음을 터트렸다.

"으하하! 화의? 화의라!"

순식간에 급변한 황보정의 눈동자에서는 얼핏 살의마저 느껴졌다.

"네가 무슨 이야기를 지껄이고 있는지 아느냐?"

황보여진은 황보정이 흘려내는 기운에 짓눌렸지만 꿋꿋이 입을 열었다.

"암낭패는 전멸했고 태산은 장악되었으며 뇌후대마저 귀환……했습니다. 차라리 화의를 권해야 합니다. 전면전으로 번진다면 우리는 더욱 많은 것을 잃을 것입니다!"

황보여진은 이제 눈물까지 보였다.

그 처량함에 황보정은 눈살을 찌푸렸다.

"여진아."

"네, 백부님……."

"너는 평생 나를 위해 싸운 적이 없다."

"아닙니다! 저는!"

"네 아비를 위해서였겠지!"

추상같은 호통에 모두가 숨죽였다.

황보정의 눈동자가 희번덕거렸다.

"네가 진짜 가문을 위하고 날 위했다면 살아 있으면 안 되었다. 자결했어야지."

"하려고 했습니다. 그랬지만……!"

"결국 못 했지."

황보여진은 입술을 떨며 고개를 들었다.

그녀를 내려다보는 황보정의 눈빛은 북풍한설 같았다.

"내게 화의를 종용하면 네 아비를 살려 준다더냐?"

"아닙니다! 그런 거래 같은 건 하지 않았습니다!"

그녀는 악운과 했던 대화를 황보정에 솔직히 털어놓을 생각은 추호도 없었다.

부정해야 했다.

하지만 황보정의 눈빛은 이미 모든 것을 꿰뚫어보는 것같이 날카롭다.

"멍청하구나! 설사 아니더라도 암낭패의 전멸과 뇌후대의 귀환 같은 소식들을 어째서 네게 전해 주고 풀어 주었겠느냐?"

황보여진이 눈을 번쩍 떴다.

황보정의 말을 듣고 보니…….

'설마.'

황보정이 혀를 찼다.

"쯧쯧, 가솔들을 흔들어 놓을 생각이었던 것이다. 아직도 가문에 황보철을 숭상하는 자들이 있다는 점을 노린 것이지!"

황보여진은 몸을 파르르 떨었다.

화의는 부친을 살리기 위한 그녀의 독단적인 생각이었다.

악운은 그마저도 예상한 게 틀림없다.

'내가 아버지를 위해 화의를 청하자고 제안할 줄 알고 나를 사자로 보낸 거야.'

황보여진의 떨림이 어느 순간 멎었다.

이미 수장들의 눈빛은 차가웠다.

고종형제 사이인 먼 친척, 황보섭과 황보령마저 그녀를 외면하는 눈치였다.

모두 자결을 강압하는 분위기다.

그녀는 쓰게 웃었다.

문득 악운이 했던 말이 생각났다.

－황보정과 손잡기 이전에 네 가족에게만큼 누군가의 가족에게 자비를 베풀었다면 황보세가가 지금처럼 망가지지는 않았겠지.

'만약 그랬다면 달랐을까?'

가문을 사분오열시키지 않고 희생당한 친인척들을 위해

분연히 일어났다면…… 지금과는 정말 달랐을까?

모를 일이다.

그녀는 결연하게 입술을 깨물었다.

"백부님, 검을 주십시오."

"가져오너라."

황보정은 놀랍게도 황보여진이 납치당하며 떨어트렸던 검을 간직하고 있었다.

"네 검이다."

황보정은 가솔에게 받은 그녀의 검을 직접 건네며 처음으로 흡족해했다.

"이제야 네 눈이 마음에 드는구나. 진작 오연히 마음먹지 그랬느냐."

"송구합니다……."

그 순간 황보정이 강한 기운을 거두고 외의의 결정을 내렸다.

"뇌옥을 지키지 못하고 적에게 산 채로 잡힌 황보여진의 죄는 막중하나, 지금은 가문의 전력이 하나라도 귀중한 때다. 황보여진의 죄를 묻는 것은 잠시 미루고 합류시키겠다."

황보정의 갑작스러운 결정에 가장 먼저 갈운정의 눈에 이채가 흘렀다.

'가주께서는 심적으로 흔들리는 가솔들에게 싸우는 것 외에 다른 길이 없다는 걸 보이고 싶으신 게야.'

돌이켜 보니 황보정의 결정이 옳다.

뇌후대의 귀환에 조금이라도 마음이 흔들릴 가솔들에게도 알려야 한다.

투항해 봤자 뇌후대를 업은 산동악가에게 이용만 당하다 죽을 거라고.

갈운정이 서둘러 소리쳤다.

"간악한 산동악가의 귀계에도 대해 같은 자비를 베푸시는 가주님께 모든 가솔들이 감복할 것입니다!"

"감복할 것입니다!"

순식간에 반전된 분위기 속에서 황보정이 은근하게 말했다.

"다시 일어나서 복수해야 하지 않겠느냐? 부친의 목숨은 아쉽지만 포기하거라. 놈들은 네 이용 가치가 떨어지면 네 부친을 살려 놓지 않을 것이다."

황보여진은 입술을 질끈 깨물었다.

그래, 황보정의 말이 맞다.

'한을 품은 그들이 용서할까?'

과거는 되돌릴 수 없다.

악운의 약조 또한 믿을 수 없다.

산동악가나 뇌후대도 부친을 가만히 놔두지 않을 것이다.

상황은 최악으로 치닫고 있다.

그녀의 눈에 점점 독기가 흘렀다.

"싸우겠습니다."

어차피 죽을 바엔 이 치욕감을 선사한 산동악가의 가솔을 한 놈이라도 더 죽이고 나서 죽는 것이 낫다.

다시 일어나기 시작한 그녀의 눈빛에는 더 이상 삶에 대한 열망도 고민도 없었다.

그저, 악에 받친 광기만 남았다.

"소가주, 그들이 과연 흔들릴까?"

악운의 곁에 도열한 백훈이 물었다.

"글쎄. 확률은 반반이야."

"반반?"

"그래. 뇌후대의 귀환 소식을 그녀로부터 듣고 나면 전대 가주를 그리워하던 가솔들은 분명 동요할 거야. 일부는 뇌후대에 합류하고 싶을지도 모르지. 황보세가의 미래를 위해서도 그게 나을 거라 생각할 테니."

"놈들도 우리의 의도를 파악할까?"

"아마…… 하겠지."

"그럼 황보여진은 꼼짝 없이 죽겠네. 생포당한 것도 모자라 아군의 동요까지 불러온 셈이잖아."

"아니, 그 반대일 수도 있어."

"어째서?"

"황보정은 겁이 많은 만큼 치밀한 작자야. 이용할 수 있는 건 다 이용하려 들 거야. 부친의 생사를 확신할 수 없는 그녀에게 복수심을 부추기면 그녀가 어떻게 나올 거 같아?"

"하지만 소가주가 약조했잖아. 그녀의 부친을 건드리지 않을 거라고."

"글쎄, 황보정이 조금만 설득하면 그녀는 믿지 않을 거야."

"어째서?"

"평생 배신을 밥 먹듯 해 온 황보정의 곁에서 그의 수많은 배신을 동조하거나 묵인해 왔어. 그들에게 약조란 언제든 뒤집을 수 있는 가벼운 거야. 그런데 칼을 맞댄 나를 어떻게 믿겠어?"

악운이 때마침 개전 연설을 위해 단상에 오르는 악정호를 응시했다.

"그녀는…… 아니, 그들은 그 어느 것도 신뢰하지 못해. 그것이……."

악운이 그 어느 때보다 뜨거운 눈으로 덧붙였다.

"우리와 황보세가의 차이야. 황보정도 그걸 적극 이용할 테지. 적인 우리에게 협조한 뇌후대를 믿을 바엔 차라리 장렬히 싸우다 죽으라고."

"그럼 애당초 그녀를 보내지 않는 게 나았던 거 아냐?"

"혹시 모르잖아. 그녀가 나를 믿거나, 황보세가의 가솔 중 일부라도 그동안의 일에 죄책감을 느낀다면 우리가 원했던 대로 일이 흘러갈지도……."

때마침 가솔들이 악정호를 향해 환호했다.

와아아!

벌써 악운의 눈엔 보이는 듯했다.

황보정의 끝과 산동악가의 비상(飛上)이.

산동성, 문파대전의 종지부였다.

꾸

동평 북쪽 관문 앞에 펼쳐진 평야(平野).

부우웅! 두둥, 두둥!

뿔피리에 이은 북소리에 황보세가의 전력이 하나둘 모습을 드러냈다.

산동악가 역시 방어진을 구축한 채였다.

"활을 들어라!"

북쪽 관문을 가운데 두고 좌우로 토벽(土壁)을 세운 가솔들은 그 뒤에서 활시위를 당겼다.

정예 가솔들에 비해 상대적으로 무력이 약한 가솔들은 활을 든 것이다.

하지만 그들에게는 오랜 세월 시위군단에 머물렀던 최고의 궁사, 금벽산이 있었다.

"첫 시위에는 각을 높여라. 활시위는 강하게 잡되 어깨는 부드럽게 긴장을 풀어라! 기마의 선봉을 늦추게 하는 것이 최우선 목표다! 저들의 기마는 선봉 말고는 얼마 되지 않는다!"

이에 질세라 우익(右翼)에 자리 잡은 악로삼당의 삼당주들도 각자 목소리를 높였다.

첫째 알하가 고함쳤다.

"산협단(山協團)은 악로삼당을 따라 우익으로 달린다."

둘째 어울과 셋째 노르가 뒤이어 외쳤다.

"중열은 나만 보고 달려라!"

"좌익보다 뒤쳐지는 놈은 끝나고 술값 몰아주기다! 으하하!"

노르의 넉살에 긴장된 기색을 하고 있던 일부 가솔들이 다 같이 웃었다.

좌익을 이끄는 언 대주도 희미하게 미소 지었다.

"하여튼 넉살은……."

언 대주가 좌익의 선봉에 선 악가진호대에 하명했다.

"이미 알겠지만 악가진호대는 동호단(東護團)을 이끈다. 자룡, 정엽 두 부대주는 남아 있는 악가상천대와 뒤쳐지는 이들을 이끌 것이다."

"명을 받듭니다!"

사군위에서 국과 죽을 맡았던 자룡과 정엽이 황보세가로 파견 나간 유예린의 공석을 대체한 것이다.

언 대주는 후방으로 달려가는 부대주들을 믿음직스럽게 바라본 후 돌아섰다.

이제 남은 건…….

'사력을 다해 싸우는 것뿐.'

언 대주의 시선이 모든 대열의 선봉에 선 악정호와 악가뇌 혼대로 향했다.

다그닥! 다그닥!

모든 대열을 한 바퀴 돌고 온 백훈이 보고했다.

"가주님 모든 대열이 모두 전투태세에 돌입했습니다!"

"알았네."

"예."

백훈이 악운의 뒤쪽으로 말을 몰아서 선봉에 자리를 잡았다.

악가뇌혼대가 악정호의 호위를 맡은 것이다.

뒤쪽으로는 유준이 보낸 만익전장의 낭인들, 엽보원의 가솔이 합류했다.

때마침 악정호가 말을 몰아 곁에 서는 악운에게 물었다.

"허락하긴 했지만 정말 양경, 그자를 보정각에 머물게 해도 괜찮은지 모르겠다."

조 총관을 비롯해 사마 각주와 장설평은 비무장 가솔들과 함께 보정각을 지키고 있었다.

문제는 양경이었다.

"염려 마세요. 오히려 양 대인 덕분에 보정각은 안전해질 겁니다. 치졸한 자들을 증오하거든요. 양 대인 말고도 어렵게 모신 귀빈들도 있고요."

"그래, 네 판단을 믿으마."

재고하기에는 늦었다.

달려오는 황보정의 군단이 땅을 울렸다.

두두두두!

악정호가 뇌공을 치켜들었다.

"나, 악정호가 선봉에 설 것이다!"

히이잉!

악정호의 명마가 앞다리를 치켜들며 울음을 터트린 순간.

슈슈슈슈슉!

허공을 가득 메운 화살 비가 악정호의 머리 위를 날아가 돌진해 오는 적들에게로 무차별적으로 떨어졌다.

ꕥ

돌진하던 첫 대열이 빠르게 무너졌다.

"제법."

황보정은 추락하는 화살 비를 보면서도 입꼬리를 말아 올렸다.

어차피 선봉은 동진검가와 손을 잡고 있던 중소 규모 문파와 무관들의 인원들로 채워 넣었다.

그들이 죽든 말든 상관없다.

놈들이 할 일은 그저 본대 전력의 불필요한 소모를 줄이는 것이다.

한마디로 희생양이다.

호왕단의 수장 황보령이 말을 몰아왔다.

"가주님, 곧 충돌할 것으로 보입니다."

"알았다. 수미중정단과 함께 진군하거라."

"예."

물러난 황보령을 지켜보던 황보정은 고개를 돌려 충돌이 시작된 전장을 응시했다.

화가 나서 진격한 것만은 아니었다.

'모든 면에서 우리가 앞선다.'

황보정은 산동악가가 영입하고 키운 가문의 고수가 얼마 되지 않으리라고 확신했다.

객관적인 전력의 우세를 점치고 있는 것이다.

그저 걸림돌이 될 만한 이는……

'소가주.'

신위를 확인한 악운뿐이다.

놈은 건재한 듯 보이나 분명히 아닐 것이다.

양경이 괜히 놈에게 합류했을 리 없다.

생사결은 어떤 방식으로든 일어났을 테니, 지금 악운의 상태는 완전치 않으리라.

와아아!

한차례 화살 비가 휩쓸고 지나간 먼지바람 사이로 산동악가의 기마대가 진격했다.

콰콰콰!

악정호를 필두로 좌우익의 기마대들이 거침없이 적을 베고 지나갔다.

악운은 그 곁을 따르며 필방을 세웠다.

다인전을 위한 병기가 그 빛을 발할 때였다.

촤하학!

한 번 휘두를 때마다 서너 명의 목이 날아갔다.

화르륵!

악운의 창강(槍鋼)이 불꽃처럼 창날에 휘감겼다.

유형화는 전보다 더 짙고 강렬했다.

호황대력기에 이은 '홍염공(紅炎功)'의 공부 덕분이다.

─홍염공은 태양신공과 양혼지무, 태의심로경의 밑바탕이 되는 공부야. 화기를 내단화(內丹化)시켜 양기를 강화하지.

─내단요?

-그래, 쓸데없이 태양이란 말을 붙였는지 알았어? 양이 살쪄서 음(영혼)을 아우른다고 가르쳐 줬잖아. 몇 번을 가르치냐. 으휴!

　-거의 독학했는데요. 사부님은 지켜보기만 하면서 술만 드셨……

　-굶을래?

　-송구합니다.

　-진작 그래야지. 어쨌든…… 제자야, 환영한다. 넌 이제야 태양성인의 무공을 펼치기 위한 기반을 닦았어.

　사부의 말이 옳다.

　홍염공은 내단화의 시작이면서 강렬한 화기를 품는다.

　그리고 그건 상생의 증폭과 상극의 억제를 거쳐 완벽한 조화를 이루면서 산동악가의 무공과 어깨를 나란히 한다.

　이제 화의, 염뢰, 열풍의 묘리를 거쳐 홍염공과 공생하는 악가겁화창(岳家劫火槍)은 닿는 모든 것을 휩쓸어 버리는.

　'용권(龍卷)이 되니.'

　콰콰콰!

　말이 질주하는 자리에 서 있던 수십의 인마(人馬)가 반으로 쩌적 갈라졌다.

　콰아아!

　악운이 탄 청총마(靑驄馬)는 날개라도 돋은 양 선두에 서서

적들의 기마보다 배는 빨리 달렸다.

쐐액, 쐐액!

바람 소리가 들리면 어김없이 적들의 한 열이 무너졌다.

"한 놈도 살려 두지 마라!"

악정호가 여세를 몰아 호랑이 같은 일갈을 터트렸다.

'생사결을 하지 않았다는 말인가?'

황보정의 눈가가 파르르 떨렸다.

악운은 선봉에 선 희생양을 상대하는 모습은 대장원에서의 기세와 그 어떤 차이도 느껴지지 않았다.

오히려 놈은 건재함을 과시하듯 청총의 명마를 이끌고 순식간에 선봉을 휘젓고 있었다.

"양경, 대체 무슨 생각인 것이냐."

황보정이 나직이 으르렁댔다.

전황을 지켜보던 그가 기 대주를 불렀다.

"기 대주."

"예, 가주님."

"놈들은 이곳에 전력을 집결시키느라 동평의 방비는 취약할 것이다. 우회하여 도심 내의 장원을 습격해라. 마주치는 적들은 모두 죽이고, 악정호의 자식들을 산 채로 잡아와라."

"알겠습니다."

하명이 끝나기 무섭게 기 대주가 진청중검대를 이끌고 사라졌다.

황보여진과 뇌진검대가 그 빈자리들을 대신 채웠다.

"여진아."

"예, 백부님."

"네 차례다. 놈들을 이끌고 진격해라."

"놈들이라 하시면……?"

황보여진의 눈에 이채가 흘렀다.

황보정이 언급한 것들이 무엇을 의미하는지 잘 알고 있기 때문이다.

"그래, 낙인자(烙印者)들이다."

낙인자.

오랜 세월 황보세가에서 붙잡고 있던 죄수들을 의미했다.

고독을 삼킨 후 오랜 세월 구속당해 왔던 자들이었다.

"이제야 쓰이는구나."

전에는 동진검가와의 전투에 쓰려 마음먹었으나 산동악가에 쓰이게 된 것이다.

"알겠습니다."

"그래, 가거라. 그 짐승 같은 것들과 함께 가문을 위해 싸우거라."

"혼신을 다하겠나이다."

황보여진이 표독한 눈빛으로 이동했다.

'더 강해진 게냐?'

악정호는 달리면서도 악운의 기세에 놀랐다.

그뿐이 아니다.

마치 백전노장처럼 전장을 운영하고 있었다.

"태량!"

악운의 외침에 옆에서 달리던 태량이 적의 기마를 긋고 지나갔다.

히이잉!

말이 고통스러워하며 휘청거렸다.

"어어!"

적이 당황해하며 고삐를 틀어쥔 그때.

촤학!

악운과 백훈이 양옆으로 빠르게 스쳐 가며 적을 베었다.

악정호는 한 번 더 감탄했다.

'선봉에 서면서도 뒤따라오는 대열을 흩트리지 않는 선에서 진격하고 있어. 더구나 본인의 실력에만 기대고 있지 않다.'

약관도 되지 않은 나이에 화경에 오른 큰아들이다.

큰 공훈을 세우고 싶다는 혈기를 앞세울 법 한데도, 힘을 필요할 때만 쓴다.

오히려 가솔의 역량을 적재적소에 쓰이게 하고 있다.

악운이 다시 외쳤다.

"백 대주! 충마(衝馬)!"

"충마!"

백훈이 탄 기마가 땅을 박차고 높게 뛰어 안장에 올라타 있는 적과 부딪쳤다.

퍼억!

순식간에 말과 부딪쳐 낙마하는 적.

촤학!

기다리고 있던 서태량이 일어나려는 적의 목을 베고 지나 갔다.

악정호는 그 뒤를 엽보원 인원들을 이끌고 따라붙으며 남 아 있는 적들의 대열을 모조리 붕괴시켰다.

엄청난 전진 속도였다.

하지만.

악정호는 승리에 도취되는 대신 눈을 돌려 전장을 살폈다.

'너무 쉽구나.'

전방을 보면 적의 본대는 상황을 관망하다 이제야 전장 안 으로 합류하고 있었다.

황보정의 생각이 훤히 보였다.

'빠르게 간격을 좁힐 말이 부족하니 선봉은 사거리 안으로

들어오기 위한 희생양으로 쓴 건가.'

아마 전투는 지금부터 본격적일 것이다.

"으랴!"

악정호가 말을 더 빨리 달려 악운과 나란히 달렸다.

"운아! 놈들의 본대가 합류할 것이다. 고립되지 않게 엽보원의 가솔들을 이끌고 나눠지자꾸나."

"알겠습니다! 백 대주!"

백훈이 검으로 적의 목을 꿰뚫으며 대답했다.

"듣고 있어!"

"태랑과 함께 가주님을 모셔! 나는 우익으로 간다!"

말이 끝나기 무섭게 백훈이 말머리를 돌렸다.

"알았어! 서 형! 가주님과 함께 좌익으로 간다!"

"알겠소!"

두 사람은 신속하게 엽보원의 가솔 절반을 이끌고 악정호와 이동했다.

"남은 이들은 나를 따르시오!"

동시에 남은 엽보원 가솔들이 악운을 필두로 이동하던 그때.

"크악!"

"커헙!"

악운이 이끄는 대열의 후방이 무차별적으로 쓰러졌다.

악운은 당황하지 않고 지휘했다.

"계속 좌익으로 달려 합류하시오! 후방은 내가 맡겠소!"

당혹스러운 표정이 역력하던 엽보원의 낭인들은 악운의 지휘에 따라 일사불란하게 내달렸다.

두두두!

악운은 그들이 달리고 있는 방향과는 반대로 질주했다.

제일 먼저 황보여진이 보였다.

"놈이다! 악운, 저놈을 죽여!"

황보여진이 엽보원 가솔의 가슴팍에서 피가 뚝뚝 흐르는 검을 뽑아내며 일갈을 터트렸다.

'예상대로였나.'

확실히 그녀는 황보정이 지핀 복수심에 몸을 던진 듯했다.

동시에 황보여진의 양옆으로 봉두난발의 괴인들이 말을 달렸다.

'저자들은?'

악운이 눈살을 찌푸린 그때.

"놈을 죽이면 자유의 몸이 된다!"

"으하하! 애송아! 노부를 원망하지 말거라!"

악운은 달려오는 적들을 보며 필방을 고쳐 쥐었다.

모두 낯선 얼굴이지만 얼굴에 찍힌 낙인이 보인다.

낙노(烙奴).

'낙인자.'

상황은 불 보듯 뻔했다.

전력 강화를 위해 데리고 있던 낙인자들까지 합류시킨 것이다.

오랜 세월 황보세가에 붙잡힌 채 고독을 삼킨 채 고문당하던 자들.

그들에게는 선택지가 없다.

해약을 받아 살거나 싸우다 죽는 것뿐.

동의하는 자는 데려왔을 테고 그러지 않은 자는 죽였을 터였다.

이미 그들의 눈도 살의와 광기만으로 가득했다.

"컥!"

말을 달리는 악운의 눈앞에서 가솔의 목이 베이는 게 들어왔다.

쐐액!

악운은 말안장을 밟고 몸을 날렸다.

콰직!

내리찍은 일 창에 덤벼들던 낙인자의 몸이 반으로 잘려 나갔다.

저벅저벅.

악운의 보보는 거침이 없었다.

수십 자루의 병장기가 날아드는데도 눈 하나 깜짝하지 않고 전진했다.

"죽어라!"

두 필의 인마가 악운과 충돌하기 위해 쇄도했다.

번쩍!

빛 무리가 일더니 어느새 악운은 두 필의 인마(人馬)를 사선으로 갈라 버렸다.

낙인자들의 광기마저 잠재우는 일격(一擊).

낙인자들이 뇌진검대와 함께 일제히 말 머리를 멈췄다.

그때 한 필의 말이 악운에게 달려왔다.

콰지짓!

이번에도 인마를 가른 찰나.

말에 타고 있던 중년인이 말을 박차고는 회전하듯 내려앉았다.

애꿎은 말만 창에 베여 쓰러졌다.

콰콰콰!

표홀한 신법에 황보여진의 눈에 이채가 흘렀다.

'그래, 저자라면!'

황보철이 잡아 가뒀다는 악명 높은 사파 고수, 벽혈검(碧血劍)!

한때 오령방 방주 광철도 고개를 숙였다는 고수다.

"애송이가 제법이로구나. 노부는……."

말을 잇던 왕개는 어느새 가슴을 꿰뚫은 창을 내려다보며 쿨럭, 피를 토했다.

"벽혈검, 왕……개인데……."

"그래. 반가웠다, 왕개."

악운은 왕개의 가슴에서 창을 뽑은 후 그를 통째로 던져 버렸다.

콰당탕!

"다음 통성명할 자는 누구지?"

황보여진은 입술을 질끈 깨물었다.

"제길!"

어차피 놈의 발목을 잡는 게 최선일 거라고는 생각했지만 놈은 상상을 초월했다.

"다 덮쳐! 놈의 목을 가져오는 자. 자유와 천금(千金)을 줄 것이다!"

뇌진검대를 필두로 낙인자들이 일제히 돌진했다.

무엇이 됐건 악운만 이곳에 묶어 두면 되었다.

아주, 잠시만…….

※

황보정이 입을 열었다.

"성 대주."

"예, 가주."

"호왕단과 함께 적들의 좌익을 교란하여 놈들을 결집하지 못하게 하라."

"명을 받잡겠나이다."

이제껏 움직이지 않고 있던 태산진검대가 빠르게 말을 달렸다.

그동안 황보정의 시선이 갈운정에게로 향했다.

"갈 각주."

"하명하시옵소서."

"그대의 아들과 태형각은 전력의 우위를 앞세워 우익으로 전진한다. 가는 길에 연무탄을 터트려 놈들의 적아 식별이 불가능하게 하라. 나머지는……."

산처럼 무겁게 자리를 지키며 관망만 하던 황보정이 비로소 말을 전진시켰다.

"나와 이들이 할 것이다."

황보정의 말이 끝나기 무섭게 그 옆으로 세 명의 중년인이 말을 몰았다.

'쇄벽삼절(鎖壁三絕).'

합공에 능한 고수들.

'이들에게 세력 욕심이 있었다면 진엽 따위가 감히 제남을 차지하지는 못했겠지.'

갈운정은 그들을 잘 알았다.

태산배사 당시 암낭패와 함께 황보정에게 영입된 식객이

었으니까.

　가문의 일과 떨어져 호화롭게 생활하던 그들을 황보정이 다시 불러들인 것이다.

　"산동악가의 가주만 제거한 후에 우리 형제들은 빠지겠소. 벌써 피곤하구려."

　쇄벽삼절의 임사복이 나른한 눈빛으로 입을 열었다.

　"마음대로 하시게."

　"가자, 형제들아."

　벙어리인 그의 형제들이 조용히 고개를 끄덕였다.

　"계 단주는 내게 밀착하여 이동해라!"

　"예! 가주님을 모셔라!"

　황보정이 흡족하게 웃은 후 벽력성운단과 함께 말을 달렸다.

❦

　황보여진이 악을 썼다.

　"젠자앙!"

　뇌환독심검이란 별호가 붙고, 산동십대고수라 불린 이후에도 몇 번의 패배는 있었다.

　하지만 늘 극복하려 애썼다.

　나백도 진엽도, 언젠가 넘어설 것이라고 마음먹었다.

그런데!

악운은 도무지 시간과 노력으로 메울 수 없을 듯한, 압도적인 신위를 보였다.

매번 마주칠 때마다 놈은 성장하고 있는 것 같다.

"커헉!"

창이 또 한 명의 낙인자를 베고 지나갔다.

악운이 휘두른 유려한 창에는 간결함과 부드러움까지 있었다.

슈슈슈슉!

찌를 땐 성난 벼락처럼 매섭고 빨랐고, 물러날 땐 상대의 힘을 완벽히 활용하여 회피했다.

촤학!

악운의 창이 또다시 허공을 가르고 낙인자의 발뒤꿈치를 베고 지나갔다.

"크악!"

반사적으로 한쪽 무릎을 꿇은 낙인자의 머리가 단숨에 댕강 잘려 나갔다.

겁에 질린 몇몇 낙인자가 병장기를 던지며 외쳤다.

"노, 놈은 우리가 어디로 가는지 다 알고 있어!"

"빌어먹을! 투항한다!"

황보여진은 검을 뻗어 투항이란 단어를 뱉은 낙인자의 가슴을 꿰뚫어 버렸다.

콰악!

뜨거운 피가 그녀의 얼굴을 적셨다.

"투항이란 단어를 뱉은 놈들은 내 손에 죽을 것이야! 뇌진검대는 중청검진(中淸劍陣)을 유지해라!"

순식간에 세 명의 낙인자를 베어 버린 그녀는 뇌진검대를 결집시키고는 땅을 박찼다.

마지막으로 남은 다섯 명의 낙인자가 이를 갈며 악운에게 쇄도했다.

결과는 뻔했다.

다섯 명 모두 사선으로 베이며 쓰러졌다.

황보여진은 영리했다.

그동안 흩어진 전력을 결집해 뇌진검대만으로 검진을 구사했다.

악운의 눈에 이채가 흘렀다.

주변을 둘러싼 검진에 익숙했다.

'중청검진(中淸劍陣)이라…….'

황보세가 주력 검진이며 황보세가의 무공을 효율적으로 끌어낼 수 있는 합격진이다.

사지를 가득 메운 검영(劍影).

악운은 피하지 않고 전진했다.

촤라라락!

부딪칠 때마다 다음 검첨이 찔러 들어왔다.

전력을 다한 일격이 중첩되며 산처럼 무겁게 상대를 옥죄었다.

태산처럼 무거우면서도 산봉우리의 칼바람처럼 매섭다.

적이지만 중청검진은 뛰어난 검진이다.

그러나 한 번 치솟은 불길은 그 어떤 산이라도 경계 없이 잠식해 버린다.

악운의 창이 부딪친 검들을 휘감듯이 부드럽게 잡아끌었다가 반대로 날렸다.

"허업!"

원심력에 휘감긴 일부 진열이 무너졌다.

악운이 빈틈을 놓치지 않고 세 명의 검대원을 베고 지나갔다.

쿵!

흔들리는 진형에 황보여진이 발작적으로 고함치며 빈틈을 메웠다.

"밀려나지 마!"

황보여진이 악운의 목젖을 노리고 쇄도했다.

부웅!

검이 아래에서 위로 치솟았다.

악운의 창이 빙글 회전하여 부딪친 반발력을 이용해 그녀 반대편에 있는 검대원을 걸어 쳤다.

콰악!

검대원의 가슴뼈가 함몰되며 진법에서 이탈했다.

진열을 유지하고자 빈자리를 메우는 검대원.

악운이 그보다 앞서서 창을 찔러 넣었다.

"컥……."

자리를 채웠던 검대원이 진을 유지하지 못하고 꿰뚫린 목을 부여잡으며 쓰러졌다.

황보여진은 경악했다.

'진법을 완벽히 통찰하고 있어.'

그녀가 뭘 할 새도 없었다.

악운은 진법을 창안한 사람이라도 된 것처럼 합격진의 취약점을 정확히 찾아냈다.

움직임은 간결했으나 여파는 압도적이었다.

최종 삼 열(列)마저 무너지며 중청검진이 완벽히 붕괴됐다.

그녀는 비명처럼 발악했다.

"아아악!"

황보여진은 마지막 남은 수하의 목덜미를 잡아채 날아오는 악운의 창을 대신 가로막게 했다.

"큭!"

뚫고 나온 창을 완전히 피하진 못했지만 상관없었다.

대신.

'좁혀졌어!'

황보여진은 찰나간 가솔의 가슴팍에 검을 찔러 넣었다.

반대편에 선 악운을 노린 것이다.

"죽어어어!"

"커흡!"

숨이 붙어 있던 가솔이 그녀의 어깨를 잡으며 헐떡였다.

"더…… 더…… 찔러 넣으십시오. 대주에게 도움이 될 수 있다면 저는 괘, 괜찮……!"

"닥쳐!"

황보여진은 악을 쓰며 다시 검을 찔러 넣었다.

콰악, 콰악!

얼굴에 피가 범벅이 되도록 찌르고 또 찔렀다.

서걱!

그녀가 비로소 멈춘 건 다리가 베이고 난 후였다.

"아악!"

비명이 끝나기도 전에 반대편 다리가 또다시 베였다.

콰당탕!

균형을 잃고 흙바닥을 나뒹군 황보여진.

저벅.

악운은 흑룡아를 거두고는 다시 필방을 집어 들었다.

"개새끼, 내 아버지를 죽이고 내 앞길을 막은 네놈을 저승에서도 저주할 것이야!"

이미 그녀의 눈은 악운과의 약조 같은 건 집어 던진 지 오래였다.

'조금은 기대했으나.'

역시나 그럴 가치도 없었다.

"넌……."

악운의 눈이 일그러졌다.

마지막까지 그녀를 위해 몸을 던진 뇌진검대의 가솔을 보고서 정말 화가 났다.

죽는 순간에도 가솔은 가문을 위해, 아니 그녀를 위해 기꺼이 목숨을 바쳤다.

"끝까지 이기적이구나."

"닥쳐!"

"차라리 내게 가솔의 목숨값을 받아 내지 못했다고 분노했어야 해. 적어도 그랬다면…… 널 버러지라 부르지는 않았을 거다."

황보여진이 미친 사람처럼 웃었다.

"크흐흐! 오지랖 떨지 마. 네놈은 어차피 산동악가를 본가와 같은 영향력을 갖추게 하기 위해 싸워 온 거야. 대의명분? 그깟 걸로 네놈들의 행동을 정당화하고 포장하지 마."

"순서가 달라."

"뭐?"

"우리는 대의로부터 시작하지 않았어. 우린 그저 서로의 소신을 지키고자 만났지. 그 소신들은 지금까지도, 앞으로도 쌓이게 될 거야. 언젠가 그것들이 대신(大信)이 되는 순간이."

악운이 그 어느 때보다 뜨거운 눈을 보였다.

"비로소 대의인 거야."

그럼에도 황보여진은 조소했다.

"그따위 이상은 이루지 못할 거다. 네놈이 본 가와 부친을 건드렸듯이, 본 가라고 그러지 말란 법은 없겠지."

악운의 눈빛이 깊게 침잠했다.

황보여진이 더욱 신난 듯 떠들어 댔다.

"네놈을 막아선 우리들은 그저 시간 끌기용이었을 뿐이야! 본 가의 최정예 대대를 기 대주가 이끌고 우회했다! 조만간 저 멀리 네놈들의 전각이 불타고 네놈의 형제, 가솔들이 핏덩이가 되어 죽어 가겠지! 꺄하하!"

악운은 더 이상, 그녀의 말에 대답해 주지 않고 창을 휘둘렀다.

"큽! 우에엑!"

살을 저미며 파고드는 창날에 그녀가 검은 각혈을 토해 냈다.

점점 희미해져 가는 의식 속에 그녀는 득의한 미소를 지었다.

"네, 네놈은 날 영원히…… 못 잊을 거야. 가족을 잃은 건 다 네놈의 선택…… 때문일 것……."

죽어 가면서도 의기양양한 그녀를 보며 악운이 입을 열었다.

"죽기 전에 잘 들어. 동진검가는 송검문과 백우상단을 집어삼켰고 너희는 항산파를 데려왔지. 그동안 본 가는 지켜만 볼 것 같았나?"

"뭐……?"

"잊었어? 유원검가의 사문은 곤륜이며, 곤륜은 여전히 구파일방이야."

"그게…… 어쨌다는……?"

"절명검마란 누명을 쓴 태허진인(太虛眞人)의 제자가 본 가에 도착했다."

악운의 눈동자가 빛났다.

곤륜과 사자검수(獅子劍手).

그들의 명맥은 현시대까지 이어져서 마침내 산동악가에 도달했다.

"곤륜의 사자가 본 가를 켜 줄킬 명분은 충분해졌지. 너희는 본 가에 아무것도 앗아 갈 수 없어. 바라건대……."

잿빛으로 물들어 있던 황보여진의 눈동자가 번쩍였다.

"죽기 전까지 무력감을 느껴라."

그게 가장 고통스러우리라.

그럼에도 그녀는 입을 열지 못했다.

'안 돼……. 이, 이대로 죽을 수는…….'

침잠하는 어둠만이 그녀를 감싸 안을 뿐.

투툭!

마침내, 그녀의 목이 떨어졌다.

～

동평, 산동악가의 장원 대문(大門).

이미 산동악가의 가솔들은 그 문을 봉쇄한 채 진청중검대와 대치하고 있었다.

조 총관, 사마수, 장설평이 각자 검을 들고 서 있는 가운데.

육 척이나 되는 신장을 자랑하는 도사가 나타났다.

부리부리한 눈매와 짙은 눈썹을 가진 도사는 바람에 흔들리는 수염이 사자의 갈기 같았다.

"빈도는 곤륜의 진풍도장일세. 이곳에 본 파의 제자가 머물고 있네. 비켜 서 주시겠는가?"

"곤륜……!"

기 대주는 신음을 흘렸다.

급박한 상황 속의 곤륜의 개입은 전혀 예상 못 한 일이었다.

하지만 제아무리 곤륜파라도 과거의 성세를 잃고 도납(道納)도 제대로 유치하지 못하는 처지라 들었다.

"품위는 고아해 보이나 구파일방의 말석인 도인 따위가 무얼 할 수 있겠는가!"

"무량수불, 흥망성쇠는 명운에 따라 돌고 도는 것이
니……. 본 파도 그러하지."

"곤륜이던 무당이건 상관없다. 본 가의 앞길을 막는다면
모조리 베라!"

"껄껄! 결국 그러시겠는가."

진풍도장은 쩌렁쩌렁하게 웃음을 터트린 후 외쳤다.

"사자검수(獅子劍手)들은 나서라!"

그 순간 닫혀 있던 대문이 벌컥 열리며 쉰 명에 달하는 도
사들이 나타났다.

기 대주는 내심 멈칫했다.

'곤륜은 제자가 부족하다 들었는데, 타 가문의 일에 곤륜
의 전력을 모조리 데려오기라도 했단 말인가?'

연이어 믿기 힘든 상황이 벌어진 찰나.

스릉!

조 총관이 검을 뽑았다.

"무지한 자들이구나! 도납에서 자유로워진 곤륜은 흩어져
있던 진산 제자와 속가 제자를 불러들일 수 있게 됐느니라!"

산동악가는 일정 도납을 유치시키고, 곤륜파 봉문을 막기
위해 노력하고 있던 각지의 제자들을 소집한 것이다.

"제자들은 들어라! 소청궁(小靑宮)의 궁주이며 일대제자로서
명한다. 상처 입은 곤륜의 제자가 머무는 곳이 곧 옥산이니."

거침없이 검을 뽑아 든 진풍 도장이 일갈했다.

"손 속에 주저 말고 옥쇄곤강진을 펼칠 것이다. 왕모낭랑 (王母娘娘)!"

오십 명의 도사가 대문 앞을 수호하며, 옥쇄곤강진의 진형을 도열했다.

"곤강명호(崑岡命號)!"

혈교에 맞서 배수진을 펼쳤다는 곤륜파의 옥쇄곤강진이 동평에서 부활한 것이다.

⚓

좌익을 이끄는 언 대주는 호왕단과 맞서고 있었다.

팽팽한 충돌 가운데 태산진검대의 기마들이 합류했다.

히이잉!

달려온 태산진검대의 기마대가 좌익의 대열을 자르고 돌진했다.

악가상천대와 동호단의 대열이 붕괴됐다.

'이런!'

난전이었다.

더 이상의 기마전은 의미가 없었다.

"악가진호대는 나를 따른다!"

언 대주는 견폐를 휘날리며 서둘러 말머리를 돌렸다.

그 순간.

태산진검대의 성 대주가 호왕단 단주, 황보령과 함께 악가 진호대에 충돌했다.

히이잉!

언 대주가 탄 말이 양쪽에서 부딪쳐 온 말로 인해 바닥을 나뒹굴었다.

쐐액!

황급히 말에서 떨어져 나온 언 대주의 앞으로 성 대주가 날듯이 검을 내리찍었다.

펑!

기파가 터지며 검과 부딪친 수투가 번쩍였다.

신물 포염라가 언성운의 신력에 힘을 보탰다.

그것을 본 성 대주의 눈에 욕망이 번들거렸다.

"전리품으로 딱이겠구나!"

"어림없다!"

언 대주가 성 대주의 검을 밀쳐 낸 후 진각을 밟으며 전진하려 했다.

번쩍!

그 찰나, 뒤쪽에서 도가 날아왔다.

반사적으로 도를 회피한 언 대주의 앞으로 황보령이 소리쳤다.

"산동의 졸개가 제법이로구나!"

언 대주는 힐끗 전황을 살폈다.

자룡과 정엽은 새로 합류한 태산진검대와 호왕단의 고수들을 막느라 발목이 붙잡혀 있었다.

저 멀리 우익은…….

'가주님.'

사방에 퍼진 연무탄으로 인해 제대로 된 전황이 보이지 않는다.

서둘러 이곳을 끝내고 가주에게 가야 했다.

성 대주가 조소했다.

"너도, 네 가주도 이곳이 무덤이 될 것이니라. 수장을 잃은 산동악가는 금방 무너지겠지."

"무너지지 않는다."

오늘이야말로 신위를 보일 '때'였다.

"그 전에 너희들에게 보일 것이다."

산동악가의 조력으로 복원에 이를 수 있었던 진주언가의 무공을.

진주삼절권(晉州三節拳).

오늘 무소는 진격을 결정했다.

❧

연무가 안개처럼 자욱해졌다.

순식간에 적아의 식별이 무뎌졌다.

"형님들! 젠장!"

악로삼당의 막내 노르는 말에서 뛰어내려 얼른 소리쳐 봤지만, 외침은 금세 병장기 부딪치는 소리와 비명에 묻혔다.

'엽보원과 합류한 가주께서도 보이지 않는다!'

노르는 뒤따르던 산협단 가솔들을 챙겼다.

연무탄이 시야를 가리기 직전 본 것은 빠르게 길을 연 황보정이었다.

가주님을 노린 게 분명했다.

"목소리를 높여라! 흩어진 가솔들을 결집시켜!"

그 순간 여러 개의 그림자들이 일렁이자, 노르의 표정이 급변했다.

'하필이면!'

목소리를 먼저 찾은 것이 수미중정단을 이끄는 황보섭이었다.

"흩어진 놈들의 전력은 오합지졸이다! 하나도 빠짐없이 베어라!"

"물러나지 마라!"

노르가 이에 질세라 마주 달리며 고함쳤다.

동시에 황보섭의 뒤쪽에서 수십 명…… 아니, 그 이상의 그림자가 추가로 일렁였다.

'생각보다 너무 많아!'

노르는 선두에서 함께 달리던 가솔 중 한 명을 서둘러 잡아당겼다.

"야, 튀어! 물러나라! 반대로 뛰어!"

"예?"

"시간 없어! 빨리! 이동하면서 흩어진 가솔들을 찾아!"

"그게 무슨……?"

"빨리 연무 지점에서 벗어나서 다른 가솔들과 합류하라고! 각개격파당하면 패색이 짙어진다!"

"삼당주님은요!"

"퇴로는 막아야 할 거 아냐! 얼른 가라! 형제들아!"

가솔들을 등 떠민 노르가 이를 갈며 황보섭을 향해 다시 달렸다.

'형님들, 나 먼저 가오.'

상대는 이미 수십을 훌쩍 넘는다.

살아남는 것을 기대하는 게 우스운 일이다.

노르가 각궁을 꺼냈다.

쒜액! 쒜액!

초원에서 살아온 노르에게 말 다음으로 익숙한 게 활이었다.

낭익수직궁(狼翼垂直弓).

노르가 수직으로 세운 활의 활시위에 화살을 걸고 당기는 모습은 웬만큼 활을 다루는 고수들보다 배는 빨랐다.

"컥!"

"크윽!"

쇄도하던 두 명의 적이 기가 실린 화살에 맞고 뒤로 넘어갔다.

"순수한 충의를 지켜 죽어서도 푸른 늑대의 품에 가겠다."

노르는 그치지 않고 뒤로 물러나면서 다시 활시위를 당겼다.

그 찰나.

쐐액!

생각지도 못한 지점에서 화살 두 대가 연무를 가르고 수미 중정단의 적 두 명의 다리에 꽂혔다.

"끄악!"

"킥!"

노르가 깜짝 놀라 화살이 날아온 곳을 쳐다본 그때.

"여기도 있다!"

후방에 있던 금벽산이 가솔들과 함께 나타났다.

와아아!

금벽산은 순식간에 측면을 공략하며 노르에게 힘을 실었다.

"삼당주님! 이당주님을 모셔 왔습니다!"

때마침 노르가 보냈던 산협단 가솔들이 둘째 어울과 함께 나타났다.

"아우야!"

"형님! 형제들이여!"

노르의 얼굴에 화색이 돌았다.

어울은 아직 기마대를 유지하고 있는 산협단의 가솔들과 질주하며 창을 들었다.

"한 놈도 빠짐없이 쳐라!"

각기 다른 방위에서 밀려드는 합류에 오히려 황보섭과 수미중정단이 갇혔다.

황보섭은 조소했다.

"그래 봤자 오합지졸이다! 전력의 차이를 메울 순 없다!"

노르가 활을 등 뒤에 챙기고, 검을 빼 들었다.

스릉!

언 대주…… 아니, 대형(大兄)에게 그동안 배움을 참 많이도 받았다.

이제 그 시간에 보답할 차례다.

　

　-자네는 검을 익혔나? 첫째는 도를 잘 쓰고, 둘째는 창을 쓰던데 말이야.

　-하하, 의형제 간이지만 부족에서 배운 건 다 다르지요. 저는 웅패류(熊覇類)란 검법을 익혔습니다.

　-웅패류라……. 검초가 투박한 대신 위력이 상당하던 걸. 내 본 가의 권법을 일러 주겠네. 참고해 보게. 비슷한 면이 좀 보였으니 도움이 될 게야.

-정말이십니까?

-놀라긴. 형제라 하지 않았나.

땅을 박찬 노르가 황보섭과 부딪쳤다.

가문의 환경과 혜택은 충분했다.

보정각의 성 각주와 악운의 노력으로 지은 각종 환단은 물론, 가주님은 자금을 아낌없이 투입하여 사들인 영약이 수련에 큰 도움이 되었다.

최근엔 동진검가의 진려인이 오랜 시간 착복해 안가에 보관해 오던 각종 영약과 재물을 노획한 것도 산동악가에 큰 도움이 됐다.

그리고 이젠…….

"제법이구나!"

노르는 검을 맞댄 황보섭을 노려봤다.

그곳에는 황보섭의 검기 못지않은 유형화된 검기가 노르의 검에 맺혀 있었다.

씨익.

노르가 환히 웃었다.

"네놈만 절정고수인 줄 아느냐?"

악로삼당 세 명의 당주 모두 산동악가의 지원으로 인해 완벽하게 절정에 입문한 것이다.

콰악!

동시에 말에서 뛰어 내린 어울의 창이 황보섭의 검을 내리
찍었다.

"아우야, 함께 싸우자!"

"큭!"

황보섭은 상상 이상으로 강한 어울의 창에 표정이 급변했
다.

'대체 언제 이리도 많은 고수를 보유했단 말인가!'

산동악가는 잠재력만 있는 게 아니었다.

어쩌면 패주(霸主)를 논할 세력을 갖추고 있었는지도 모른다.

전력에 우위를 갖고 있을 거란 황보섭의 오만이 산산조각
나고 있었다.

❧

백훈은 눈살을 찌푸렸다.

엽보장의 가솔들을 데리고, 무사히 우익에 합류한 것까지
는 괜찮았다.

하지만…….

'젠장, 금방 가주님께 다다르겠어.'

황보정은 애초부터 악정호를 목표로 세우고 돌진해 온 게
틀림없었다.

마치 송곳 같은 대열을 짠 그들은 각 대열이 악가의 가솔

들과 충돌해 붕괴되든 말든, 황보정이 이끄는 선봉을 계속 전진시켰다.

그게 연무가 짙어지기 직전의 모습이다.

사방에서 울리는 비명이 점점 가까워지고 있다.

느낌이 좋지 않았다.

악로삼당도, 산협단도, 뒤따르던 엽보원의 가솔들도 모두 대열이 끊기고 사분오열됐다.

우선 활로를 뚫어 가주님부터 이 연무 속에서 빠져나가게 해야 했다.

"가주님! 그들이 가주님을 노릴 것이 틀림없습니다! 제가 반대편을 뚫어 활로를 만들겠습니다! 마상은 눈에 띄어 위험하다! 모두 말에서 내려라!"

악정호가 안장에서 내려왔다.

그의 눈은 곁에 있는 가솔을 바라보고 있었다.

숫자는 서른 명가량.

추격해 오는 적의 대대와는 상대조차 되지 않는다.

악정호는 선택해야 했다.

가솔들을 등지고 뒤돌아설지, 아니면 추격해 오는 그들과 전면에 맞설지를.

"백 대주."

"외람되오나 무슨 말씀을 하시려는지 압니다! 하나 수장의 목이 베이고 나면 가솔들의 사기가 떨어집니다. 보신을 최우선으로 여기셔야 합니다!"

"내 뒤에 누가 있나?"

"예?"

"말하게. 내 뒤에 누가 있는가."

백훈은 순간 할 말을 잃었다.

현 위치상 연무를 벗어나 퇴각하는 건 적의 기마대에 길을 열어 준다는 것을 의미한다.

그리고 그건…….

'관문이 뚫려.'

관문이 뚫리면 순식간에 동평 도심이다.

"곤륜 제자들은 어리고 약한 가솔들을 지키기 위한 최후의 보루이네. 그들로는 저들을 모두 막지 못해."

"하오나 가주!"

"전력의 차이는 이미 예상했네. 해가 뜨기 전까지 버티면 원군이 올 것이야."

뇌후대와 악가상천대의 절반을 데리고 간 유 대주 그리고 호사량.

분명 그들의 합류는 전황을 바꿀 수 있다.

하지만 아직 밤은 길다.

언제 동이 틀지도 모르겠다.

그런데 웃음이 나오고 가슴이 뜨겁다.

악운과 호사량을 처음 만났던 날들이 스쳤다.

그들은 충분히 뜨거웠었다.

'이제, 나 역시······.'

그들을 닮게 된 듯했다.

백훈은 악정호의 진로를 열었다.

"다치시면 소가주가 저를 원망할 겁니다."

"아닐 걸세. 고놈 고집이 누굴 닮았겠나. 녀석도 아비 고집이 남다른 걸 잘 안다네. 자네가 말릴 수 없었다는 것을 누구보다 잘 알 게야."

"그럼, 다행입니다."

"너무 걱정 말게. 부각주의 안배도 나와 함께하고 있네."

"그 사기꾼보다는 제 검을 믿겠습니다."

"하하!"

백훈이 검을 고쳐 잡았다.

"곁에 남은 전 가솔은 가주님을 중심으로 악가혼평진을 세워라! 서 형!"

"말씀하시오, 대주."

"가주님의 왼쪽 대열을 통솔해. 내가 오른쪽에서 모신다."

"알겠소."

동시에 악정호가 선봉에 섰다.

"나는 매 순간 피해 왔다. 두려워했고 움츠리기만 했다. 그리고 단 한 번, 가족을 위해 창을 잡았다. 그 창을 잡고 나서 깨달았다. 조금만 더 빨리 창을 잡을 것을, 나아가 볼 것을! 두려움 따위 극복할 것을……!"

두두두두.

돌진해 오는 기마 떼의 울림이 땅을 통해 전달됐다.

"두려움에 발목 잡히면 과거에 살게 되지만 부딪치고 나면
그저 스쳐 간 과거가 된다."

이젠 정말 돌이킬 수 없었다.

그럼에도 악정호는 환하게 웃었다.

"난 끊임없이 현재에 살 것이다! 그대들은 어찌하겠는가!"

백훈이 검을 들고 외쳤다.

"오늘을 살겠나이다!"

가솔들이 병장기를 들고 소리쳤다.

"가주님과 함께 싸우자!"

더는 그들의 눈에 두려움은 없었다.

와아아!

마침내 황보정이 모습을 드러냈다.

"다시는 재건할 수 없게 산동악가를 발본색원하라!"

마침내 황보정의 기마대가 악정호와 가솔들을 파도처럼
뒤덮었다.

❧

"쿨럭!"

언 대주는 가슴에 삐죽 솟은 검을 내려다보며 피를 토했다.

"크흐흐, 운이 좋게 사혈은 피했지만 이제 끝일 것이다."

태산진검대의 대주, 성춘이 낮게 웃음을 흘렸다.

얼굴이 함몰된 채 쓰러져 있는 황보령이 보였다.

전력의 우세로 언 대주를 우습게 본 게 실수였다.

적이었지만 언가의 권은 매서웠다.

으드득!

그 순간 언 대주가 맨손으로 가슴에 박힌 검을 꽉 붙잡았다.

'아직도 이런 힘이 남아 있었다고?'

성춘이 검을 더 깊숙이 넣고자 이를 악물었다.

언 대주는 고통에 신음하면서도 검을 쥔 손을 놓지 않았다.

씨익.

오히려 일그러진 얼굴로 웃어 보였다.

"네가 이런다고 전황이 달라질 거 같으냐! 조금 있으면 네 놈 가주의 목부터 베이게 될 것이다! 전력 차이는 극복할 수 없는 것이야!"

"상관……없다. 나는 온몸이 바스러질 때까지 싸울 것이다. 나뿐이 아니다."

콰득!

'지금이야말로 삼킬 때야.'

언 대주가 입안에 감추고 있던 환단을 깨물었다.

성춘의 눈에 이채가 흘렀다.

"뭘 삼킨 것이냐?"

언 대주가 대답 대신 가슴에 박혀 있는 검을 내리쳤다.

펑! 펑!

상처 부위에 박힌 검을 붙잡고는 뒤쪽의 검신을 내리치고
또 내리쳤다.

점점 검의 균열이 가는 게 보인다.

이러다간 검이 부서진다.

"이노오옴!"

결국, 검을 버린 성춘이 황보세가의 장법을 시전했다.

금나수에 속한 일조편(一條鞭)이 언 대주의 목젖을 잡아 뜯
기 위해 뻗어 나갔다.

쐐액!

언 대주가 소의 뿔을 휘감듯이 성춘의 손바닥을 쳐 냈다.

동시에 언 대주는 확신했다.

'약해.'

성춘의 권장술은 황보세가의 묘리를 제대로 녹여 내지 못
했다.

콰다다닥!

검이 박힌 채로 손 속을 교환하는 언 대주.

성춘은 일조편이 무력화되자 태산중수(泰山重手)란 장법을 시전했다.

쫙 펼쳤던 손바닥이 언 대주의 권법을 손등으로 쳐 낸 후에 턱을 노렸다.

콰콰콰콰!

서로의 주먹과 주먹이 오가는 가운데.

성춘의 양손이 점점 부풀어 올랐다.

언 대주와 부딪칠수록 성 대주는 경악했다.

"어, 어떻게……!"

언 대주는 검이 박혀 있음에도 건재함을 보였다.

아니, 싸우면서 회복하는 것 같았다.

"네 주변을 보아라."

싸움에 집중하고 있던 성춘은 문득 눈을 굴려 주변을 보게 됐다.

전황이…… 바뀌고 있었다.

"크아악!"

"커헉!"

쓰러지는 자들이 대부분 황보세가의 가솔들이다.

'대체 어디서 이런 힘이?'

성춘이 노성을 터트렸다.

"무슨 사술을 쓴 것이냐!"

동시에 언 대주가 아닌 등 뒤에서 서늘한 목소리가 들렸다.

"청열단(淸熱丹)이다."

청열단(淸熱丹).

악운과 성 각주의 고심으로 탄생한 신단(神丹).

선천적 활력의 증진을 가져오며 근골의 내성을 성장시킨다.

그 효과는 운기 없이도 시작되니.

"끝내주는구려, 소가주."

가솔들이 한계에 다다른 이 순간 청열단은 마른땅의 단비와 같았다.

"소……가주?"

성춘이 반사적으로 고개를 돌린 그때.

푸욱!

그의 가슴팍 아래로 선명한 날이 보였다.

'기척조차 느끼지 못했건만.'

그 생각이 끝나기 무섭게.

성춘이 보고 있던 땅과 하늘이 뒤집혔다.

툭, 데구르르.

박혀 있던 창이 위로 치솟으며 성춘을 반으로 갈라 버린 것이다.

콰아악!

악운이 핏덩이가 된 성춘을 밟고 언 대주와 마주했다.

언 대주가 서둘러 뿌연 연무를 가리켰다.

"여긴 내게 맡기고 어서 가시오."

두 사람은 많은 말을 나누지 않았다.

그럴 필요가 없었다.

"이미 소가주는 우리에게 많은 걸 줬소. 이제 진짜 해야 할 일을 하시오."

악운은 고개를 끄덕인 후 땅을 박찼다.

저 멀리 새벽이 오고 있었다.

콰콰콰콰!

황보정이 이끄는 기마대가 휩쓸고 가는 찰나.

악정호가 짊어진 방패를 들며 외쳤다.

"일 호(護)!"

산협단 일렬이 악정호의 일갈을 듣고 등에 짊어지고 있던 방패를 양옆으로 세웠다.

"버텨라!"

콰콰쾅! 퍼퍼퍽!

가솔들 서로의 방패를 부착시켜 돌진에 견뎠다.

"이 열!"

우측 대열의 백훈이 뒤따라 소리쳤다.

그러자 이열의 가솔들이 후열에서 창을 세웠다.

"크악!"

"커헉!"

모든 대열의 절반이 쓰러지거나 죽었지만 기마의 속도가 감속했다.

"서 형! 지금이야!"

"알았소!"

서태량을 필두로 삼열의 가솔이 일제히 마편곤(馬鞭棍)과 삼지창을 휘둘렀다.

쐐액! 쐐액!

철퇴와 같이 쓰는 마편곤은 말의 머리를 때렸고 삼지창은 안장에 탄 적들을 압박했다.

삽시간에 낙마하는 적이 늘었다.

"낙마하는 적을 합공하라!"

악가혼평진의 무서움이 여기서 빛났다.

세 열은 유기체처럼 움직였다.

방패를 든 가솔이 적의 칼을 대신 막고, 창을 든 가솔이 그 사이로 적을 찔렀다.

삼지창, 마편곤, 검, 도, 겸(鎌) 등의 다양한 병기를 가진 가솔들은 날개처럼 그 주변을 빙 둘러 서서 측면을 보호했다.

그들은 함께 전진했고, 함께 물러났다.

낙마한 적들은 검 한 번 제대로 휘두르지 못하고 쓰러졌다.

검을 휘두르려고 하면 세 명 이상의 방패병이 간격을 좁혀 검을 휘두를 공간을 차지하고 전신을 난도질했다.

전력의 차이를 극복할 듯한 분위기가 감돌았다.

하지만…….

콰지짓!

고수들의 등장이 분위기를 급변시켰다.

"버러지들이 합심한다고 전황이 달라질 것 같으냐!"

계 단주가 단숨에 방패를 든 가솔들을 검으로 내리찍고 분쇄했다.

"유지해!"

서태량이 앞으로 나아가며 계 단주에 맞섰다.

펑! 펑!

하지만 역부족이었다.

세 합 만에 서태량이 잔걸음을 치며 밀려났다.

"물러나! 가주님을 도와!"

그 앞을 백훈이 대신 막았다.

펑!

일격에 밀려난 계 단주가 이글거리는 눈을 보였다.

"네놈이 도평검객이로구나."

백훈의 이름은 자주 들어 봤다.

"산동악가에 붙어먹으니 편하더냐."

"황보세가에 붙어먹는 것보다 나을 거다."

"감히!"

태산십팔반검(泰山十八反劍)!

계 단주의 검이 더욱 거세졌다.

콰지짓!

백훈의 눈에 이채가 흘렀다.

'할 만해!'

선명한 검기가 맺힌 계 단주의 검에 맞서는 백훈은 쏟아지는 검초에도 차분히 대응했다.

사납지만 유연하게.

악운과의 수련은 결코 헛되지 않았다.

'나만의······.'

강수검결(江邃劍決).

백훈의 보보는 계 단주와 충돌할수록 매끄러워졌다.

채채채채챙!

계 단주는 쉽게 무너지지 않았다.

검신을 뒤집고, 비껴 내어 백훈의 집요한 공세를 모두 튕겨 냈다.

방어로부터 시작되는 반격의 연쇄!

찰나간 계 단주는 확신했다.

"여기더냐!"

백훈이 검을 회수하기도 전에 계 단주의 검이 백훈의 심장을 향해 쇄도했다.

튕겨 낸 간극을 좁혀 든 것이다.

'회수하기엔 늦었다!'

그렇게 생각한 찰나.

사삭!

백훈의 움직임이 급격히 변화했다.

'강물은 충돌하고, 부딪쳐도 흘러가고 길을 넓힌다.'

미끄러지듯 측면으로 비껴 나는 보보(步步).

백훈이 빠르게 검을 역수로 취해 그의 등허리를 베었다.

그 검초가 마치 굽이치는 강물 같았다.

촤하학!

계 단주는 비명을 지르지 않고 다음 검초에 대응했다.

"아직은 어림없다!"

고함치는 계 단주의 검이 백훈의 검을 튕겨 냈다.

부딪치는 백훈도 계속 나아갔다.

콰지지짓!

충돌한 때마다 몸이 휘청댈 만큼 계 단주의 검은 분명히 강했다.

계 단주는 견고한 산 같았다.

하지만 물은 그 어떤 장애물과 부딪쳐도 산을 관통하여 더 넓은 수원(水原)으로 나아간다.

'확장하듯이.'

쐐애액! 쐐애액!

백훈의 검이 악운과 충돌할 때보다 더 격렬하게 용솟음쳤고, 방향을 전환할 땐 기이할 만큼 유연한 각도로 틀어졌다.

"큽, 커헙!"

순식간에 계 단주의 다리와 어깨에 검상이 늘어났다.

백훈의 눈에 이채가 흘렀다.

'나는 이제…….'

도달하고자 했던 목표가 눈에 선명해지는 기분이 든다.

"산을 넘고."

백훈은 더 확신 있게 검을 휘둘렀다.

콰지짓! 채채채챙!

수십 번의 연격을 서로 토해 낸 그때.

번쩍!

백훈의 검기가 검사(劍絲)로 화하며, 계 단주의 전신을 휘감고 관통했다.

사사사삭!

수십 줄기의 검기는 순식간에 계 단주를 굽이치듯 가르고 베었다.

검초는 이전보다 격렬했고 더 많은 변화를 포함했다.

검역(劍域)을 완벽히 활용하는 최절정에 이른 것이다.

"나아간다."

백훈의 앞을 가로막았던 계 단주가 파르르 떨며 모로 쓰러졌다.

쿵!

때마침 태량이 외쳤다.

"대주! 가주님이 위험하오!"

백훈이 가주를 찾아 고개를 돌렸다.

콰콰쾅!

저 멀리 악정호가 피투성이가 된 채 바닥을 구르는 모습이 보였다.

악정호를 도우러 갔던 태량이 남은 가솔들과 갈운정 부자에게 발이 묶여 있었던 것이다.

엎친 데 덮친 격으로.

"놈을 잡아라! 놈이 단주님을 베었다!"

"죽여!"

이젠 수장을 잃은 벽력성운단이 백훈의 진로를 막아섰다.

백훈은 생각할 겨를도 없이 뛰었다.

"다 꺼져!"

가주가 저 멀리서 죽어 가고 있었다.

❧

"쿨럭!"

한차례 피를 토한 악정호가 무거워진 눈꺼풀을 억지로 들었다.

입고 있던 장포는 난도질당했고 사지는 만신창이가 됐다.

황보정이 눈살을 찌푸렸다.

"쇄벽삼절(鎖壁三絶)을 상대로 이 정도라니, 오래 버티는구나."

그의 눈에 비친 쇄벽삼절도 꽤나 지쳐 보였다.

사실 화가 났다.

병기의 이해도와 무공이 일가를 이룬 쇄벽삼절까지 데려온 데다가 빈틈이 보일 때마다 직접 나서서 악정호를 베었다.

그런데 아직도 악정호는 버티고 있다.

황보정의 입에서 진심이 툭 튀어나왔다.

"끈질기구나."

악운만 묶어 두면 악정호는 금방 목을 벨 줄 알았다.

하지만 악정호도 거머리 같았다.

'역시 나둬선 안 되는 것들이었어.'

방심 따윈 하지 않았다.

인정하기 싫어도 악정호가 잘 버틴 것이다.

'목숨을 지키기 위해 살을 내주고 뼈를 지키는 방법을 택할 줄이야.'

악정호는 여러 공격을 허용하면서도 영리하게 사혈은 피해 냈다.

분명 화경을 코앞에 둔 무인의 움직임이다.

"발악도 끝이다."

황보정의 눈에 악정호의 절뚝이는 다리가 보였다.

"다리를 공략하거라."

"알겠소."

큰형인 임사복이 도(刀)를 들자 두 형제가 제각각 유성추(流星錘)와 쇄겸(鎖鎌)을 고쳐 쥐었다.

"아우들아!"

진뢰진합(震雷鎭合).

세 명의 합격술이 다시 시작됐다.

번쩍!

유형화된 기가 덧씐 유성추가 허공을 가르고 뻗어 나갔다.

"갈!"

악정호가 이를 악물고 뇌공을 좌우로 흔들었다.

파지짓!

유성추를 튕겨 내는 사이 쇠사슬 달린 낫이 간격을 좁혔다.

뇌공을 속박하려는 낫.

철컥!

단창으로 전환하며 쇠사슬 달린 낫과의 충돌을 피해 냈다.

"지겹구나! 그만 끝내자!"

찰나간 임사복의 도가 악정호의 하단을 휩쓸고 베어 갔다.

악정호가 다시 뇌공을 합쳐 도에 맞섰다.

셋은 연쇄적으로 내려치는 벼락처럼 틈을 주지 않고 몰아처 왔다.

콰지짓!

불꽃이 튀며 도를 튕겨 냈지만, 유성추가 선회해 다리를 감았다.

땅을 박차 뒤로 몸을 물린 찰나.

'왔다!'

악정호는 창으로 땅을 찍어 그 반탄력으로 몸을 뒤집었다.

서걱!

어느새 등을 점한 황보정의 검이 악정호의 등을 할퀴고 스쳐 갔다.

콰당탕탕!

또 한 번 굴러 넘어진 악정호의 눈앞으로 임사복의 도가 떨어졌다.

악정호는 이를 악물고 바닥을 구르며 일어났다.

채채채채챙!

어느새 따라 붙은 황보정의 검이 몰아쳐 왔다.

거미줄에 걸린 듯한 기분이 들었다.

청열단 덕분에 활력은 남아 있지만 언제까지 버틸 수 있을지 모르겠다.

이 와중에도 황보정의 검을 모조리 피해 내지 못했다.

베인 검흔 위로 같은 검흔이 연이어 새겨졌다.

참을 수 없는 고통이었지만 비명을 질러서는 안 된다.

가주가 굴복하면 가솔이 무너진다.

황보정이 이를 갈았다.

"어째서 쓰러지지 않는 것이냐!"

혈인(血人)이 된 악정호가 비명처럼 고함을 쳤다.

"내, 아버지가 지켜보신다!"

그가 사력을 다해 버티는 모습을 황보정은 비아냥댔다.

"오냐, 아둔하고 우둔한 네 아비의 등을 따라가거라!"

그 순간 악정호의 눈이 번뜩였다.

악정호는 순간 뇌공을 분리하더니 날아온 유성추를 휘감았다.

쐐액!

악정호는 당겨진 적의 힘을 활용해 보법을 밟았다.

촤학!

순간적인 가속을 예상 못 한 황보정이 악정호의 가슴을 베며 스쳐 지나갔다.

"이놈이?"

황보정이 눈을 부릅뜬 그때.

일부러 끌려간 악정호가 어깨를 내주고, 유성추를 든 둘째의 목에 창을 박아 넣었다.

"으어어어!"

열 받은 셋째가 이성을 잃고 쇄겸을 뻗었다.

합격술은 함께 모여 강한 만큼……

"기다렸다."

무리에서 떨어지면 나약해진다.

철컥!

순식간에 다시 합쳐진 뇌공.

콰지짓!

쇄겸과 정면으로 부딪친 뇌공의 강력함이 진가를 발휘했다. 순식간에 쇄겸을 쪼개 버린 뇌공이 셋째의 심장에 정확하게 박힌 것이다.

콰악!

피를 뿜으며 쓰러지는 셋째.

"이 버러지 같은 놈이!"

사력을 다한 임사복의 도가 악정호의 뒷목을 베려고 뻗은 순간.

쇄애애액!

어디선가 날아온 비도 한 자루가 임사복을 멈칫하게 했다.

"이크!"

악정호가 그 틈을 놓치지 않고 뇌공을 다시 분리하더니 단창들을 그의 사혈에 찔러 넣었다.

"커허헉!"

도를 뻗으려던 자세 그대로 피를 뱉은 임사복.

"혀, 형제…… 내…… 아우들……."

"그 곁으로……가라."

악정호는 나직이 말하며 자연히 비도가 날아온 쪽을 돌아 봤다.

백훈이었다.

"가주님!"

악정호과 마주한 백훈이 고개를 좌우로 흔들었다.

"자네인가……?"

스치듯 마주친 악정호가 희미하게 미소 지어 보인 그때.

"안 돼!"

백훈이 비명 섞인 고함을 질렀다.

푸욱!

기다렸다는 듯 임사복의 몸을 뚫은 검이 겹쳐 서 있던 악정호에게 박혔다.

"큽!"

임사복의 어깨 너머로 황보정이 이를 갈았다.

"더 이상의 요행은 없다."

악정호는 헛바람을 삼키며 검에 씌워진 황보정의 강기를 내려다봤다.

"흐읍."

이미 온몸이 깊은 상처다.

화끈한 것도 잠시…… 통증이 무디게 느껴졌다.

콰직!

황보정은 만족스러운 눈빛으로 앞을 가로막은 임사복의

몸에서 검을 회수했다.

그 모든 것을 지켜본 백훈은 파르르 몸이 떨렸다.

벽력성운단의 추격을 뿌리치고 달려왔는데…… 지키지 못했다.

평생 한 번도 느끼지 못했던 노기가 백훈의 몸을 휘돌았다.

"으아아아!"

백훈의 핏발 선 눈에서 눈물이 뚝뚝 맺혔다.

"어딜 가느냐? 이미 네놈이 지켜야 할 수장은 이미 죽었느니라."

벽력성운단에 호응한 갈지평이 태형각의 무리와 백훈을 둘러쌌다.

"아직 아니야. 내가 보기 전까지는!"

검을 휘두르지 않고서는 이 화를 누그러트릴 수 없을 듯했다.

백훈의 눈이 광기로 희번덕거렸다.

"모두 오너라! 한 놈도 빠짐없이 모조리 씹어 먹어 버릴 테니!"

"그래 봤자 패배자의……!"

쐐액!

맞받아치려던 갈지평의 눈앞에 어느새 백훈이 비수가 도달했다.

황급히 비수를 튕겨 낸 찰나.

갈지평의 눈이 경악으로 찼다.

비수에서 느껴지는 반탄력과 속도가 예사 것이 아니었다.

'계 단주가 괜히 죽은 게 아니라 이건가?'

그 생각이 끝나기도 전에 백훈의 검이 갈지평의 가슴을 베었다.

갈지평이 빠르게 물러나며 검을 튕겨 내려 했다.

하지만 부딪치는 찰나.

백훈의 검이 갈지평의 검을 타고 미끄러지듯 치솟았다.

"젠장!"

태형각의 진열이 대응할 겨를도 없었다.

타타탁!

순식간에 돌진한 백훈은 갈지평의 가슴팍에 검을 내리꽂고는 소매에서 뽑은 비수를 어깨에 박아 넣었다.

"끄아아악!"

"시끄러워."

백훈은 감정 없는 눈빛으로 갈지평의 입안에 마지막 비수를 박아 넣었다.

콰악!

그 순간에도 백훈의 시선은 오직 단 한 사람에게만 꽂혀 있었다.

"황보저어엉!"

"우습구나."

쇄도하는 백훈을 보며 황보정이 숨을 헐떡이는 악정호를 내려다봤다.

"자네의 충신이 죽여 달라고 달려오는군. 너무 슬퍼 말게. 순장시켜 줄 테니."

악정호가 검이 박혔던 옷을 내려다봤다.

"꿈자리가…… 뒤숭숭하더라니."

상황과 맞지 않는 악정호의 말에 황보정이 눈살을 찌푸렸다.

"뭐라?"

"꿈속에서 진엽, 그가 그러더군……. 나는 아직 때가 아니라고."

황보정은 순간 피로 물든 옷 사이로 선명하게 은은히 빛나는 백금의 갑옷이 보였다.

"울……루갑?"

황보정의 눈에 노기가 스몄다.

강기와 함께 뻗어 나간 검은 분명 울루갑을 꿰뚫고 그의 가슴에 박혔다.

하지만 완벽히 치명상을 입히진 못한 것이다.

"그런다고 달라질 건 없다. 이번엔 목을 베어 주마."

황보정이 검을 치켜든 그때, 악정호가 웃었다.

"동이 트는군."

웃음 지은 악정호의 곁에는 어느새 여명을 등진 악운이 황보정의 검을 가로막고 서 있었다.

"아버지, 여명이 밝아 오고 있습니다."

악운이 황보정의 검을 강하게 밀쳐 내며 악정호의 앞을 지키고 섰다.

두두두두!

동시에 말발굽 소리가 들리고 전장 곳곳에서 환호성이 울려 퍼졌다.

"뇌후대가 도착했다!"

"악가상천대가 왔어! 유 대주님이다!"

황보정의 얼굴이 와락 일그러졌다.

그가 불러온 밤이 끝나는 소리였다.

악가의무신

회복

쿵!

기 대주는 비틀거리며 땅에 검을 내리찍었다.

"쿨럭."

검은 각혈이 입안에서 울컥이며 쏟아졌다.

주변에는 죽어 가는 진청중검대의 가솔들이 보였다.

남은 가솔들은 기 대주를 중심으로 모였다.

"대주님! 저희가 퇴로를 지키겠습니다! 서둘러 물러나십시오!"

부대주의 외침에 기 대주가 잿빛으로 물든 눈동자를 들었다.

"어디로 가란 것이냐."

"대주님……."

"아직 가주님이 도심으로 진입하지 못하셨다. 계획대로라면 진작 진입했어야 할 시기거늘."

"그 말씀은……."

"가문이 어려움을 겪고 있다는 뜻이다. 활로는 우리가 되었어야 했다."

옥쇄곤강진은 위력적이었고, 곤륜파는 그 명성이 땅에 떨어졌다는 소문과 달리 최정예 도사들로 이뤄져 있었다.

특히 진의 한가운데 자리 잡은 자.

'진풍도장.'

그의 명성은 이미 들어 본 바 있다.

곤륜 최후의 보루이며 당금 천하오절(天下五絶)의 일인.

'옥청백검(玉淸伯劍).'

기 대주에게 천하오절에 속한 진풍도장은 분명 넘어서기 힘든 산이었다.

이 와중에도 진청중검대의 가솔들은 곤륜파 제자들에게 베여 나가고 있었다.

쩌렁쩌렁한 진풍도장의 고함이 들려왔다.

"곤륜의 제자들은 옥쇄곤강진을 해체하고 태청검진으로 전환하라!"

옥쇄곤강진은 배수진을 칠 때 사용하는 진법이다.

파괴력이 강한 만큼 돌발적인 상황에 따른 대처나 이동속도가 느리다.

대신 결속이 강하고 동귀어진의 검초들이 주를 이룬다.

태청검진으로 전환했다는 것은 더는 전력의 손실을 입지 않고 제압할 수 있다는 자신감의 표명이다.

"살고 싶은 자는 떠나라. 이미 나는 오래 전에 세가에 뼈를 묻었다."

기 대주가 소매를 찢어서 손과 검을 묶었다.

진풍도장에 입은 내상은 패배의 고통보다 아프지 않았다.

"따르겠나이다."

살아남은 열댓 명의 가솔들이 일어난 기 대주를 중심으로 결집했다.

기 대주가 쓰게 웃었다.

"나아가지 못하면 사라지는 게지."

그 앞을 한 초로(初老)의 사내가 막아섰다.

"네놈들 때문에 단잠 다 깼다."

전장에 난입한 양경이 사납게 웃었다.

"치졸한 쓰레기들."

마지막 각오를 다졌던 진청중검대의 눈에 완벽한 절망이 실렸다.

각 수뇌들 간의 싸움에서마저 산동악가가 우위를 점한 순간.

전장에 등장한 뇌후대와 악가상천대는 그야말로 분위기를 완벽히 바꾸는 데에 지대한 공헌을 했다.

와아아아!

지쳐 있던 산동악가의 가솔들은 다시 전열을 재정비하며 살아남은 수뇌들을 중심으로 뭉쳤다.

"결집하라!"

저 멀리 언 대주가, 악로삼당이, 서태량과 금벽산이 성치 않은 몸으로 깃발을 흔들었다.

"결집하라아아!"

각 대장기가 소군을 결집하고 있다.

악가혼평진이다.

소군이 중군으로 모이고, 종래엔 대군이 된다.

그것은 혼란 속의 한 자락 산처럼 무겁게 자리 잡으니…….

악정호는 백훈의 부축을 받으며 난전 속에서 비치는 찬란한 광경에 눈물지었다.

"보이오?"

백훈이 울음 섞인 웃음을 지었다.

"예. 가주님, 보입니다."

동쪽에서 터 오는 여명의 산(山).

산동악가(山東岳家)가.

황보정은 갈운정의 어깨 너머를 보고 있다.

압도적인 황보세가의 전력들이 저 멀리 빠른 속도로 무너지고 있었고.

악정호에게 뇌공을 전해 받은 악운이 갈운정이 이끌고 온 가솔들을 무참히 베며 걸어왔다.

황보정의 눈빛이 흔들렸다.

"가솔의 차이만 무려 네 배는 족히 됐다. 급조한 가문 따위가 내 가문의 저력을 넘어서지 못하리란 확신이 있었느니라."

갈운정이 애써 침착하게 말했다.

"어서 퇴각하십시오. 후일을 도모하시옵소서."

"그대의 아들은 어디에 있는가?"

갈운정의 눈빛이 깊게 가라앉았다.

"사망……했습니다. 도심으로 가십시오. 기 대주가 필시 가주님의 뜻을 따라 퇴로를 구축했을 것이옵니다."

"아직도 모르겠느냐. 기 대주는 실패했다."

"설마, 양경이 산동악가에 합류를……?"

"모를 일이지. 하지만 진작 붉은 신호탄이 울렸어야 했다."

신호탄은커녕 기 대주의 그림자조차 보이지 않았다.

퇴로도 막힌 것이다.

"······크흐흐!"

황보정은 미친 사람처럼 낮게 웃음을 흘리며, 하늘을 올려다보았다.

"태산을 거머쥐었다 여겼거늘."

또 다른 산이 그 앞을 가로막을 줄이야.

"비켜서라, 갈 각주."

"하오나 가주님!"

황보정은 대답하지 않고 홀로 악운과 마주했다.

평야의 황량한 바람이 부는 가운데.

"부디 퇴각하지 말고 끝까지 응전해라. 그래야······."

뇌공을 고쳐 쥔 악운의 눈에 살의가 스몄다.

악정호가 방금 전 악운에게 맡긴 것이다.

"한 놈도 빠짐없이 죽일 테니."

아버지를 죽음 목전까지 몰아간 것도 모자라 무수히 많은 가솔들이 죽었다.

죽일 이유는 수백 가지였으나, 살릴 이유는 전무했다.

"으하하!"

광소를 터트린 황보정이 뒤에 선 갈운정을 쳐다봤다.

"갈 각주."

"예, 가주님."

"미안하이."

"그게 무슨……."

눈 깜짝할 새 갈운정의 목젖에 박힌 건 황보정의 명검이었다.

푸욱!

순식간에 목이 베인 갈운정이 몸을 파르르 떨었다.

"어……허억, 어, 째서……."

태산배사의 수많은 일에 나섰고 자질구레하고 더러운 일에 손을 담갔다.

나아가 이 전장에서 아들의 목숨마저 바친 마당이다.

그런데.

'당신이 어떻게?'

황보정이 그의 목젖에서 검을 회수하며 낮게 속삭였다.

"살 사람은 살아야 하지 않겠는가."

믿기 힘든 광경에 악운이 말없이 눈살을 찌푸렸다.

툭ㅡ.

갈운정은 뭘 할 새도 없이 황보정에게 목이 잘려 나갔다.

"무슨 짓이지?"

황보정이 검에 묻은 피를 털어낸 후 대답했다.

"가주에게 안내하라. 거래를 하겠느니라."

갈운정의 합류와 함께 퇴각을 고려했던 황보정은 이미 악정호와 제법 떨어져 있었다.

"거래?"

"어차피 너희들이 원하는 건 산동성의 지배 아니더냐. 하지만 너희가 손을 잡은 뇌후대가 너희의 뜻대로 따라 줄 것 같으냐?"

"그래서?"

"나는 너희들의 가주 앞에 무릎 꿇겠다. 태산을 너희 산동악가의 깃발이 휘날릴 수 있게 하겠다. 지배를 달갑게 받아들이겠다. 어떠하냐?"

달콤한 제안.

악운의 눈에 사력을 다해 싸우는 공연과 뇌후대의 가솔들이 보였다.

황보정이 더욱 힘주어 말했다.

"가문의 이익을 최우선해야지. 천하의 대의가 무슨 상관이더냐! 네 가족, 네 가솔이 이렇게 많이 죽어 나갔다. 그럼 그들의 피붙이라도 누리게 해 줘야지!"

황보정의 눈에 욕망이 번들거렸다.

소신, 대의?

다 허상이다.

산동악가는 이제 동진검가와 황보세가를 모두 제압했다.

'눈에 훤히 보이는 이익이 있는데, 그걸 누가 마다할 것인가.'

탐욕은 더 큰 탐욕을 부른다.

"이미 누리고 있어."

"뭐?"

악운이 품속에서 두 권의 책자를 꺼냈다.

"보이나?"

황보정의 눈가가 파르르 떨렸다.

저것을 못 알아볼 리 없었다.

"그래. 너희들이 지녔던 태홍이려창(太紅離麗槍)의 핵심 중 일부야."

태홍이려창(太紅離麗槍).

다양한 병기를 사용했던 태양무신의 절학 중 하나로, 그 동작과 구결들만 하여도 무려 백 권에 이른다.

"살아 돌아온 후에 가솔들이 보는 앞에서 백 권에 달하는 책 중 구십팔 권을 모조리 불태웠어. 남은 건 이제 이 두 권 뿐이야."

화륵!

악운이 삼매진화를 일으켰다.

내공 발출을 통해 일시적으로 발화(發火)를 일으키는 높은 수준의 기예였다.

전생을 각성한 이후.

이 순간을 참 오래 기다렸다.

"네가 지키고 싶었던 것은 태양무신을 지니고 있다는 태산의 상징이었겠지. 네 형을 누르고 산동성에 군림했다는 열망이었을 테고."

황보정이 노성을 터트렸다.

"네놈들이 미쳐도 단단히 미친 것이냐! 그걸……! 그 귀한 것을!"

그래, 이런 반응이 당연했다.

하지만 가문을 달랐다.

"미친 것은 네놈들이지."

악정호가 여전히 뜨거운 눈빛을 보이며 악운의 곁에 섰다.

"가주님을 호위하라!"

동시에 유 대주를 필두로 악가상천대의 일부 가솔들이 악정호의 빠르게 주변을 메웠다.

하나둘 모이기 시작했다.

악가진호대를 필두로 한 언성운은 물론.

세 명의 당주를 선봉으로 한 악로삼당과 산협단, 동호단도.

유예린의 악가상천대와 공연의 뇌후대, 백훈이 이끄는 악가뇌혼대까지.

저 멀리에서는 곤륜파의 제자들마저 기마를 몰아 달려오고 있었다.

악정호는 뜨거워진 눈시울을 삼키며 말했다.

"태양무신이 남긴 것은 천하의 평안을 지켜 달라는 유언이었지, 그깟 유산 쟁탈전 따위가 아니었다!"

악운은 태홍이려창의 서적들을 태울 것을 허락받을 때, 악정호가 했던 말이 떠올랐다.

　-이제 알겠다. 네 조부께서는 아비에게 이미 유산을 남
기셨어. 아비가 몰랐던 게지. 그걸 네가 깨우쳐 주는구나.

　악운의 눈가가 파르르 떨렸다.
　태흥이려창의 서적들을 태우던 날에 함께했던 가솔 중 그
누구도 아까워하지 않았다.
　모두가 이렇게 말했다.
　'태양무신의 유산 따위에 연연하지 않은 가문의 일원이 된
것에 자랑스럽다고.'
　정녕 이것이었다.
　천휘성과 조부께서 지키고 싶었던 건……!
　악정호가 노호성을 터트렸다.
　"천하의 긍지(矜持)였다!"
　스스로를 믿음으로써 가질 수 있는 당당한 기개.
　그래야만 태양무신의 유산을 이어받을 수 있는 자격이 있
었다.
　"가거라, 아들아. 보여라."
　악정호와 가솔들이 보는 앞에서 악운이 황보정에게 걸어
갔다.
　"너와 가문의 긍지를."

"믿음에……."

악운은 온몸에 이는 전율을 느꼈다.

고대하던 순간이다.

"보답하겠나이다."

무신이 돌아왔다.

🦇

갈운정이 죽은 뒤, 더는 그를 지탱할 수 있는 가솔은 없었다.

태산은 뇌후대에 넘어갔고, 산동악가는 제안을 거절했다.

태양무신의 유산마저 잃었다.

"그래, 알겠느니라."

모든 것을 잃은 황보정의 눈에 광기가 실렸다.

"반드시 너희들의 미래를 짓밟고 떠나 주마."

황보정의 눈에는 이제 악운만 보였다.

"으하하하!"

번쩍!

광소를 터트린 황보정이 잔영을 일으키며 이동했다.

모든 것을 잃은 황보정은 더는 몸을 사리지 않았다.

오롯이 가주에게만 전해진다는.

'천왕보(天王步).'

순식간에 악운의 앞에 도달한 황보정이 신들린 검격을 쏟아 냈다.

전진에 뇌진괴력검을, 비껴 낼 땐 태산십팔반검을.

콰콰콰!

모든 공격이 막히자 대신 간극을 좁혔다.

번쩍!

검을 쥔 반대편 손이 낫처럼 악운의 목젖을 뜯었다.

일조편(一條鞭).

악운이 창을 분리해 그의 손을 튕겨 냈다.

펑!

황보정은 물러나지 않고 장법을 전환했다.

태산중수(泰山重手).

수십 개의 장영이 악운을 뒤덮었다.

허는 없고 모든 것이 실이었다.

일 권, 일 장이 그야말로 만근의 힘을 지녔다.

부딪쳐 맞서는 뇌공이 당장 악운의 손에서 빠져나갈 만큼 강렬한 충돌이었다.

황보정의 눈에 뇌광이 맺혔다.

"긍지가 너무 나약하구나!"

콰릉!

이번에는 황보정이 일으킨 검이 벽력신검(霹靂神劍)을 펼쳐 냈다.

강기가 맺힌 검이 악운의 전신을 베어 나갔다.

악운은 더 없이 차분했다.

분명 황보정은 강한 상대였다.

최고의 맞수였던 양경 이상이었다.

하지만 심연편에 이르렀기 때문일까?

이순간의 감정은 더 없이 명경지수처럼 고요했다.

'부동심.'

완벽한 고승에 이른 이처럼 악운의 한쪽 손이 일 권을 뻗었다.

극한의 부동심에 이르러야 완벽하게나마 형을 갖출 수 있다는.

달마십팔수(達摩十八手)다.

펑!

창을 쥔 반대편 손이 황보정의 검을 때렸다.

처음으로 황보정이 멈칫하며 튕겨 났다.

부딪친 자만 느낄 수 있는 고요함 속의 파괴력이었다.

"……이놈이."

악운이 다시 창을 쥐며 나아갔다.

심연편에 도달하며 일계의 '파생'의 장을 열었다.

'태산의 검과 권의 본의는 내가 맞섰던 무형무음검의 본의와 맞닿아 있다. 황보세가의 권을 충분히 펼쳐 낼 수 있을 만큼.'

천휘성이 도달했던 경지.

황보철이 보였던 과거의 신위.

양경의 무형무음검.

모든 것을 관통한 악운의 눈에는 황보정이 보는 것 이상의 세계가 보였다.

그건 같은 경지여도 예상 못할 움직임의 향연을 선사했다.

콰콰콰콰!

서로 부딪치는 기파 속에서 황보정은 조금씩 진땀을 흘렸다.

'놈에게 빈틈이 보이지 않는다.'

이럴 리 없다.

자신은 이미 경지로는 과거의 황보철을 능가했다.

황보철의 무공을 똑같이 얻었으며, 훨씬 많은 영약을 삼켰다.

그런데 어째서…….

"닿을 수 없는 것이냐!"

검법은 창에 막혔고, 권법은 악운이 펼치는 기이한 권법에 차단됐다.

─네 모든 일 권에 위엄을 담아야 한다. 그래야 비로소 황보세가의 절기를 이해했다고 말할 수 있다.

황보정은 과거 황보철의 환청까지 들렸다.

"닥쳐, 닥치란 말이다!"

콰콰콰!

강기의 충돌 속에 뇌공에 부딪친 황보정의 병기, 칠성태산검(七星泰山劍)이 황보철의 손에 튕겨 나갔다.

촤하학!

피가 튀는 찰나에도 황보정은 어깨를 넣어 악운의 뇌공과의 간극을 좁혔다.

"태산의 일 권은 네놈 따위가 막을 수 있는 것이 아니란 말이다!"

그 찰나.

황보정은 악운의 입가에 드리워진 미소를 보았다.

'설마.'

일부러 검을 버리게 하여 창과의 간극을 좁히게 한 것도, 동귀어진의 초식을 통해 권법을 뻗게 한 것도 계획이었다고?

콰지짓!

동시에 뇌공을 던진 악운이 황보정의 일 권에 맞서 주먹을 뻗었다.

황보정은 눈을 부릅떴다.

'이럴 리가!'

한 치의 오차도 없이 이 순간 마주한 건…….

지금 내뻗는 황보세가의 절기.

벽력신권(霹靂神拳)이었다.

"너의 태산은 더 없이 가볍다."

악운의 일권과 부딪친 황보정의 권강이 무효화된 이 순간.

퍼져 나가는 기파로 인해 두 사람이 먼지바람 속에 묻혀 버렸다.

콰드드득! 쿠아아앙!

악운의 권강과 연달아 충돌한 황보정의 양손이 일제히 탈골되거나 부러졌다.

"끄아악! 나만이, 나만이! 태산의 뜻을 이어 갈 자격이 있다!"

"아니, 너는……."

발악하는 황보정의 안면 위로 벼락같은 다음 일 권이 뻗혔다.

"태산의 수치다."

그다음 수백의 권영이 벼락처럼 황보정의 전신을 두드렸다.

꽈릉!

그리 멀지 않은 곳에서 뇌성벽력이 울려 퍼졌다.

비도 오지 않는 마른하늘이다.

황보제근은 점점 승리의 환호성으로 가득해지는 전장에서 숨을 고르며 검을 털어 냈다.

황보정이 발이 묶인 동안.

가솔들 중에는 수장을 잃어 투항하는 이들도 속출했다.

"아버님."

황보세명이 다가왔다.

"오냐."

"방금, 그 소리는……?"

"그래, 나도 들었느니라."

황보제근은 가라앉은 눈동자로 뇌성벽력이 울려 퍼진 전장을 응시했다.

문득 어릴 적 황보연종으로부터 가르침을 받을 때가 생각났다.

─제근아. 아느냐. 우리 황보세가의 무공은 위엄이 있어야 하느니라. 뻗을 때의 위세는 단호하며 내려칠 땐 만근보다 무겁고, 장중해야 한다.

─참으로 난해합니다.

─그래도 잘 기억하거라. 언젠가 내 뜻을 되새긴다면 너는 가문의 정수를 보게 된 것이니라.

─예.

─또한 여파는 감히 거스를 수 없이 장엄해야 한다. 위엄

은 억지로 일구는 것이 아니란다. 펼치면서……

'자아내는 것이지.'

먼지바람에 파묻힌 그림자는 흐릿하여 누가 악운인지, 황보정인지 알 수 없었다.

그저 번쩍이는 권영만이 언뜻 비춰질 뿐이었다.

설마…….

"황보정, 닳은 것인가?"

그가 포악한 성정과 열등감으로 가문을 사분오열시키는 최악의 선택을 할 때에도 솔직히 그의 실력을 의심하지는 않았다.

황보정은 황보철보다 뛰어났다는 평가를 받은 천재였다.

'그저 그릇이 작았을 뿐.'

만약 그렇다면 젊은 신진 고수의 비통한 죽음을 마주해야 할지도 모르겠다.

황보제근은 불안해졌다.

하지만…….

"저기, 사람이!"

공연의 외침에 황보제근을 눈을 부릅떴다.

먼지바람 한가운데.

그곳에는 전신이 피로 물든 황보정의 목덜미를 끌고 먼지 속을 걸어 나오는 악운이 있었다.

태산의 벽력을 견딘 사내였다.

아니면 그가…….

산동을 준동할 벽력(霹靂)이거나.

와아아!

사방의 환호성이 사위를 덮었다.

악운과 마주한 악정호의 눈가에 눈물이 맺혔다.

마침내.

"끝났구나."

아들의 실력을 믿고, 보냈다.

악운은 그의 믿음에 완벽히 부합했다.

악운이 들고 있던 황보정을 손에서 놓았다.

쿵!

황보정은 온몸의 뼈와 살이 짓뭉개져 있는 힘없이 쓰러졌다.

처참한 몰골이었다.

부러진 이들이 게거품과 피에 뒤섞여 하나둘 바닥으로 떨어졌다.

"예. 아버지, 넘어섰습니다."

물론 악운도 만신창이였다.

기다란 흑발은 눈을 덮은 채 바람에 흩날렸고, 찢어진 옷 사이로 깊게 베인 검흔이 전신에 가득했다.

하지만 견딜 만했다.

"잠깐 혼자 걷겠네."

악정호는 백훈의 부축을 밀어낸 후에 힘겹게 악운을 향해
걸음을 옮겼다.

"이리 오너라."

악운이 재빨리 악정호를 부축하기 위해 한달음에 걸음을
좁혔다.

부자의 눈시울이 붉어졌다.

힘든 해를 지나 비로소 가문의 재건을 완성한 것이다.

악정호는 악운을 꽉 끌어안은 채 말했다.

"아들."

"네, 아버지."

"이제 집에 가자."

별말 아닌 담담한 이 한마디가 악운의 눈시울을 더 붉게
했다.

돌아갈 집, 내 형제, 가족, 내 가문.

천휘성이 그토록 그리워했던 것들을, 악운의 삶을 살아 내
며 만들어 가고 있었다.

"……예!"

악운이 떨리는 목소리로 힘주어 대답했다.

산동성의 혈난이 종식되는 순간이었다.

동평정전(東平鏖戰).

동평 평야에서 시작된 황보세가와의 건곤일척의 승부는 마침내 산동악가의 승리로 돌아갔다.

산동성을 양분하던 산동이군(山東二君)이 동평의 산동악가에게 무릎 꿇은 것이다.

산동십대고수가 무의미해지고, 그 빈자리가 새로운 영웅호걸의 이름들로 채워지기 시작했다.

그 중심에 산동이군을 굴복시킨 악가의 수장, 산동평왕(山東平王) 악정호(岳正護)가 있었다.

꙰

악정호가 김이 모락모락 나는 따뜻한 갈비를 집어 들며 웃었다.

"자, 듭시다."

삼당주의 막내 노르가 제일 먼저 젓가락을 들었다.

"와하하! 잘 먹겠습니다!"

"그러시오!"

순식간에 입에 대 여섯 가지의 찬을 우겨 넣는 노르를 보며 악정호가 웃음을 터트렸다.

화룡각 앞은 수십 개의 탁자가 놓이고, 술판이 벌어졌다.

얼마 전 동평정전으로 인해 고인이 된 많은 가솔의 장례를 치른 산동악가는 살아남은 가솔들을 위로하며, 그간의 노고를 치하하기 위한 행사를 연 것이다.

악운은 그 곁에서 담소를 나누며 문득 화기애애하게 대화를 나누는 공연을 바라봤다.

'비로소, 소저의 자리를 찾은 것 같소.'

공연은 다시 웃음을 찾았다.

다행인 일이다.

아마 당분간 그녀가 웃음을 잃을 일은 없을 것이다.

이번 일을 기점으로 산동악가와 황보세가는 연맹 협약을 맺으며 완벽하게 종전을 고했기 때문이다.

'현명한 판단들이었어.'

장례를 준비하는 동안 아버지는 부상을 치료했고, 그동안 조 총관을 포함한 보현각이 안팎으로 바빠졌다.

황보정의 처우를 비롯해 당장 새로운 황보세가를 재건할 황보제근과 앞으로의 일을 논의해야 했기 때문이다.

결과적으로 그 논의는 두 가문 모두에게 이로운 결정이 됐다.

산동악가는 진엽, 황보정과는 확실하게 다른 노선을 취했다.

'종속이 아닌 연맹이라……'

태산의 장원은 물론이고, 몰수한 황보세가의 재산들을 하나도 빠짐없이 돌려주기로 약조한 것이다.

산동성은 넓지만 인력 충원엔 한계가 있다.

동진검가의 영역을 운영하는 것만으로도 산동악가는 충분히 바빴다.

아버지의 뜻에 황보제근은 고마움을 표하며 그 보상으로 독점하다시피 했던 약재와 찻잎 재배 그리고 이를 판매할 거래처를 산동악가와 나누기로 했다.

그래서 아버지는 각 지역에 세운 역참을 태호상단이 언제든 사용할 수 있게 결정했다.

그 외 나머지 협약이야 실무자인 유 총경리, 조 총관, 신 각주가 알아서 잘 처리해 가고 있는 중이다.

"밥상 놔두고, 무슨 생각을 그리 하시오?"

옆에 앉은 백훈이 한 소리를 했다.

"그냥."

"한 잔 받으시오."

백훈에게 한 잔을 받아 마시자, 앉아 있던 호사량이 술병을 들고 백훈의 잔에 따랐다.

"너는 내가 한 잔 주지."

백훈이 눈을 치켜떴다.

"웬일로?"

"고생했다."

백훈이 묘한 감정이 일렁이는 눈빛을 보인 그때.

"……소가주 고생시키느라. 내가 자리를 비운 동안 안 봐도 뻔하다, 네놈 뒤치다꺼리하느라 소가주가 얼마나 고생 많았을지."

"이 문사 놈이! 세 치 혀부터 비수를 박아 주랴?"

"호오, 내가 피할 줄 알고? 이제 붓보다 검이 더 편한 사람이야, 내가."

함께 앉아 있던 서태량이 넌지시 물었다.

"소가주, 말려야 하는 거 아닙니까?"

금벽산이 고개를 절레절레 저었다.

"아우야, 놔둬라. 저 사람들 싸우는 게 하루 이틀이냐."

호형호제하게 된 두 사람의 대화에 악운이 동의하듯 고개를 끄덕였다.

"금 형의 말이 맞습니다. 두 분이 친해서 그럽니다. 싫은 사이면 굳이 이 잔칫날에 서로 옆에 앉았겠습니까?"

서태량이 볼을 긁적였다.

"그렇습니까? 제가 보기엔 소가주님께서 여기에 계셔서 모인 거 같습니다만……."

악운이 어깨를 으쓱였다.

뭐가 됐든…….

이미 두 사람은 서로 칼을 뽑겠다며 시끄럽게 떠들어 대고 있었다.

강 건너 싸움 구경이라…….

"술 맛 좋네."

다른 부처의 수장들도 이쪽을 보며 호탕하게 웃고 있었다.

　잔치가 무르익을 때쯤, 악운은 공연과 함께 가은연이라 이
름 붙은 정자로 향했다.
　정자에는 갈색의 고풍스러운 비파가 놓여 있었다.
　악운이 미리 가져다놓은 것이다.
　"슬슬 춘풍이 불어오는 걸 보니 봄이 오고 있는 모양입니
다."
　악운은 모른 척 그녀를 돌아봤다.
　그녀는 비파를 뚫어지게 응시한 채 잠시 아무 말도 하지
않고 있었다.
　가지런히 접혀 있는 능소화 치마가 포함된 의복이 보인다.
　할아버지의 유품이다.
　"제 약조를 기억하고…… 있으셨네요."
　등지고 있던 악운이 달빛 아래, 그녀를 마주 봤다.
　"무척 듣고 싶었던지라……. 하하!"
　"흑……!"
　비파 연주를 듣고 싶다는 말이 왜 갑자기 눈물을 불렀는지
는 그녀도 몰랐다.
　갑자기 울컥한 마음이 들며 터진 눈물은 멈추질 않았다.

"이상……해요. 자꾸 눈물이…… 송구해요. 흑……!"

악운은 눈물을 훔치는 그녀에게 대답 대신 품속에서 고이 접힌 손수건을 꺼내어 건넸다.

"눈물이 나는 데에 이유가 무슨 상관이겠습니까."

오늘의 일이 상처 많은 그녀에게 작은 위로가 되었다면 비 파 연주를 듣는 것보다 값진 날일 것이다.

악운은 그녀가 편안하게 울 수 있도록 조용히 곁을 지켜 줬다.

'그나저나…….'

요 녀석들, 여기까지 뭐 하러 따라왔담?

※

멀리서 세 쌍의 시선이 담벼락 옆에 붙어 정자가 있는 곳 을 바라보고 있었다.

제후가 고개를 갸웃거렸다.

"형, 왜 저 누나는 울기만 해?"

예랑이 재빨리 말했다.

"바보야, 당연히 감동해서 우는 거지!"

"감동하면 울어?"

같이 있던 의지가 피식 웃었다.

"당연하지! 제후가 어느 날 누나가 좋아하는 가락지를 선

물해 줬어. 누나가 얼마나 기쁠까? 오라버니도 저 언니에게
그래서 비파를 선물해 준 걸 거야."

제후가 심각한 표정을 지었다.

"기쁘면 웃어야지. 왜 기쁜데 눈물을 흘려?"

턱까지 잡고 고민하는 제후의 모습에 의지가 고개를 절레
절레 저었다.

"크면 다 알게 돼."

"이제 나 다 컸어! 벌써 다섯 살이거든!"

제후가 손가락 네 개를 보이며 말했다.

"그거, 넷이거든? 다섯 개는 이렇게 하라고 몇 번 얘기해
줬냐?"

제후가 얼른 굽히고 있던 나머지 손가락을 폈다.

"하, 하려고 했어어!"

"열 살은?"

"열 살? 열 살은……."

제후가 인생의 난제를 만난 것처럼 양손으로 머리를 쥐어
뜯는 그때.

등지고 있던 제후만 제외하고 예랑과 의지의 얼굴이 새하
얘졌다.

이상함을 느낀 제후가 천천히 등을 돌리자 그 앞에는 벽처
럼 서 있는 악운이 우두커니 서 있었다.

"응……? 형이 왜 거기서 나와?"

방금 전까지 정자 쪽에 있던 악운의 등장에 제후가 순진한 표정으로 반문했다.

"나…… 참."

그 세상 순진한 눈망울에 악운은 웃음이 터져 나왔다.

하지만 귀여운 건 둘째치고 허락 없이 엿듣는 건 잘못이다.

"왜 따라왔어?"

예랑이 고개를 푹 숙였다.

"죄송해요……."

"제가 오자고 했어요."

의지도 미안한 눈빛을 보이며 말했다.

"제후 너도 얼른 오라버니한테 죄송하다고 그래."

"잘못했어, 형……."

의지가 눈을 부라렸다.

"요!"

"잘못했어요. 형!"

제후가 당장 눈물을 흘릴 것 같은 표정으로 말했다.

악운은 아이들을 보며 한숨을 푹 쉬었다.

"너희도 알겠지만 남의 말을 허락 없이 엿듣는 건 잘못이야. 혼날 각오는 됐어?"

의지가 손가락을 꼼지락거리며 중얼거렸다.

"무슨 벌이든 달게 받을게요. 얘들은 잘못 없어요."

"같이했으면 같이 받아야지. 예외는 없어. 그렇지?"

예랑이 얼른 외쳤다.

"네! 저도 잘못한걸요! 그렇지, 제후야?"

"응, 누나 혼자 힘든 건 싫어······."

사이좋은 남매들을 칭찬해 줘야 할지, 혼을 내야 할지 모르겠는 악운이었다.

그때 의지가 중얼거렸다.

"근데 너무 궁금했단 말이에요······."

"뭐가 궁금해?"

"오라버니가 예쁜 언니에게 관심 보이는 건 처음 본다고!"

예랑이 한마디 거들었다.

"그건 그래요······."

제후도 손가락 네 개를 당당히 펴며 외쳤다.

"나도! 오 년 동안 처음 봤어!"

의지가 픔, 웃었다.

"내가 처음 봤는데 다섯 살인 네가 처음 보는 게 당연하지, 이 바보야!"

악운도 내심 아이들이 귀여워서 웃음이 났지만, 일부러 꾹 참고 단호한 척 말했다.

"그만. 다들 혼나는 거 아니야?"

아이들이 다시 풀죽었다.

악운은 잠깐 고민하다가 말했다.

"무슨 벌을 줄지는 차차 생각해 볼 테니까 일단은 내일 날이 밝으면 공 소저께 가서 사과부터 드려. 엿들어서 죄송하다고."

"네……."

아이들이 일제히 대답한 그때.

뒤쪽에서 청아한 목소리가 들렸다.

"저는 괜찮아요."

공연은 눈이 조금 붓긴 했지만 울음은 다 그친 듯했다.

오히려 그 어느 때보다 시원하고 쾌활해 보인 눈빛이었다.

"악 소저?"

"네, 언니……."

"저는 언예랑이라고 합니다!"

"누나! 나는 제후!"

"난 공연이라고 해요. 악 소저와는 이미 통성명했고, 다른 두 소협과는 이제야 인사를 나누네요."

공연은 아이들의 소개에 환한 미소로 화답하며 악운을 다시 쳐다봤다.

"이제 비파 연주, 들려드리고 싶어요. 함께 차도 마시고요."

"괜찮으시겠습니까?"

"그럼요."

그녀의 허락에 세 동생이 서둘러 외쳤다.

"좋아요!"

"좋습니다!"

"신난다!"

악운은 동생들과 함께 앞서 걸음을 옮기는 공연의 뒷모습을 지그시 바라보다가 천천히 그 뒤를 따라 걸었다.

매일이 오늘만 같아라.

춘풍이 섞이기 시작한 겨울 날씨.

은은하고, 감미로운 비파 연주.

그 연주에 함께 듣게 된 청아한 노래자락과 다향(茶香)까지.

악운은 오랜만의 평화를 새벽녘까지 즐긴 후, 그새 곤히 잠든 제후를 등에 업고 걸음을 옮겼다.

방금 전 예랑과 의지는 제 발로 처소로 돌아갔고 공연은 제후를 함께 데려다주겠다며 동행했다.

얼마 안 됐는데 벌써 제후의 처소가 인다.

"흐음냐, 안 돼. 그건 형이 준 거란 말이야아."

"잘 부탁합니다."

악운은 제후의 훈육을 도맡는 전속 시비에게 제후를 맡기며 빙긋 미소 지었다.

"예. 소가주님, 걱정 마십시오."

악운은 시비가 제후를 받아 안고, 방에 들어가는 것을 본

다음에서야 발길을 돌렸다.

"이제 머물고 계신 객당으로 모셔다드리지요."

"괜찮아요. 저 혼자 돌아갈게요."

"귀빈께 비파 연주까지 들은 마당에 어떻게 혼자 보내겠습니까? 모셔다 드릴게요."

"저…… 소가주."

"말씀하세요."

"사실 어제 숙부께서 저를 수양딸로 삼으시겠다고 제안해 주셨어요."

악운은 잠시 걸음을 멈춰 세웠다.

그녀가 무슨 말을 할지 짐작 가는 바가 있었기 때문이다.

"그랬습니까?"

"네. 생각해 보겠다고 말씀드렸어요."

"주저하는 게 본 가 때문이오?"

악운의 나직한 반문에 그녀는 악운을 지그시 바라봤다.

"아뇨."

스물 하나의 나이가 된 공연은 '소가주 때문이에요.'라는 말이 쉬이 입 밖으로 나오지 않았다.

괜히 볼만 붉어졌다.

연심일까, 아니면 다른 마음일까?

혼란스러운 마음에 말없이 입만 다문 그때.

"나는 공 소저가 본 가에 남아 있기를 바랍니다. 가솔이 되어 주었으면 하기도 하고."

악운은 오랜 시간 절망 속에서도 버텨 온 그녀의 심지를 존경했고, 청초한 품위와 깊은 배려심을 가진 그녀와 시간을 보내는 것이 좋았다.

"하지만 전과 달리 이제 소저는 돌아갈 집이 생겼지요."

황보제근을 비롯한 뇌후대의 가솔들도 그녀가 곁에 남아 주기를 바랄 것이다.

그녀가 어렵사리 운을 뗐다.

"그래도 소가주의 곁에 남고 싶으면요?"

악운은 눈시울이 붉어진 그녀의 손을 잡아 품 안에 살포시 끌어안았다.

"원하신다면 언제든 본 가의 가솔이 될 수 있습니다. 어떤 방식으로든. 제게 그 정도 권한은 있습니다."

깜짝 놀라 눈을 토끼처럼 동그랗게 뜬 그녀에게 악운이 나지막이 속삭였다.

"약조하지요. 그러니 조부의 뜻을 이어 새로운 삶을 펼쳐 보세요. 소저의 역량이라면 더 많은 일들을 해낼 수 있을 테니까."

"제가 뭘 할 수 있을까요?"

악운이 진심을 담아 대답했다.

"원하는 건 뭐든."

그녀가 꾸려갈 새로운 황보세가가 악운은 무척 기대됐다.

천하는 홀로 다스려지는 게 아니다.

혼세양천공의 조화처럼 많은 이들이 모여 구성을 이뤄 가
는 것이다.

많은 시간이 지나고 나서야 천휘성은 악운의 삶을 살며 깨
달았다.

꿍

공 소저를 데려다주고 돌아오는 길에 진눈깨비가 내렸다.

악운은 묽어진 땅을 밟으며 처소의 현판을 올려다봤다.

아버지는 재활하는 동안 현판을 직접 바꿔 주셨다.

소윤처(小胤處).

소가주가 머무는 곳이라는 뜻이다.

악운은 새삼 아버지의 사랑을 느끼며 문 근처 기둥에 기대
어 있는 그림자를 응시했다.

어둠에 가려져 있지만 악운은 백리안을 통해 그가 누군지
명료히 알아볼 수 있었다.

"어르신, 오셨습니까?"

"살판났구나. 잔치까지 벌이고 말이야."

어둠 속에서 양경이 터벅터벅 걸어 나왔다.

절뚝이는 것이 아직 몸이 낫지 않은 모양새였다.

"이번에 세 번째이지요?"

양경이 악몽이라도 꾼 표정으로 이를 갈았다.

"빌어먹을 놈!"

악운의 말대로 양경은 오늘 처음 찾아온 게 아니었다.

산동악가가 전쟁을 수습하는 동안에도 양경은 회복을 마친 악운을 두 번이나 찾아왔다.

악운은 약조를 이행해야 했기에 기꺼이 양경과 생사결을 받아 줬다.

하지만 예전과는 사뭇 결과가 달라졌다.

완벽히 심연편에 이른 악운의 움직임은 양경이 더 이상 양패구상을 기대할 수 없게 만들었다.

되레 악운은 점점 무형무음검을 형(形)부터 그 본의까지 양경만큼 완벽히 펼쳐 내고 있었다.

그래서 두 번째엔 혼신을 다해 덤비다가 팔다리가 전부 부러져서 현재도 치료 중에 있는 것이다.

"누가 보면 네놈이 노부의 무공을 사사한 줄 알겠구나. 대체 네놈은 정체가 무엇이냐."

"전엔 제가 무엇이건 상관없다고 하시지 않았습니까?"

"사람의 마음이야 언제든 바뀔 수 있는 게지. 대답이나 해라."

"오늘은 생사결 안 하십니까?"

"이놈이……! 보면 모르더냐?"

양경의 눈빛에 노기가 일렁였다.

악운은 내심 웃었다.

조금만 더 놀리면 당장 덤벼들 기세였다.

"차 한 잔 대접하겠습니다."

"차? 다향엔 취미 없다."

양경이 악운의 처소에 허락도 없이 들어가며 덧붙였다.

"술이나 내와라."

악운은 피식 웃으며 양경을 따라 들어갔다.

❧

양경은 안주도 거절하고, 술을 병째로 벌컥벌컥 들이켰다.

순식간에 두 병을 비운 양경은 술이 묻은 수염을 손으로 털어 내며 말문을 열었다.

"난 살면서 수도 없이 많은 패배를 경험했다. 매 순간 목숨을 걸고 싸우는 게 내겐 참 잘 맞았지. 사문도 잘 만났고, 때마침 무림도 혼란했다."

"그렇군요. 그런데……."

악운이 말끝을 흐리며 고개를 갸웃거렸다.

"그걸 왜 제게 말씀하십니까?"

양경은 애써 무안한 내색을 감추고 말했다.

"참을성 없는 놈 같으니라고. 대화에도 서론이란 게 있는 거다."

"그런 분이신 줄 몰랐습니다. 늘 본론부터 하셨잖습니까?"

"어쨌건!"

양경은 대답하지 않고 자기 할 말을 이어 나갔다.

"노부는 지는 것보다 값어치 없는 상대와의 싸움을 더 증오한다. 늘 그래 왔지. 그런 면에서 네놈에게는 충분한 가치가 있다. 본 적도 배운 적도 없는 무공들을 내 수준만큼 끌어내는 놈은 처음 봤으니……."

양경의 눈에 담긴 건 순수한 호기심과 열망이었다.

거칠고 사납지만 누구보다 무림인의 정수에 가까운 건 그일지도 모른다.

그는 그저 칼이다.

악운은 그게 마음에 들었다.

칼은 어떻게 쓰이느냐에 따라 그 결과가 천차만별이니까.

"결국 무공은 천혜의 자연을 본떠 창안된 것들. 말씀하신 대로 저는 여러 무공이 지닌 본의를 이해하고 따라 할 수 있게 됐습니다. 그게 어떻게 가능했는지 궁금하신 것인지요?"

"그래. 천휘성의 유산을 통해 그게 가능해진 것인지 듣고 싶다."

"일부는 그의 것이지만 가능해진 건 제 공부입니다."

"역시…… 그랬나."

양경의 눈에 어울리지 않게 회한이 서렸다.

"네놈도 알다시피 노부는 오랜 세월 갇혀 있었다. 마지막 패배가 천휘성 그놈이었지."

악운의 눈에 이채가 흘렀다.

사실 양경을 이런 방식으로 마주할 줄은 예상 못 했다.

하지만 때론 적이었던 이야말로 중요한 가르침을 주곤 한다.

강한 적의만큼 상대를 면밀히 파악하니까.

"그래서요?"

"그 당시의 나는 놈을 넘어설 수 없었으나 한 가지는 확실히 알 수 있었다. 놈은 자기가 익힌 무공에 확신이 있었어. 패배를 모르는 눈이었다. 그것이 내 호승심을 더욱 자극했었지."

양경의 눈빛이 과거를 떠올리는 듯 가라앉았다.

"하지만 옥에 갇힌 후 난 언젠가 놈이 패배하리라 확신했다. 왜였는지 아느냐?"

"글쎄요."

악운은 그의 눈을 마주 봤다.

양경은 혈교가 발호하기 직전에 활동했다.

어쩌면 이미 벌어진 일을 가지고 허세를 부리는 것일지도 모른다.

이곳에 머물며 과거의 일들을 충분히 접했을 테니.

하지만 악운은 삐딱하게 보지 않았다.

복수를 해야 할 호적수를 잃어서일까?

되레 희한하게도 그의 눈에서 천휘성에 대한 그리움이 느껴졌다.

　"쓰디쓴 패배를 모르고 산 우물 안 개구리는 시야가 좁다. 천휘성의 말로를 봐라. 믿었던 자들이 유산을 두고 쟁투를 벌였고, 제대로 된 제자도 없지 않으냐."

　양경이 말을 마치고 자리에서 벌떡 일어났다.

　그의 눈은 놀랍게도 평소의 뜨거운 눈빛보다는 탈속한 고승의 눈빛처럼 차분했다.

　"너는 놈과 같은 실수를 반복하지 마라. 패배는 그저 패배인 것이다. 이를 넘어서려면 상대에 집착하지 말고 네놈의 최선을 고민해라. 그 길이 참된 길이니라."

　악운은 돌아선 그의 등을 보며 천천히 몸을 일으켰다.

　"왜 제게 이런 가르침을 주십니까?"

　양경이 등진 채 대답했다.

　"옥에서 나오면 천휘성 그놈부터 찾아가려고 했다. 그런데 그놈보다 더 나은 놈을 찾았지. 그게 너다. 그런 네놈이 하찮은 이유로 볼품없어지면 되겠느냐. 적어도 천휘성 그놈보다…….'

　양경이 잠깐이지만 히죽, 웃음 지었다.

　"나아야지."

　그 말을 끝으로 양경은 방을 벗어났다.

　악운은 잔잔한 미소를 머금었다.

아무래도 양경이 오랫동안 가문에 머물 것 같은 예감이 든다.

❦

악정호가 동평 뇌옥의 가장 깊은 지하에 도착했다.

"독대하겠소."

곁을 호위하는 언 대주가 고개를 끄덕였다.

"예, 백 보 밖으로 물리겠습니다."

언 대주가 악가진호대를 물리는 동안 악정호는 걸음을 옮겨 한 철창 앞에 섰다.

저벅.

그 안에는 황보정이 비루해진 몸으로 사지가 결박되어 있었다.

단전을 비롯해 오른손과 왼다리의 감각을 잃었으나, 굳이 결박해 놓은 건 그의 자결을 막기 위해서였다.

더 이상 무림인이라 부르기도 힘든 비루한 몸으로 늙어 가리라.

끼익-!

악정호는 문을 열고 뇌옥 안으로 들어갔다.

핏발이 터진 황보정의 눈이 더욱 붉어졌다.

아혈까지 짚여 목소리를 낼 수 없는 그가 할 수 있는 최선의 반항일 것이다.

"내일이면 당신은 이곳을 떠나 황보 대인과 함께 태산으로 돌아가게 될 것이오. 황보세가의 가주 직은 황보 대인이 이어받게 될 테고, 그대는 새로운 황보세가의 율법에 따라 처리될 것이오. 처형되겠지, 아마."

악정호의 담담한 이야기에 황보정의 눈에서 피눈물이 뚝뚝 흘러내렸다.

모든 것을 쥐고 있던 패자(覇者)가 졸지에 패자(敗者)가 된, 비참한 말로였다.

그러나 악정호는 그의 모습에 기쁘지 않았다.

오히려 근심했다.

"수없이 생각했소. 만약 내가 패배했다면 내 꼴이 이것보다 더 심했을 거란 생각. 아니, 나보다 내 가족이 더 힘든 일을 겪었겠지. 그래서 나는 앞으로가 더 두렵다오. 하지만……."

잠시 말을 멈춘 악정호는 한 맺혀 있는 황보정을 내려다보았다.

황보정은 마지막까지 집요하리만치 살고자 했다.

갈운정을 직접 손으로 죽이며 거래까지 제안했다.

또한 태산을 장악했을 당시 무림인이 아닌 가솔은 황보제근의 귀환을 오히려 환영했다.

그의 모습을 슬퍼할 이 하나 없는, 완벽한 외톨이가 된 것이다.

악정호는 그 점이 불쌍했고 그만큼 깨닫는 것이 많았다.

"그래도 견디고, 혼신을 다해 보려고 하오. 내가 두려운 건 지킬 것이 많아졌다는 뜻이고, 지킬 것이 많아졌다는 건…… 내가 당신의 길과는 다르다는 뜻일 테니."

악정호는 황보정에게 마지막 예의를 갖춰 포권지례를 취했다.

"잘 가시오. 내 최선의 배웅이오."

악정호가 씁쓸한 눈빛으로 황보정을 향해 돌아섰다.

양경이 떠나고 난 후 악운은 두 가지 물건을 탁자에 올렸다.

하나는 황보제근을 통해 전해 받게 된 검이고 다른 하나는 황보정을 황보정에게 잡혔을 때 얻게 된 만년한철로 제작된 구속구였다.

만년한철은 둘째치고.

이 검도 사실 전리품이었다.

황보정이 사용하던 명검을 악운에게 받은 것이다.

황보 대인에게 이 검을 돌려주기 위해 찾아가자 황보제근 그는 이렇게 말했다.

-황보정은 과거의 인물로만 기억되겠지. 그의 병기 또한 앞으로 살아갈 본 가에 크게 필요가 없다오. 뜻한 바에 쓰시오.

……라고.

검을 지그시 내려다보던 악운은 손가락으로 가볍게 검신을 튀겨 보았다.

쨍.

검파에 새겨진 검명(劍名)은 칠성태산검(七星泰山劍).

'칠성태산검이라…….'

듣자하니 이 검은 청벽야장 벽계동이 제작한 작품 중 하나라고 했다.

필방보다는 뛰어나고 총청검과 견고함과 날카로움 면에서 비슷한 수준이었다.

적당한 시기에 수장들 중 한 사람에게 내줄 참이다.

그리고 이 만년한철은…….

"장인을 찾아야겠어."

산재한 일들 중에 하나가 악운을 제 발로 찾아온 것이다.

꿍

다음 날 공연…… 아니, 황보연이란 본래 이름을 되찾게 된 그녀는 뇌후대와 함께 동평을 떠났다.

그 후 진풍도장이 악운을 찾았다.

악운은 마주 앉은 진풍도장을 담담한 눈으로 들여다봤다.

'옥청백검(玉淸伯劍).'

얼핏 사자를 연상케 하는 인상이지만 선기(仙氣)가 깃든 눈은 호수처럼 깊고 맑았다.

"빈도가 어찌하여 아직 떠나지 않고 소가주를 찾아왔는지 아시는가?"

"알 것 같기도 합니다."

기특한 눈빛을 보낸 진풍도장이 계속 말을 이었다.

"산동성에 가까워지며 빈도는 소가주에 관한 무성한 소문을 들었네. 그중 절반은 과장되었다 생각했지. 한데…… 아니었네. 마주한 소가주는 과소평가를 받았다고 생각할 만큼 뛰어나네."

"과찬이십니다."

"허허, 약관도 되지 않은 나이에 소가주는 산동의 거성(巨星)을 셋이나 쓰러트렸네."

"운이 좋았습니다."

"오만할 법도 하건만 참으로 겸손한지고. 자네가 일가의 소가주가 아니었다면 빈도는 본 파에 데려가 내 제자로 입적시켰을 걸세."

악운은 엷게 미소 지었다.

진풍도장의 마음은 진작 알았다.

최근 가장 많이 만나고 대화를 나눌 만큼 진풍도장은 자주 찾아왔다.

"예상했겠지만 빈도는 그래서 소가주에게 제안을 하나 하고 싶네. 곤륜의 속가제자로 입적하는 것은 어떠한가? 내 이미 가주님의 허락을 구해 놓았네. 남은 건 소가주의 선택일세."

"그렇군요……."

"잘 알겠지만 본 파는 쉬이 속가제자를 두지 않는다네. 본 파의 맑은 기상을 욕보이고 싶지 않은 탓일세."

악운은 조용히 고개를 끄덕였다.

곤륜파는 한 마리의 고고한 학과 같이 무림을 활보해 왔다.

혈교에 맞섰으나 알아주는 이 없었고, 그 여파는 선대 대신 후대가 고스란히 떠안아야 했다.

그럼에도 당당히 버텨 냈다.

'그럴 수 있었던 건 일파의 '기상'이며 신념일 테니.'

그런 귀중한 곤륜의 혼을 미꾸라지 한 마리가 더럽히는 꼴은 어찌 보겠나.

"영광입니다."

"받아들인단 뜻인 겐가?"

"옥문의 속가제자가 된다는 것이 무인으로서 얼마나 영광

된 자리에 오르는 것인지 잘 압니다."

속가제자는 곤륜의 한정된 경전들과 무공만 접할 수 있지만 상징성만큼은 결코 가볍지 않았다.

"그럼 말을 편하게 하겠네."

"예, 사부님."

찰나간.

진풍도장의 눈빛이 엄숙해졌다.

"나 진풍은 악운을 곤륜파 사십일 대 속가제자로서 거둘 것이며 속가이므로 도명은 주어지지 않는다. 하나 곤륜의 기상과 옥산의 도는 도명과 상관없이 지켜 가야 하느니라. 알겠느냐."

"예."

"항시 중인귀생(重人貴生)할 것이며 형신합일(形神合一)을 바라보아야 할 것이다. 알겠느냐."

"그리하겠나이다."

악운이 자리에서 일어나 진풍도장에게 무릎 꿇었다.

"속가제자가 된 너에게 곤륜파 제자라는 것을 항시 잊지 않도록 도학(道學)과 몇 가지 무공을 전수할 것이니……."

진풍도장의 눈에 기묘한 신광이 흘러나왔다.

"우선 옥심귀일강기(玉心歸一康氣)를 가르칠 것이다."

악운이 나지막이 읊조렸다.

"옥심……귀일강기."

"오냐."

진풍도장의 눈에 비로소, 흡족한 미소가 맺혔다.

"내 오늘 너에게 곤륜을 허할 것이니라."

속가제자이지만 악운이 천하오절 중 한 사람인 진풍도장의 제자가 된 순간이었다.

곤륜은 그렇게 마지막 선물을 주고 떠났다.

—네 사백과 사형제들을 잘 부탁하마.

사부가 된 진풍도장은 곤륜파의 선공(仙功)을 전수한 후에 무거운 눈빛으로 그 말을 남겼다.

여기서 사형제는 유 대주를 포함해 곤륜파 속가제자로 인정받은 사람들을 말했고, 사백은 이제 백홍휴란 본명으로 살아가게 된 절명검마를 뜻했다.

"상세는 좀 어떻습니까?"

"……많이 진정되기는 했다."

성 의원을 찾은 악운은 고개를 끄덕인 후 닫혀 있는 의방 한편을 바라봤다.

방 안에는 백홍휴가 현재 결박된 채 치료 중에 있었다.

광증을 고치기 전까지는 어쩔 수 없는 선택이었다.

결박하지 않으면 자해할 여지가 있었다.

"진풍도장이 직접 펼친 곤륜의 선법(仙法)이 온몸에 스며든 사기를 많이 제거했고, 그 이후에는 청열단(淸熱丹)의 복용으로 몸의 활력도 많이 찾았다."

"그렇군요."

"지독한 놈들, 살아 있는 사람에게 이 정도로 섭혼술(攝魂術)을 강하게 펼치다니……!"

사람을 살리는 일을 해 온 성 각주에게 사람의 정신을 파괴하는 섭혼술은 두 눈 뜨고 보기 힘든 참혹한 광경으로 느껴졌을 게 분명했다.

분명 절명검마에게 걸려 있는 섭혼술은 해체하기가 까다로웠다.

오죽하면 곤륜파의 진풍도장도 완벽히 해체하지는 못했다.

섭혼술은 정신에 거는 주문이다.

치료하겠답시고 백회를 쓸데없이 자극하면 상태가 악화될 뿐이다.

차라리 어떤 섭혼술인지 밝혀낸 후 주문 파훼법을 찾는 게 현명하다.

하지만 아직도 진엽이 어떤 섭혼술을 사용했는지 그 흔적을 알아내지 못했다.

얼마나 걸릴지도 모를 일이다.

"또 왔느냐? 최근에 여러 회합에 참석하느라 바쁠 텐데."

성 각주의 말대로 최근 악운은 악정호를 도와 산동악가의 대소사에 관여하고 있었다.

각 부처의 수장들이 모이는 자리에 자연히 참석하게 됐고 많은 고견을 듣고 의견을 냈다.

하지만.

"가주는 아버지이신걸요. 저야 고견을 듣고 종종 제 의견을 제안하기만 할 뿐이지요."

"가주님께서도 늘 긴장하시더라. 네가 의견을 낼 때마다 가문이 들썩인다고. 흠흠!"

마주 웃음 지은 악운은 온 연유에 대해 언급했다.

"당장 여러 행사는 잘 마쳤으니 자주 챙기지 못했던 일들을 해 볼까 합니다. 본격적으로 할 수 있는 일을 해 나가야죠."

악운의 의중을 눈치챈 성 각주가 고개를 좌우로 저었다.

"아서라. 숨이 붙어 있는 게 최선일지도 몰라."

늘 악운의 제안에 긍정적이었던 성 각주 역시 섭혼술의 해체엔 부정적이었다.

한 번의 실패로 죽음을 부른다.

확실하지 않으면 시도해서는 안 될 일이었다.

"압니다. 하지만 오랜 세월 원하지도 않게 고문당하고 낙인이 찍혀 많은 것을 잃은 분입니다. 구할 수 있는 해법이 있는 한 구하고 싶습니다."

"곤륜파의 정화대법은 선도의 운용법 중에서도 최상으로 친다. 그 선도를 오랜 세월 수련해 온 진풍도장도 처음 마주한 강력한 섭혼술이라며 해체하지 못했다. 어려운 일이야. 하나……."

성 각주의 눈에 안쓰러움이 스몄다.

"네 말대로 지금의 광증에 갇힌 삶이 그에게 무슨 의미가 있겠느냐? 해 보자꾸나. 내가 도울 수 있는 일은 도와주마."

"도움은 이미 충분하십니다. 이제……."

악운의 눈에 현기가 서렸다.

"제가 노력해 보겠습니다."

"말하지 않아도 그리하겠지만 그의 목숨이 걸린 일이니 그 어느 때보다 신중해야 할 게야. 확실하지 않다면 힘쓰지 말거라."

"예."

성 각주가 악운의 뒷모습을 염려스러운 눈으로 지켜봤다.

걱정이 되면서도 이상하리만치 묘한 기대가 드는 건 왜인지.

∽

악운은 백홍휴를 내려다봤다.

그가 살아 있다는 것을 알게 된 날.

유 대주를 포함해 그에게 은혜를 입은 수많은 가솔은 오열하며 기뻐했다고 한다.

분명 숨이 붙어 있는 것만으로도 축복인 일이다.

하지만…….

'언제까지 이 지경으로 살게 할 순 없어.'

다시 정신을 되찾는 게 어쩌면 그에게는 고통일지도 모른다.

잃어버린 시간을 괴로워할 수도 있다.

그러나 삶을 스스로 선택할 수 있는 힘 정도는 주고 싶었다.

그리할 수만 있다면 유 대주를 포함한 등랑회 소속 가솔이 조금이나마 무거운 마음을 덜지 않을까?

그게…….

'소가주로서 내 소임일 테니.'

악운의 눈이 천천히, 그의 온몸을 쭉 훑었다.

그에게 걸려 있는 섭혼술을 살피며 연구해 온 건 하루 이틀이 아니다.

여러 바쁜 일들을 정리하는 동안에도 종종 그를 찾아와 섭혼술과 그의 상세를 살폈다.

그동안에도 그의 상태는 많이 호전됐다.

'과연.'

곤륜은 다양한 정화대법으로 유명하다.

섭혼술의 해체뿐 아니라 몸의 회복을 돕는 다양한 선도의 비술이 있는 것이다.

확실히 진풍도장의 손이 거쳐 간 백홍휴의 혈색은 전보다 훨씬 좋아졌다.

'몸 안의 노폐물이 빠져나가면서 막혀 있던 신체의 기가 정상화되고 있어. 크게 다친 오른 다리와 온몸의 고문 흔적은 성 각주께서 돌보고 계시고.'

상세를 살피던 악운의 눈이 가장 깊은 상처에 머물렀다.

가슴에서 어깨를 지나 명문까지 이어진 상처다.

온몸에 흉터와 낙인이 가득하지만 이 상처는 그중에서도 가장 깊다.

'진엽이 남긴 검상.'

유 대주는 백홍휴가 세 합 만에 진엽에게 도륙당했다고 했다.

이 정도 검상이라면 충분히 그리 생각할 수 있다.

더구나 이 검상으로 인해 생긴 심각한 내상은 그의 단전을 크게 훼손시켰다.

인위적인 환골탈태라도 하지 않은 이상 회복하기 힘든 내상이다.

하지만.

'최악은 아냐.'

일전에 고쳤던 황보연의 해음절맥은 더욱 심각했었다.

백홍휴는 단전이 다쳤을 뿐 한때 높은 수준의 무공을 다졌던 신체.

적어도 몸은 자생 체계조차 없던 그녀보다 나은 사정이다.

'여기에 곤륜의 선도가 한차례 거쳐 갔으니…….'

내부에 곪아 있던 탁기와 노폐물이 대부분 빠져나갔다.

성 각주가 지속적으로 약재도 쓰고 환단도 섭취시켜 환환대법을 펼치기엔 충분한 체력이 되었다.

진짜 문제는 섭혼술이다.

그 순간 잠들어 있던 백홍휴가 눈을 번쩍 떴다.

❧

"나는…… 절명검마……."

백홍휴가 또다시 같은 말을 반복했다.

악운은 잠시 동안 그의 초점 없는 눈을 마주 봤다.

'언어를 구사한다는 건 나쁜 게 아냐.'

섭혼술은 정신을 갉아먹는다.

그리고 그게 쌓일수록 점점 백치가 되어 간다.

그런데…….

백홍휴는 여전히 언어를 구사하고 있다.

성 각주도 같은 소견을 냈다.

아직도 견뎌 내는 이 신비로운 일을 한(恨)이 아니고서는 설명할 의술적인 방법이 없다고.

즉 백홍휴에게는 시간이 그리 많지 않단 뜻이다.

섭혼술의 제약은 갈수록 그의 정신을 갉아먹고 종래엔 퇴화되게 할 것이다.

그 전에 섭혼술을 해체해야 했다.

악운은 그동안 그를 살피며 얻어 낸 특징들을 되새겼다.

'일심어(一心語). 한 가지 주입된 말을 계속 떠올리게 하며 정신을 상억옥(傷憶獄)에 붙잡게 한다.'

상억옥(傷憶獄).

가장 상처가 된 기억을 반복적으로 상상하게 해서, 가장 고통스러운 시간과 공간을 끊임없이 머릿속에 펼쳐치게 하는 것을 의미한다.

'몸만 여기 있을 뿐, 여전히 그는 과거의 기억에 사로잡혀 있는 거야. 마지막으로 그게 가능하려면.'

악운은 그의 살을 강하게 꼬집었다.

하지만 초점에는 전혀 아무 반응이 없다.

'영반체(靈頒體). 정신과 몸을 완벽히 나눠 버려 통증을 자각하지 못하게 한다.'

어떤 섭혼술인지는 모른다.

무림엔 다양한 섭혼술이 있다.

아직 세간에 드러나지 않은 문파의 것도 많을 것이다. 하지만 여러 섭혼술을 다양하게 다뤘던 곳은 다름 아닌…….

'혈교.'

천휘성은 그들과 많이 싸웠고, 그로 인해 많은 것을 익혔다.

연단술이 그랬듯 섭혼술의 해체에도 천휘성은 많은 공을 들였다.

그렇게 꽤나 많은 섭혼술을 섭렵할 수 있었고, 해체할 수 있는 다양한 방도를 공부했다.

그 공부에는 모산파나 소림사도 많은 도움이 됐지만, 가장 도움이 많이 된 것은.

'소요파(逍遙派)의 공부.'

발호 초기, 혈교는 전략적으로 움직였다.

거대 문파뿐 아니라 방해물이 될 만한 중소 규모 문파들도 예외는 아니었다.

소요파가 그중에 있었던 건 결코 우연이 아니었다.

"부 노야의 유산이 이렇게 쓰일 줄이야."

악운은 오랜만에 천종야, 부영의 이름을 떠올리며 백홍휴의 백회혈에 손을 댔다.

이름하야 수혼대법(搜魂大法).

섭혼술을 해체하는 게 아니라 주문을 통해 그의 정신을 구속하고 있는 기억에 직접 진입하는 것이다.

섭혼술을 외부에서 치료할 수 없다면…….

'내부에서 활문을 찾으면 될 일.'

백홍휴와 영혼이 이어지기 시작한 악운의 두 눈에서 새파란 광채가 줄기줄기 흘러나왔다.

　그러자.

　기이하게도 백홍휴의 동공 또한 악운과 같은 색으로 새파랗게 물들어 가기 시작했다.

꿿

　눈을 떴다.

　피투성이가 된 누군가를 보고 있다.

　입술이 악운의 의지와 다르게 달싹였다.

　악운은 한 사내의 감정에 동화됐다.

　그다, 절명검마로 불렸던 사내.

　백홍휴.

　"미려, 미려……. 제발 눈을 떠. 제발."

　떨리는 손끝으로 싸늘한 시신이 된 그녀의 얼굴을 매만졌다.

　정절을 지키기 위해 자결을 택한 그녀의 얼굴에 검상이 남아 있다.

　뭐라 형용할 수 없는 서늘함이 몸을 관통하는 기분이 든다.

　투투툭.

눈물이 맺힌 채 뒤쪽으로 고개를 돌렸다.

움막 안에 가득한 사람들은 모두가 먼지 묻은 얼굴로 울고
있다.

유원검가의 사람들이다.

죄 없는 이들, 예린과 그 가솔들.

유조평 가주님은 이미 큰 검상을 입고, 생사의 기로에 서
있다.

가슴이 찢어질 듯 아프다.

나 때문이다.

모든 것이 내 선택들로 인해 생긴 일이다.

화전민들에게 무공을 가르치지 않았다면, 유원검가와 연
을 맺지 않았다면, 미려를 사랑하지 않았더라면…….

진엽은 그러지 않았을 것이다.

진엽의 야망을 자극한 것이 나다.

차라리 그에게 가야 한다.

가서 내 죽음으로 멈출 수 있는지 물어봐야 한다.

이 모든 건 나 때문이다.

그때였다.

악운의 의지가 강해졌다.

"아니야."

악운의 의지로 백홍휴의 입술이 달싹여진 이 순간.

오열하는 소리도 여름밤의 풀벌레 소리도 모두 사라졌다.

고요한 정적이 움막 안에 감돌았다.

모든 것이 정지된 공간 속에서 악운이 백홍휴의 입술을 달싹이게 했다.

"유예린, 성균, 다흑, 자룡, 정엽……."

악운은 그가 거두었던 수많은 등랑회 사람들의 이름을 하나씩 읊었다.

그럴수록 백홍휴가 서 있는 공간에 균열이 일었다.

콰지지짓!

"그만! 그마아아안!"

동시에 백홍휴가 악운의 의지를 방해했다.

아니, 백홍휴의 의지가 아니다.

깨어나는 백홍휴를 막기 위한 섭혼술의 방해다.

"당신은 그들을 죽이지 않았어. 그들을 죽인 자는 진엽이지. 당신은 그들을 위해 헌신했고, 그들은 결국 살아남았어."

처음으로 백홍휴의 입술이 악운의 의지가 아닌 백홍휴의 의지로 달싹였다.

"살았……다고?"

"그래, 살아 있어!"

그 순간 삽시간에 공간이 바뀌었다.

백홍휴 기억의 또 다른 장소.

"커흡……!"

화끈한 통증이 느껴지더니 박혀 있던 진엽의 검이 보였다.

젊은 얼굴의 진엽이 검을 쥔 채 웃고 있다.

"네놈 때문이니라."

"나는…… 나는……!"

"네놈이 내가 응당 가져야 할 것을 탐했으며 내가 올라서야 할 권역을 넘봤다. 그러니 모두의 죽음은 네놈 때문이다."

백홍휴의 의식은 또 다른 기억 속에서 진엽의 말에 다시 현혹되고 있었다.

"네놈 때문에 그들이 겪었을 수많은 고통에 비하면 네놈이 겪을 고통 따위 아무것도 아니지 않겠느냐? 견뎌라. 계속 견뎌 마침내 이 지옥을 받아들여라."

쿨럭.

백홍휴의 입에서 검은 각혈이 흘러내리고 검을 쥔 그의 손이 천천히 풀려 갔다.

"으하하!"

진엽의 웃음이 사방을 덮었다.

악운은 잠시 살아났던 백홍휴의 의지가 굴복하는 것을 느꼈다.

그의 의식을 공유하고는 있지만 활문을 찾는 건 그가 직접 해내야 한다.

백홍휴의 의식은 다시 섭혼술의 의지에 발목이 잡혀 침잠하고 있었다.

이대로라면…….

섭혼술에 다시 지배될 것이다.

그의 의식을 자극할 수 있는 다른 기억이 필요했다.

이를테면.

'행복했던 순간.'

악운의 의지가 간섭하여 또 한 번 백홍휴의 입술을 움직이게 했다.

"그녀의 다향(茶香)을 기억해."

악운은 유예린에게 들은 바 있었다.

노산 녹차를 즐겨 찾는 건 그녀의 언니, 유미려가 달였던 그 맛을 잊지 못해서라고.

섭혼술은 고통 섞인 기억들로 그의 의식을 통제한다.

그 반대라면?

기억은 수많은 감각을 포함한다.

향기, 촉감 같은 것들을.

백홍휴와 긴밀히 연결된 지금, 악운은 유예린과 대화를 나누며 함께 마셨던 노산 녹차의 다향을 떠올렸다.

그러자.

박혀 있는 진엽의 검이 흐릿해져 갔다.

효과가 있었다.

백홍휴가 오랜 세월 잊고 있던 다향이 연결된 악운의 기억을 통해 자극된 것이다.

진엽이 백홍휴의 턱을 붙잡으며 소리쳤다.

"너 혼자 이 고통에서 벗어나겠다고? 이것은 네가 감당해야 할 너의 천형이니라!"

"나는…… 나는……."

혼란스러운 백홍휴에게 악운은 혼신을 다해 의지를 전했다.

백홍휴의 기억과 감정을 공유하며 악운이 느낀 것은 단 하나.

끊임없이 고통스러워한 수많은 세월 동안 섭혼술로부터 그를 지키고 버티게 한 건 '그리움' 하나다.

"잊지 마. 당신이 진짜 지키려던 건 이깟 과거 따위가 아니야. 그녀가 당신에게 남긴 건 고통이 아니라……."

진엽의 죽음 속에서 오열하던 유예린과 등랑회 가솔들의 기억들이 악운을 통해 백홍휴에게 공유됐다.

"가족이잖아."

"이노오옴!"

마침내.

강렬한 빛 무리가 피어오르자 마주하고 있던 진엽이 모래 바람처럼 허물어져 갔다.

그리고 진엽이 서 있던 자리에 악운이 처음으로 실체화되었다.

악운은 그의 기억을 떠나기 전에 마지막 의지를 전했다.

-이제 당신 차례야.

　서서히 흐릿하던 다향이 진해졌다.

　진엽도, 악운도 사라진 공간.

　어느새 백홍휴는 유미려와 한가로운 하루를 함께하고 있었다.

　"가가."

　유미려는 직접 우린 차를 찻잔에 따르고는 마주 앉아 있다.

　"어때요?"

　하얀 치아가 보이는 눈부신 미소.

　창가로 살랑대는 미풍이 그녀의 머리카락을 흔들 때마다 가슴이 저려 왔다.

　주륵.

　오랫동안 흘리지 못했던 눈물이 백홍휴의 눈가를 타고 흘러내렸다.

　"……따뜻해."

　백홍휴는 알고 있었다.

　여기를 떠나 버리면 다시는 그녀의 숨결도 이 바람도 다향도 느낄 수 없으리란 걸.

　"유 매……."

　백홍휴는 눈물이 났다.

무슨 말이라도 하고 싶었지만 계속 눈물만 났다.

"내 잘못이야. 다 내 잘못이야……."

백홍휴는 고개를 숙였다.

그때 따뜻한 손길이 백홍휴의 볼에 느껴졌다.

"가가…… 난 늘 가가 곁에 있을 거예요."

이건 백홍휴의 기억이었다.

유미려는 백홍휴의 말에 대답하고 위로해 준 게 아니었다.

백홍휴가 무슨 말을 하든 유미려는 그저 그날의 유미려일 뿐이었다.

그녀는 그저 그날과 똑같은 대화를 할 뿐이다.

백홍휴는 오열하며 고개를 들었다.

그녀의 찬란한 미소가 보였다.

그 미소 속에서 백홍휴는 행복했었던 그녀와의 지난날들이 하나둘씩 떠올랐다.

그녀를 만나며 미래를 꿈꿨고 유원검가란 일가에 속할 수 있었다.

그녀는 늘 연인이자 가족이었다.

"사무치게 보고 싶어."

백홍휴는 그녀의 손을 꽉 맞잡았다.

계속 이 기억에 머물며 이 방 안에서 그녀와 있고 싶었다.

하지만 정체 모를 그 목소리가 수많은 잔상을 보여 주었다.

"그렇게 여리던 예린이가…… 훌쩍 커 버린 모양이야. 당신과 나를 잃어버렸음에도 잘 버텨 내 준 거야."

백홍휴는 울음으로 일그러진 얼굴로 애써 웃음 지었다.

그녀가 다시 말했다.

똑같은 공간, 똑같은 대화로.

"가가…… 난 늘 가가 곁에 있을 거예요."

"알아."

백홍휴는 눈물을 흘리며 방을 벗어날 문을 바라봤다.

자연히 느껴졌다.

이 문을 벗어나는 것이 이 반복되는 지옥을 끊어 내는 길이라는 것을.

"그러니 돌아갈게. 당신이 남긴 사람들이자 내가 지킬……."

백홍휴는 숨이 멎을 것같이 울음을 터트렸다.

"가족들의 곁으로."

힘겹게 그녀의 손을 놓은 백홍휴가 빛이 나오기 시작하는 문으로 한 걸음씩, 그렇게 사라져 갔다.

❧

백홍휴는 온몸이 수면 아래에 잠겨 있는 느낌이었다.

누군가 잡아당기지 않으면 헤엄쳐 나오지 못할 것 같은 그런 기분.

그때 낯익은 목소리가 들렸다.

"정신이 드십니까?"

당신 차례라고 말했던 그 목소리가 틀림없었다.

백홍휴는 자연히 그 목소리가 누군지 보기 위해 사력을 다해 무거운 눈꺼풀을 들었다.

오랜만에 제대로 뜬 눈으로 희미한 빛이 새어 들어왔다.

너무 눈이 부셔서 목소리의 주인공이 희미하게만 일렁였다.

하지만 조금씩 잔상의 초점이 잡혀 갔다.

백홍휴는 이 순간 사력을 다해 입술을 떼어 갔다.

"나는, 나는……."

마지막 말을 뱉은 찰나.

백홍휴는 왈칵 울음이 터져 나왔다.

"백홍휴."

마침내 백홍휴 머리맡에 앉아 있던 청년이 안도의 웃음을 지었다.

"저는 악운이라고 합니다. 만나 뵙기를 정말…… 고대했습니다."

창문 틈으로 스며들던 새벽녘 푸른빛이 점점 환한 빛으로 물들고 있었다.

드륵.

악운이 백홍휴를 잠시 쉬게 하고 문 밖으로 걸어 나왔다.

그곳에는 유 대주가 성 각주와 나란히 선 채 목석처럼 굳어 있었다.

유 대주가 잘게 떨리는 목소리로 말끝을 흐렸다.

아니, 말을 제대로 잇지도 못할 만큼 놀란 눈이었다.

"방금, 그 목소리……."

"어떻게…… 된 게야?"

성 각주마저 할 말을 잃어버린 표정이었다.

그 경악 어린 시선 속에 악운은 늘 그렇듯 무척이나 담담하게 말했다.

"방 안에 계신 분은 백 대인이 맞습니다. 각인됐던 섭혼술은 무사히 해체되었고 백회에도 크게 문제가 없습니다."

"옳거니! 흘흘!"

성 각주가 시원한 웃음을 터트렸다.

어떻게 해냈는지 궁금했지만 이 순간 그런 설명 따위는 상관없었다.

악운은 정말 엄청난 일을 해냈다.

섭혼술을 해체한 것뿐 아니라 그의 백회가 다치지 않고 정상화될 수 있게 완벽하게 고쳐 놓은 것이다.

"유 대주, 됐네! 된 게야! 한을 푼 게야!"

성 각주는 유 대주를 친할머니처럼 포근하게 그녀를 안아 주었다.

아무 말도 못한 채 얼어붙어 있던 그녀가 그제야 조금씩 눈물을 흘리기 시작했다.

"형부가…… 정말 형부가 돌아온 건가요?"

"네."

악운이 힘주어 대답했다.

"흑……!"

그제야 그녀는 목 놓아 울기 시작했다.

가슴을 부여잡고 주저앉는 그녀.

성 각주는 말없이 그녀가 그칠 때까지 따뜻한 품을 내주었고 악운 역시 그 곁을 묵묵히 지켜 줬다.

봄을 알리는 춘풍이 점점 짙어지고 있었다.

⚜

백 대인이 깨어났다.

그 한마디가 세가를 발칵 뒤집었다.

등랑회 출신의 가솔은 뒤도 돌아보지 않고 보정각으로 달려갔다.

하지만 깨어난 지 얼마 되지 않은 백홍휴의 상세를 살펴야 하는 성 각주는 그가 무리하지 않는 선에서 가솔들을 응대했다.

그렇게 백홍휴가 깨어난 걸 확인한 가솔들의 다음 행선지는 당연히 악운의 처소였다.

사군위 출신의 현 부대주들이 한달음에 악운의 처소를 찾았다.

아니, 그들뿐만이 아니었다.

등랑회 출신 가솔들이 하나둘 모이더니 순식간에 처소 앞이 수많은 가솔들로 새카맣게 가득했다.

악운이 그들이 왜 왔는지 모를 리가 없었다.

"바쁘실 터인데, 굳이 오지 않으셔도……."

성균이 대표로 수염을 파르르 떨며 소리쳤다.

"갚지 못할 은혜를!"

나머지 부대주들과 가솔들이 일제히 악운 앞에 무릎을 꿇었다.

"입었나이다!"

눈물지으며 기뻐하는 그들의 모습에 악운은 조용히 웃음지었다.

"일어나십시오. 제 힘만으로 해낸 일이 아닙니다. 하늘이 도운 겁니다."

"비록 비루한 몸이나 이 성균과 여기 모인 가솔들은 소가주의 은혜에 보답하기 위해서라도 더욱 분골쇄신하여 싸울 것입니다."

악운은 고개를 저었다.

"아뇨, 저를 위해 싸우시면 안 됩니다. 이제 이 가문은 여러분의 가문이기도 합니다. 여러분의 가족과 앞으로 태어날 아이들이 머물 터전이지요. 바라건대 여러분의 가족을 위해 싸우십시오. 그것이 제가 원하는 일입니다."

성곤과 수많은 가솔들이 울음을 참으며 말했다.

"분부 받잡겠나이다."

한데 모인 가솔들이 뒤따라 외쳤다.

"받잡겠나이다!"

그들의 감격과 환희 속에 악운은 가슴이 뜨거워지는 것을 느꼈다.

비록 여러 가솔을 잃었으나 수차례 걸친 문파대전을 통해 가솔들은 그 어떤 싸움에도 두려워하지 않을 용맹을 배웠고, 오래 묵은 상처와 한을 회복할 계기로 삼았다.

나아갈 동력과 결속을 얻은 것이다.

그럼 더는 지키는 것에만 머물러서는 안 된다.

다양한 소신과 가치관을 지닌 가솔을 영입하여 이를 통해 장기적인 미래를 내다봐야 한다.

고이는 것이 아니라 끊임없이 흐르게 하는 것이다.

그 시작이 눈앞에 있었다.

악운은 새로운 발전을 위해 움직일 때라는 것을 새삼 깨달았다.

발전할 수 있는 길은 산더미다.

그저 무엇부터 하느냐의 차이일 뿐.

각자의 이유

백홍휴의 완쾌 소식은 악정호에게도 들어갔다.

"아버지, 섭혼술은……."

"됐다. 자세한 얘기는 하지 않아도 돼. 대략은 짐작하고 있다. 네가 들렀던 섬에서 영약뿐 아니라 다른 유산들도 있었던 게지?"

"그보다 더합니다."

"음? 그보다 더하다니?"

"저는 그 섬에서 태양무신의 진전을 잇게 됐어요."

"아는 이가 또 있는지 궁금하구나."

"보현각 부각주와 악가뇌혼대 대주가 알고 있어요."

"그런데 아비에게는 어째서 이제야 얘기를 해 주는 게야?"

"저 말고도 많은 짐을 어깨에 짊어지고 계셨잖아요. 황보세가와의 일이 어느 정도 마무리되면 차차 말씀드릴 참이었어요. 가벼운 일은 아니라서요."

악정호는 불현듯 한 가지 추측이 떠올랐다.

"설마, 태양무신의 유산이 갑자기 동진검가와 황보세가 영역 사이에 나타난 것도…… 아들, 네가 한 일인 게야?"

악운은 잠시 고심하다가 운을 뗐다.

"예. 제가 독단으로 한 일입니다."

악정호의 눈빛이 엄중해졌다.

"요 녀석아, 아무리 그래도 혼자 결정해서는 아니 됐을 일이야!"

"제가 할 수 있는 가족을 위한 최선의 선택이었어요. 황보세가와 동진검가의 충돌이 더 늦춰지면 그들은 손을 잡고, 우리 가문을 향해 칼을 겨눴을 테니까요. 단독 행동에 대한 벌을 내리신다면 달게 받겠습니다."

악운의 눈은 무척 담담했다.

악정호는 한참 동안이나 악운의 눈을 들여다보더니 깊은 한숨을 내쉬었다.

"벌은 무슨……."

악정호는 조금도 화가 나지 않았다.

운이의 선택은 분명 그 상황에서 최선이었다.

"아비가 너였어도 그랬을 게다. 네 말대로 가문은 살얼음

위를 걷고 있었고, 시기상 상의할 겨를도 없었을 테지. 하지만 그 이후엔 당연히 아비에게 먼저 와 말해 줬어야지."

"송구합니다."

"아니다. 아비가 부족한 탓이야. 가문이 강성했다면 네가 태양무신의 진전을 이었다는 일도 부담이 아니었을 테고, 가문을 위해 위험한 일에 나설 필요도 없었을 게야."

되레 자책하는 악정호를 보며 악운은 단호히 고개를 저었다.

결코 아버지의 잘못이 아니다.

"아버지, 저는 일가의 소가주입니다. 그건 다음 대의 가문을 제가 이끌어 가야 한단 뜻이기도 하고요. 가문을 지키려면 헌신해야 할 책임이 있어요."

악운의 눈빛이 뜨거워졌다.

"모든 일련의 일들이 아버지께서 부족하여 일어난 일들이 아니라 제 선택에서 비롯된 일이란 겁니다. 그러니까 탓하시려거든 제 독단을 벌해 주세요."

"손 줘 봐."

"예?"

"얼른."

악정호는 내밀어진 악운의 손등에 손을 얹었다.

"너는 아비에게 이리도 손을 잘 내밀면서 왜 아비에게는 손을 내밀어 달라 안 하는 게야?"

"……."

"언제든 손 좀 달라고 해. 그러라고 아비가 있는 거야."

악운이 악정호의 손을 힘주어 잡았다.

"늘 잡고 있는 걸요."

"말만 잘하지!"

악정호가 악운의 콧잔등을 손가락 끝으로 툭 건드리며 째려보는 시늉을 했다.

한결 환기된 분위기 속에서 악정호가 악운의 손을 놓으며 물었다.

"자, 그러니 이제 말해 보거라. 운이 네가 가솔들이 보는 앞에서 태운 태양무신의 유산 일부도 실은 네가 알고 있는 유산인 게지?"

"예, 맞아요. 황보세가가 지니고 있었던 태홍이려창(太紅離麗槍)은 현재 제가 보유하고 있는 태양무신의 진전의 일부에요."

"그럼 무엇하러 태홍이려창을 태우고자 나와 각 부처의 수장들에게 동의를 구했던 게야?"

"황보정을 흔들기 위함도 있었지만, 가장 큰 이유는 가문의 가솔들이 태양무신이 남긴 진짜 뜻을 알아주길 바라서였어요."

"긍지……?"

"유산은 그저 도구일 뿐이에요. 유산을 사용할 바른 정신이 갖춰지지 않으면 그건 무용지물이죠. 우리는 스스로를 증명했어요. 진짜 무엇을 이어받는 게 옳은 일인지."

"그래. 아비도 자랑스러웠다. 가문의 그 누구도 태양무신의 유산을 아까워하지 않았지."

태홍이려창을 태우던 날.

가솔들의 표정에는 비장한 각오만이 가득했다.

악운이 흡족하게 웃었다.

"충분히 증명했다면 다시 받아들여야죠."

"음?"

악운이 창안 중에 있는 세 권의 책자를 내밀었다.

　홍양진기(紅暘眞氣)

　홍양태염창(紅暘太炎槍)

　홍양보(紅暘步)

악정호의 눈빛이 흔들렸다.

"이게 무엇이야? 홍양진기? 비급 같은데?"

"아직 미완성인 비급이에요."

"태웠던 태홍이려창을 다시 복구하려고?"

"아뇨."

"그럼?"

"저는 비화심창, 묵뢰십삼참, 악가겁화창에 이르며 가문의

각자의 이유　159

창법이 가진 본의를 이해하게 됐어요. 그런데 놀랍게도 그 본의가 태홍이려창과 흡사한 부분이 많다는 것을 깨달았죠."

"정말이냐?"

"예. 그래서 최근에는 태홍이려창이 녹아든 새로운 악가 겁화창을 창안 중이에요. 심법과 보법도 마찬가지죠."

악운이 책자 위에 손을 얹었다.

"명명보는 홍양보로, 겁화심법은 홍양진기로, 악가겁화창 은 홍양태염창이란 이름으로요."

"홍양태염창……."

악정호는 악운이 남긴 책자를 손끝으로 쓸어내렸다.

앞으로 대대손손 악가의 가주가 익히게 될 새로운 비전(祕 傳)이 악운의 손에서 창안되고 있는 것이다.

문득 아버지의 호탕한 웃음이 들려오는 것 같다.

　－당연히 맹주님을 넘어서야지! 전쟁이 끝나고 나면 친 히 너를 제자로 들이신다고 약조도 하셨다.

……이런 방식으로 무신의 약조가 지켜질 줄이야.

악정호는 괜히 눈시울이 붉어진 것을 느끼며 천장을 쳐다 봤다.

아비가 아들 앞에서 질질 짤 수야 없지.

"기대되는구나. 정말로."

"예, 저도요."

악운도 이 순간 천휘성으로서의 한(恨)이 씻겨 내려가는 듯했다.

진명에게 진 빚을 조금이마 갚은 기분이었다.

산동의 빚이 청산되고 있었다.

다양한 의미로.

~~~

하북성 경계 무성.

구석출은 지인이 행수로 있는 작은 상단의 상행에 합류하여 무성에 무사히 도착했다.

더는 산동성의 그 어떤 문파나 가문과도 엮이고 싶지 않았다.

그는 곧바로 지인과 헤어진 후 우경 전장으로 향했다.

우경전장에 도착하면 악운이 맡겨 놓은 전표를 찾아갈 작정이었다.

악운은 약조를 지켰을 것이다.

안 지킬 거였다면 여기까지 오는 동안 아무 일도 일어나지 않았을 리 없다.

게다가 놈과 그 주변 인물들은 소신이라는 허상을 믿을 만큼 멍청하다.

'쯧쯧, 세상살이에 그깟 소신이 뭐라고……. 필요하면 때에 따라 굽힐 줄도 알아야지.'

혀를 차는 사이.

저 멀리 우경전장의 무성 지부가 보였다.

이제 저 문만 열고 들어가면 하남성 정주에 새로 터를 잡고 적당한 장원 하나를 구입하고 제법 큰돈을 굴리리라.

그 순간.

푸욱!

등허리에서 화끈한 통증이 느껴졌다.

칼이 점점 파고들어 왔다.

"허업!"

괴인은 기습에 비틀거린 구석출의 머리카락을 콱 잡았다.

"너는 그 돈을 가질 자격이 없어. 네놈이 직접 도착하지 않는다면 이 전표는 그저 종이 쪼가리가 되겠지. 그렇지?"

구석출은 겁에 질린 눈을 들어 상대를 봤다.

상대는 놀랍게도…….

"너, 너는……!"

"그래, 나다. 송검문 원 공자. 네놈이 본문을 동진검가에 팔아 넘겼다지, 응?"

아버지가 두려워 가족을 등지고 도망친 원기종은 이제 떠돌이 낭인이 된 것이다.

"죽어. 다 네놈 때문이야."

"꺄아악!"

대낮 저자에서 벌어진 살인에 근처에 있던 사람들이 비명을 지르며 흩어졌다.

원기종은 아랑곳하지 않고 죽어 가는 구석출을 베고 또 베었다.

그는 한을 풀 대상이 필요했고, 구석출은 그가 감당할 수 있을 만큼 아주 적합했다.

"허어억……!"

희미해져 가는 구석출의 눈에서 우경전장의 지부가 점점 멀어져 가고 있었다.

악운이 건네 준 전표가 무용지물이 되는 순간이었다.

꿈

급보(急報), 구석출 사(死). 사인은…….

유준이 보낸 전서구를 통해 구석출의 죽음을 알게 된 악운은 크게 놀라지 않았다.

놈은 한 마을의 미래를 개인의 욕망을 위해 송두리째 뒤흔든 작자다.

물론 약조는 지켰다.

중립적인 대형 전장 지부에 놈이 찾아갈 수 있는 전표를 맡겨 놨으니까.

하지만 놈이 벌인 일의 인과응보(因果應報)는 다른 문제다.

가족을 등지고 도망쳤던 원기종은 떠돌이 낭인이 됐다.

때마침 백우상단이 무너지면서 자연히 복수할 대상을 잃었으니 그 분노는 어딘가에 표출되어야 했다.

엽보원은 그저 원기종에게 연관 있는 대상을 알려 줬을 뿐이다.

'총경리가 잘해 줬군.'

이로써 동진검가의 일이 완벽히 끝을 맺은 기분이 든다.

화르륵!

악운은 삼매진화를 일으켜 원기종의 일이 담긴 서찰을 불태웠다.

하던 일이나 다시 집중해야 했다.

악운은 다시 붓을 들었다.

일계라는 차원의 깨달음을 얻은 악운에게 있어 홍양태염창의 창안은 마냥 어려운 일이 아니었다.

이미 악운의 탁자 너머에는 수십 권의 책자가 빠른 속도로 채워지고 있었다.

꒰꒱

무공 창안을 위해 두문불출하는 악운에게 어둠이 짙게 깔린 밤, 한 사람이 절뚝이며 찾아왔다.

"소가주, 손님이 찾아왔어."

밖을 지키던 백훈의 목소리가 들렸다.

"드시라고 해."

악운은 이미 백훈이 말하기 전부터 이미 기록하고 있던 책자를 덮은 뒤였다.

끼익.

문이 열리고, 머리가 하얗게 센 중년인이 들어왔다.

"앉으시지요."

"고맙소."

거친 음색의 사내가 악운과 마주 앉았다.

"며칠 새 거동이 많이 편해지신 모양입니다."

"성 각주님 덕분이오. 흔히 찾기 힘든 신의를 각주로 모시고 계시더구려."

"운이 좋았습니다."

"재활을 하며 바쁜 틈을 내 찾아오는 예린이에게 많은 이야기를 듣게 됐소. 큰 은혜를 입었소."

"정말 그리 생각하신다면 쾌차해 주십시오. 백 대인께서 건재하게 돌아오신다면 많은 가솔들에게 큰 감명과 귀감이 될 겁니다."

"그러겠소. 과거의 활력을 찾기까지는 그리 오랜 시간이 걸리지 않을 것이오."

"다행입니다."

백홍휴가 깊어진 눈빛으로 말했다.

"나는 이제 그녀가 남긴 가족을 지키기 위해 살고 싸울 것이오. 그리고 내 가족들은 이제 산동악가의 가솔들이 됐소. 해서 내가 이리 소가주를 찾아온 것은 고마움을 표하는 것과 동시에……."

나머지 말은 듣지 않아도 알 수 있었다.

"백 대인."

"말씀하시오."

"그렇지 않아도 가주님께서는 백 대인을 가솔로 받아들일 참이셨습니다."

예상 못 한 이야기에 백홍휴의 눈가가 파르르 떨렸다.

"그 부분은 자연히 풀릴 일이니 염려하지 마시고 기왕 오신 김에 차 한 잔 드시고 가시지요."

백홍휴는 예린이 했던 이야기가 스쳐 갔다.

　－꼭 드셔 보세요. 언니 생각이 많이 나요.

백홍휴가 일어나는 악운을 보며 눈웃음을 지었다.

많은 것을 털어 내 보인 듯한 편안한 웃음이었다.

"고맙소. 소가주."

이로써 태허진인의 유산을 직접 사사한 백홍휴가 산동악

가의 가솔이 되는 순간이었다.

　악운은 옆에 둔 칠성태산검(七星泰山劍)을 내려다봤다.

　아무래도 주인을 찾은 듯했다.

꿈꿈꿈

"드시오."

"고맙소."

　장설평은 호사량이 직접 대접한 차를 마주하고 있었다.

　차를 한 잔 마신 장설평이 솔직하게 운을 뗐다.

"차가 떫구려."

"입에 안 맞소?"

　덩달아 한 입 마셔 본 호사량이 가볍게 인상을 썼다.

"나는 별로 재주가 없나 보오. 소가주 따라 하기는 포기해
야겠소."

　장설평이 짧게 웃음을 터트렸다.

"하하."

"그런데 장 대인께서 이 야심한 시각엔 무슨 일로 오셨
소?"

"실은 방금 전에 가주님을 뵙고 왔소."

　찻잔에 손을 대려던 호사량이 잠시 움직임을 멈추고 장설
평을 쳐다봤다.

경청해야 할 듯했다.

"연유를 여쭤봐도 되겠소?"

장설평이 한차례 고개를 끄덕인 후에 대답했다.

"난 이제껏 내 삶에 많은 후회가 있었소. 아버지를 등진 일부터 진엽이란 사내를 도우며 해 온 일들 말이오. 나는 언젠가 산동제일가를 만들겠단 야망에 사로잡혀 많은 것들을 보지 못했소. 많은 것을 잃고야 깨달았지. 하지만 유일하게 잘했다 생각한 일이……."

장설평이 호사량을 마주 보면서 웃었다.

"산동악가를 도운 일이오. 해서 많은 고민과 생각을 거친 후에 일감을 좀 달라고 찾아갔소. 그랬더니 가주께서 그러시더군."

"뭐라고 말씀하셨소?"

"내가 찾아오기도 전에 이미, 내가 할 일을 준비해 두고 계셨다고. 왜 이리 늦게 찾아왔느냐고 그러시더구려."

장설평이 호탕하게 껄껄 웃음을 터트렸다.

조 총관을 도와 산동상회를 이끌 초대 회주가 정해진 것이다.

※

악운은 잔잔한 바람을 느끼며 눈을 감았다.

'봄이야.'

완연한 봄이 찾아온 시기.

그동안 가문의 변화는 안팎으로 컸다.

먼저 가문의 중심 도시를 이전하자는 제안이 있었고 그것
에 대한 논의가 낮밤을 가리지 않았다.

하지만.

결국 아버지는 동평에 머물기로 했다.

재건을 시작한 첫 시작이 동평이라서라는 의미도 있었지만
자금의 효율 면에서도 동평 부지를 유지하는 것이 나았다.

부지 확장을 위한 공사가 진척이 됐고, 중심 도시 이전보
다 앞서 처리해야 할 일이 산재해 있었기 때문이다.

가문의 각 수장들도 이의는 없었다.

그러는 동안 대대의 증편도 빠르게 이뤄졌다.

외부 파견을 도맡은 악가상천대가 과중한 부담을 짊어질
것을 고려해 외부 파견 임무를 맡을 새로운 대대를 추가 증
편한 것이다.

악가휘명대(岳家輝命隊).

대주는 몸이 완쾌한 백홍휴가 취임했다.

삼대무군이 부활한 것에 힘입어.

마침내 사대무군으로까지 증편한 것이다.

내원뿐 아니라 외원도 늘려야 한단 얘기가 나오는 걸로 봐
선……

'조만간 새로운 외원 조직도 설립되겠어.'

잃은 가솔만큼 새로운 가솔의 영입이 많아졌기 때문일 것이다.

악로삼당도 바빠졌다.

악로삼당은 동진검가를 흡수한 재산들을 제녕과 동평에 수송시켰고, 압수한 말들 중 어린 말들은 양마도에, 나머지 말들은 타격대와 산동성 각지 역참에 배치했다.

'길이 트이고 마차와 말이 늘어날수록 산동상회에도 좋은 영향력이 미치겠지.'

악운은 최근 보지 못한 조 총관을 떠올렸다.

가문의 그 누구보다 바쁜 분이다.

조 총관은 백우상단을 발 빠르게 병합했고 황보제근이 새 가주로 오른 황보세가의 태호상단과의 교역도 일찍이 대비했다.

그뿐인가?

산동악가의 치료 환약이 뛰어나다는 소문이 돌자 다른 성의 상단과도 여러 회동을 가지는 중이었다.

조 총관과 그 일을 돕고 있는 장 회주의 최근 모습은, 오죽하면 가문 내에서 제일 바삐 활동하는 보현각보다도 훨씬 분주해 보일까.

여기에 더해 유준이 이끄는 만익전장도 연신 좋은 소식을 전해왔다.

신 각주의 조력으로 날개를 얻은 유준은 술을 빚는 장인들을 핍박하는 것으로 악명 높던 육순도가를 인수했고, 알고 지내 왔던 장인들이 태평도가(太平都家)란 도가(都家)를 세울 수 있도록 투자했다.

이 과정 속에 기존의 육순도가를 이끌었던 주인들은 한 푼도 못 건지고 내쫓겼다.

아버지에게 약조한 사업을 벌써 장악한 것이다.

'다들 각자의 위치에서 최선을 다하고 있어.'

그간 악운도 바삐 움직였다.

무공 창안을 토대로 한 서적 기록을 끝마치고 아버지에게 직접 넘긴 것이다.

이제 그다음을 해내야 할 차례였다.

수많은 이목이 산동악가를 주시하게 된 만큼 혈교 역시 악가를 지켜보게 될 테니······.

악운은 잠깐의 여유를 끝내고 자리를 털고 일어났다.

일어난 악운의 눈앞에 수많은 전각이 세워지고 있는 산동악가 대장원의 정경이 보였다.

다시 떠날 때가 온 거 같다.

양경은 검을 들고 악운의 처소인 소윤각 담벼락에 기대어 있었다.

"저, 어르신……."

전속 시비인 홍련이 종종 걸음으로 다가와 몇 가지 다과와 하얀 술병이 놓인 쟁반을 내밀었다.

양경은 말없이 홍련을 힐끗 쳐다봤다.

어느 날부턴가 홍련은 이렇게 작은 술상을 내왔다.

딱히 악운이 시킨 것도 아니었다.

"고맙구나."

"아닙니다."

홍련이 환한 미소를 머금었다.

티 없이 맑은 시선 속에 양경이 물었다.

"언젠가 물어보고 싶었느니라. 어째서 너희 가문과 관련도 없는 노부에게 이런 술상을 봐 오는 것이냐. 너도 알다시피 노부는 오늘도 네가 존경하는 소가주와 드잡이를 하러 왔다."

마침 악가뇌혼대는 수련을 위해 출타 중이었고, 소윤각에는 홍련과 양경밖에 없었다.

아무도 끼어들지 않는 가운데.

홍련이 조심스럽게 입을 열었다.

"소가주께서 종종 어르신과 술자리를 가지는 걸 알고 있어요."

"그래서 네 소가주에게 잘 보이려고? 그럴 거 없다. 노부는 아까도 말했지만……."

"외로우실 것 같아서요."

"뭐?"

홍련의 입가에 씁쓸한 미소가 감돌았다.

홍련은 외로움을 잘 알았다.

어린 시절 홍수로 부모를 잃은 그녀는 갈 곳이 없어 백우
상단의 시비로서 키워졌다.

그녀에게 있어 양경은 닮은 꼴이었다.

"결국 들고 계신 검은 쇠붙이잖아요. 쇠붙이는 차갑고요."

"네가 잘 모르나 본데 비정한 강호에는 이것만 한 놈
이……."

"알아요, 알지만……. 그래도……."

말끝을 흐린 홍련이 양경이 들고 있는 쟁반에서 술병을 집
어 술잔에 따랐다.

"어르신께 드릴 수 있는 술은 그보다는 따뜻한걸요. 맛있
게 드세요. 다 드시면 제가 치울게요."

양경은 다시 왔던 길로 돌아가는 홍련을 보며 말없이 찰랑
이는 술잔을 내려다봤다.

기분이 묘했다.

"요 녀석이 비정한 강호에 대해 뭘 안다고."

양경이 나지막이 투덜거린 그때.

"저 아이, 고아입니다."

어느새 처소에 도착한 악운이 양경의 곁으로 걸어오며 대답했다.

양경이 말없이 인상을 구겼다.

점점 악운의 기척이 다가오는 것을 못 느낄 만큼 흐릿해지고 있다.

'그새 성장했다고?'

양경은 같은 화경인데도 점점 벌어지고 있는 실력의 격차를 느끼며 내심 짜증이 났다.

"너는 뭘 그리 싸돌아다니는 게야?"

"그럼 오시기 전에 미리 말씀해 주지 그러셨습니까?"

"됐다. 그보다 아까 하던 말이나 계속해 봐. 뭐라고?"

"련이는 홍수로 부모를 잃고 오랫동안 혼자 살아왔습니다. 제가 거두기 전만 해도 노예나 다름없는 삶을 살았습니다. 그럼에도 글공부를 꾸준히 해 온 대단한 아이입니다. 그리고……."

악운은 홍련이 내온 주안상을 가리켰다.

"이 술상은 그냥 술상이 아닙니다."

"그래봤자 네놈이 괜찮다 허락한 것이겠지. 아니냐?"

"련이는 저희 가문의 가솔이기는 하지만 그냥 일하는 것이 아닙니다. 합당한 삯을 받습니다. 최근에는 그 삯 중 일부를 어르신을 위해 쓰면서까지 주안상을 내온 겁니다."

보통 같았다면 까랑까랑한 목소리로 받아쳤을 양경이 평

악귀의
무신

소와 다르게 입을 다물었다.

"맛있게 드십시오. 다 드시고 난 후에 생사결을 하시지요. 련이의 마음인데 제일 따뜻할 때 먹어야 하지 않겠습니까."

양경은 대답 대신 홍련이 따라 놓은 술을 입안에 툭 털어넣었다.

달았다.

～

같은 시각 악정호는 붉은 봉투에 든 서찰을 내려다보고 있었다.

"……이것이 두 분을 불러들인 이유요."

장내에 모인 건 조 총관과 사마 각주였다.

"썩 내키지는 않습니다, 가주님."

그중 사마 각주가 먼저 수염을 쓸어내리며 대답했다.

서찰을 보낸 이가 다름 아닌.

'구융이라…….'

천하오절만큼 명성이 높은 천하사패(天下四覇) 중의 일인이며, 대총문(大摠門)의 문주이기도 했다.

문제는…….

"그는 소가주가 언급한 인물들 중의 하나가 아닙니까?"

황보세가와의 일전이 끝난 직후.

악운은 화룡각의 회의에서 각 부처 수장들에게 대자사에 투자했다는 인물들의 명부를 내놨다.

구융도 그중 하나였던 것이다.

"그렇소."

"분명 그의 초빙은 다른 의중이 있을 것입니다. 저희는 그들에게 있어서 사업을 방해하고 투자금을 갈취한 원수나 다름없지 않습니까?"

사마 각주의 걱정은 당연했다.

공교롭게도 구융은 화의(和義)를 돈독히 하자며 소가주에게 포양 비무대회에 참석해 달라고 한 것이다.

"포양 비무대회는 대대로 강서성에서 치러지는 큰 비무대회입니다. 대총문은 물론이고 저희와 사이가 안 좋은 항산파도 참석할 것입니다. 썩 내키지 않는 제안입니다."

"하긴……."

최근 항산파는 연진승과 복룡검수들의 죽음에 대해서 그 어디에도 항의하지 못했다.

밀실 계약서의 존재 때문이다.

그 내용은 산동악가를 공적으로 모는 대신 문파대전이 끝나고 재산을 일부 나눠 갖겠다는 것이었는데…….

항산파 입장에서는 최악의 전개였다.

문파대전을 두려워한 그들은 다급히 사절단을 보내 정식으로 용서를 구했다.

그 일로 진귀한 선물까지 내놓은 마당에 감정이 좋을 리 없었다.

"조 총관의 생각은 어떠시오?"

"소가주를 함께 불러 고심해 보시는 것은 어떠하시겠습니까? 소가주의 의견을 듣고 싶어졌습니다, 허허."

"음…… 그리하시지요."

사마수도 늘 새로운 의견을 제시하는 악운의 견해가 듣고 싶어진 참이었다.

"이미 불렀소."

악정호가 두 사람의 얘기를 듣고는 희미하게 미소 지었다.

그 말이 끝나기 무섭게 문 밖에서 언 대주의 음성이 들렸다.

"가주님, 소가주가 도착했습니다."

"들라 하시오."

"예."

이윽고 문이 열리고 악운이 들어섰다.

"아버지, 찾으셨습니까."

"오냐."

악정호가 흐뭇하게 웃었다.

⁂

잠시 후 악운이 무겁게 입을 열었다.

"가겠습니다."

"그럴 줄 알았다."

악정호는 늘 틀을 깨는 악운의 선택을 봐 왔다.

"연유가 듣고 싶구나."

"예."

악운은 아무 말 없이 지켜보고 있는 조 총관과 사마 각주를 스윽 둘러봤다.

두 사람의 눈에도 흥미로움이 가득해 보인다.

"모두 아시다시피 최근에 석균평과 연관되어 있던 백마상회는 사업을 정리하고 조용히 사라졌습니다. 아마도 석균평이 백치가 된 후 이 사건과 관련된 고수들이 사업을 정리하라 시킨 것이겠지요. 후계자 다툼을 벌이고 있는 석가장 내에서야 석균평이 백치가 된 건 도리어 경쟁자들에게는 잘된 일이니 크게 신경 쓰지 않을 테고요."

악정호가 반문했다.

"그래서?"

"하지만 이 사업에 발을 담그고 있는 고수들은 석가장과 달리 포기할 거라고는 생각하지 않습니다. 본전을 조금이라도 되찾으려면, 우리를 노리는 것이 최선이겠지요."

악운의 눈에 이채가 흘렀다.

"하지만 우리 가문이 산동성 내에서 세력과 영향력 모든 면에서 성장한 덕분에 그마저도 많이 어려워졌지요. 그럼 남은 건 무엇이겠습니까?"

악운이 조용히 사마 각주를 바라보았다.

참다못한 사마 각주가 다시 물었다.

"무엇이오?"

"글쎄요? 잘 좀 찾아 주십시오, 각주님. 모든 위험성을 다 각도로요."

"이런……!"

목구멍까지 치미는 욕지거리를 가까스로 참은 사마수는 깊은 한숨을 내쉬었다.

"내, 이럴 줄 알았지."

"허허, 하지만 아직 그럼에도 어째서 그곳을 가려고 하는지에 대해서는 듣지 못했다오. 아니오?"

악운이 짐짓 웃음 담긴 표정으로 말했다.

"지금 말씀드리려던 차였습니다. 저는 이번 방문을 통해 얻고 싶은 것이 있습니다."

조용해진 좌중과 함께 악운이 마저 말을 이었다.

"구용과 손을 잡은 나머지 배후 고수들이요."

사마 각주가 의아한 표정을 지었다.

"이미 명부를 통해 파악하고 있게 됐잖소?"

악운은 고개를 단호하게 저었다.

"저는 그들이 전부라고 생각 안 합니다."

석균평은 치밀한 자였다.

극한의 고통을 통해 일부 명부를 받아 내기는 했지만 그것이 전부라는 보장은 어디에도 없다.

　차라리 섭혼술을 썼다면 모를까.

　아직 미심쩍은 부분이 남아 있는 셈이다.

　"제가 밝힌 명부 말고도 더 있을 가능성이 높습니다. 어쩌면 한 이익 집단으로 묶여 있을 수도 있고요."

　"이익 집단이라……."

　조 총관의 눈빛이 예리해졌다.

　만약 악운의 말대로라면 아직 수많은 적이 산동악가를 노려보고 있는 셈이다.

　썩 내키지 않는 일이었다.

　"저는 이참에 그들을 다 알아내 볼 생각입니다. 그들이 무슨 의도를 가지고 저를 초빙했는지는 모르겠으나 장담컨대 좋은 의도는 아니리라고 봅니다."

　사마 각주가 무릎을 탁 쳤다.

　"위기를 기회로 만들겠다……?"

　"그들 입장에서는 저를 살피고 관찰하기에 비무 대회보다 좋은 명분은 없을 겁니다. 전부는 아니겠지만 대자사와 연관 있던 자들이 모여들겠지요."

　악정호의 눈에 근심이 서렸다.

　"너무 위험해. 네가 높은 경지에 이르렀다고는 하나 그들도 그 부분은 충분히 예상하고 있을 게다."

"압니다. 그래서 보다 철저히 준비해 가야겠지요. 아직 그들이 언급한 날짜보다 시일이 좀 남았으니 가는 길에 들를 곳도 있고요."

악정호는 내심 뜯어말리고 싶었지만 그러기에 악운의 선택은 충분히 근거가 있었다.

"아버지, 잘 준비할 수 있게 도와주세요."

"……그래, 알았다."

내키지는 않았지만 악정호는 약조했던 대로 아들이 내민 손을 잡기로 결심했다.

"무엇을 도울 수 있을지 중지를 모아 보마."

악정호의 눈빛이 가라앉았다.

새로운 일이 가문에 찾아드는 예감이 들었다.

❧

악운은 논의를 마치고 소윤각에 돌아왔다.

'예정보다 빨라졌지만 상관없겠지.'

그간 가문을 위한 일에 많은 시간을 투자했다.

언 대주를 비롯해 종종 찾아오는 일부 수장들에게 시간이 날 때마다 비무와 조언을 아끼지 않았고 무공 창안도 완성했다.

그 외엔 개인 연무를 비롯해 동생들과 많은 시간을 보냈다.

그간 함께 다니지 못했던 저자도 가고, 가솔들을 위해 다 같이 요리도 했다.

화목하고 평화로운 시간이었다.

문득 제후가 했던 대화가 스치는 건 왜인지.

―제후야.

―응?

―형이 가끔씩만 놀아 줘서 슬프지는 않아?

―슬퍼. 그런데 괜찮아.

―왜?

―형도 슬프잖아. 우리와 못 놀아서. 그래도 나는 가족들이랑 매일 밥도 먹고, 같이 있지만 형은 아무도 없잖아. 난 형이 더 걱정 돼. 그치 누나?

"벌써 다 컸어."

악운은 피식 웃은 후 당장 놓인 일에 집중하기로 했다.

'강서성행이라……'

이번에 강서성행을 받아들인 이유는 단순히 적들의 정체를 살피는 것뿐 아니라, 사실 다른 중요한 이유도 포함되어 있다.

바로 야장의 영입.

천휘성은 한때 혈교에게 지키지 못한 야장이 많았다.

하지만 그에 반해 지킨 야장도 많았다.

'괴력편장(怪力片匠) 태범.'

그가 지킨 야장들 중 한 사람.

찾아온 혈교 마인에게 모시던 노모가 죽고, 한쪽 팔까지 잃었지만 그는 선천적 괴력과 섬세한 눈으로 그 어떤 야장 못지않은 걸출한 병기들을 제작했다.

하지만 그는 밤낮을 가리지 않는 작업으로 이른 나이에 요절했다.

'그를 계승했다라…….'

그의 제자들이 모여서 유명해졌다는 야장 마을을 한 번 찾아가 볼 작정이다.

천휘성이 아는 그는 금지옥엽 딸 한 사람 외엔 제자를 두지 않았으니까.

'어째서 소문에 그녀의 이름은 들리지 않는 것일까?'

무척 궁금해졌다.

❧

며칠 후 악정호는 오랜만에 언 대주와 함께 앉아 술을 나눴다.

"별 탈 없어야 할 텐데……. 걱정이오."

"소가주는 이미 천하를 논할 실력입니다. 너무 심려 마십시오. 산동십대고수 중 대부분이 여러 갈등으로 인해 목숨을 잃은 지금, 소가주는 산동성이 가장 주목하는 고수입니다. 누군가는 천하사패를 천하오패로 바꾸어야 한다고 하더군요."

"그래도 아비는 아비인가 보오. 누구보다 신뢰하면서도 걱정이 되니……."

"저 역시 말만 그리할 뿐 늘 소가주가 걱정입니다."

"하긴. 언 대주도 운이를 조카처럼 생각하니 나만큼 걱정이 되겠지. 아니오?"

"예, 물론입니다. 그런 면에서 남창으로 향하는 산동상회의 행사에 악가상천대를 비밀리에 합류시키기로 결정하신 것은 현명한 결정이라고 생각합니다."

언 대주의 말처럼 악정호는 일부러 강서성의 한 중소 규모 상단과 적당한 거래 계약을 맺기로 했다.

계약이야 내용이 마음에 들지 않으면 맺지 않아도 그만.

결국 겉치레만 상행일 뿐.

상단 행렬에 악가상천대를 은밀하게 합류시켜 남창에 머물게 할 생각이었던 것이다.

미연의 사태가 벌어졌을 경우.

악운을 즉각 도울 수 있게 하기 위한 가문 차원의 대비였다.

"과찬이시오. 조 총관과 사마 각주가 도와주어 내릴 수 있었던 결정이었소. 소식을 들은 유 대주가 자청해 준 덕분에 더욱 든든하게 느껴지오."

"유 대주 역시 저희 못지않게 소가주를 아끼지 않습니까, 하하!"

"그러게 말이오. 그런 마음을 다 알면서도 굳이 강서성으로 가겠다니, 내 아들이지만 녀석도 참……."

"어쩌면 대자사 일 말고도 다른 의도가 있을지도 모릅니다."

"미리 들은 바라도 있으시오?"

"그럴 리가요. 일부터 저지르고 가솔들을 놀라게 하는 것이 소가주가 제일 잘하는 일 아닙니까, 하하!"

"어휴."

악정호가 혀를 내두르며 언 대주와 술잔을 부딪쳤다.

"그런데, 가주님."

"말씀하시오."

"황보세가의 공녀와 소가주 사이가 심상찮다는 소문이 들리던데요."

"나도 듣긴 들었는데 일단 모른 척합시다. 괜히 아는 척해 봐야 죽도 밥도 안 될지도 모르지 않소? 그래도 그 아가씨, 참 운이 짝으로 탐나더이다."

"하하, 모른 척이 되려나 모르겠습니다."

"내가 더 걱정이오. 벌써 입이 간질간질하니, 원."

악정호의 입가가 씰룩거렸다.

바쁜 와중에도 제 짝을 찾아온 운이가 아주 기특했다.

"귀가 간지럽네."

한차례 귀를 털어낸 악운은 이미 땅바닥을 네 발로 기고 있는 네 사람을 쳐다봤다.

선두엔 백훈과 호사량.

뒷줄에는 악가뇌혼대의 일행이 나란히 붙었다.

놀랍게도 양경은 동행하지 않았다.

양경은 나이를 먹어 이동하는 게 귀찮다며 다녀오는 대로 다시 생사결을 청하겠다고 했다.

하지만.

악운은 양경의 선택이 홍련 그 아이를 예뻐해서 그런 것임을 잘 알았다.

모를 수가 없다.

홍련이를 바라보는 양경의 눈은 자신을 바라보는 조 총관의 눈빛과 똑닮아 있었다.

양경은 이제야 검이 아닌 또 다른 삶의 면을 마주한 거 같다.

'잘된 일이야.'

흐뭇하게 미소 짓던 그때.

앞장서서 이동하던 호사량이 탈진하기 직전의 표정으로 거친 숨을 몰아쉬었다.

"허억, 허억······!"

"우에엑."

이에 질세라 백훈이 옆에서 헛구역질을 했다.

나머지는 너무 지쳐 입도 벙긋하지 못했다.

가문을 떠나온 내내 잠은 쪽잠으로 일다경 정도만 잤다.

그뿐인가?

외공과 내공 수련도 모자라 신법 수련까지 병행한 것이다.

그럴 때마다 악운은 그냥 놔두지 않았다.

청열단을 복용하게 하고 추궁과혈을 반복함으로써 다시 활력을 불어넣었다.

하지만 함께한 일행은 누구 한 사람 수련에 빠지지 않고 사력을 다해 임했다.

"자, 여기 있습니다."

때가 됐다고 여긴 악운이 다시 청열단을 복용시키며 추궁과혈을 시전했다.

"크허억."

"으헉!"

순식간에 악운이 훑고 지나간 자리마다 고통과 시원함이 번갈아 통과했다.

혼절 직전까지 갔던 네 사람이 한결 나아진 눈으로 자리에서 일어났다.

백훈이 제일 먼저 투덜거렸다.

"젠장, 여긴 지옥이야."

"오늘은 네놈 말에 적극 동의한다."

호사량이 혀를 내두르면서 검집째로 땅을 짚으며 일어났다.

금벽산이 뒤쪽에서 일어나며 두 사람을 타박했다.

"내가 조금 있으면 나이가 쉰이오. 나도 가만히 있는데 다들 너무 투덜거리시는구려."

"그러게 말입니다. 저는 소가주님의 큰 뜻에 오히려 기쁜 마음으로 수련에 임하고 있는데 말이지요."

활력 넘치는 서태량의 반응에 금벽산이 혀를 찼다.

"그건 네가 미친 거고."

지켜보던 악운이 너털웃음을 터트렸다.

하지만 화기애애한 분위기와는 별개로 수련은 계속해야 했다.

"모두 즐겁게 웃었으니 다시 하시지요. 가져온 청열단을 다 쓰기 전까지는 지금의 이 수련을 반복할 겁니다. 무공은 결국 몸을 쓰는 법, 계속 단련하지 않으면 한계를 넘지 못합니다."

다시 앞장서는 악운을 보며 네 사람이 서로를 쳐다보며 한 목소리로 물었다.

"대체 누가 즐겁게 웃었는데?"

여긴 즐거운(?) 지옥이었다.

⚜

달빛이 비치는 침소 안에서 열띤 교성이 들렸다.

얼마쯤 흘렀을까?

운우지락을 나눈 여인이 나신을 반쯤 드러낸 채 중년 사내
의 품에 안겨 있었다.

"구 대인, 그가 올까요?"

"껄껄, 여 궁주가 꽤나 몸이 단 게로군."

"궁금할 수밖에요. 대자사 건으로 날린 돈이 얼마인데요.
그 생각만 해도……."

구용은 화봉궁(花鳳宮)의 궁주인 여희를 힐끗 내려다봤다.

여희의 눈동자에 찰나간 살의가 스치는 게 보였다.

"답신은 어제 도착했소."

"정말요?"

"토끼 눈이 따로 없구려."

"호호, 그럼요. 얼마나 고대하던 일인데요."

뇌쇄적인 눈빛을 가진 그녀는 완벽하리만치 잘록한 허리
선을 드러내며 구용을 뱀처럼 끌어안았다.

구웅은 다시 아랫도리가 불끈거렸다.

"그 소가주 놈, 실력을 믿는 탓인지 겁도 없이 온다고 하더이다. 크게 고민 없이 미끼를 덥석 문 것을 보아하니 석균평 그놈이 우리 이름을 팔지는 않은 거 같소."

수염을 쓸어내리는 구웅의 눈에 흡족함이 서렸다.

이번 일로 인해 거액의 투자금을 잃은 건 구웅뿐이 아니었다.

'회(會)'의 일원들은 화가 단단히 나 있었다.

그러나 대자사의 일은 정파 무림의 지탄을 받을 일이다.

약점이 될 일을 망쳤다고 드러내놓고 산동악가를 적대할 수는 없는 일이었다.

그래서 생각을 바꿨다.

외부에서 건드릴 수 없다면 내부를 망가트리기로.

"소가주 놈은 조만간 우리의 수족이 될 수밖에 없을 것이오. 급격히 커진 가문의 성세에 오만해 있을 소가주 놈의 얼굴이 바뀌는 꼴을 빨리 보고 싶군. 궁주의 몫이 크오."

"호호, 경험이 일천한 젊은 사내를 흔들어 놓는 거야 일도 아니지요."

"회동은 이쯤 합시다."

구웅이 호탕한 웃음을 터트리며 침상에서 일어났다.

하지만 환한 표정과 달리 구웅의 내심은 전혀 달랐다.

'간교한 계집애 같으니라고.'

여희와의 합궁은 늘 위험했다.

흥분하여 긴장을 놓는 순간.

그녀의 뛰어난 방중술에 내공을 빼앗길 수도 있었기 때문이다.

"조만간 뵈어요, 구 대인."

"그럽시다."

구융은 우아하게 손을 흔드는 그녀를 두고 황급히 자리를 떠났다.

조금만 더 있으면 그녀의 눈빛에 다시 침상으로 달려갈 듯했으니까.

위험한 걸 알면서도 매번 그녀를 찾을 때마다 합궁을 거부할 수 없는 이유였다.

'과연 알면서도 당하는 화봉궁의 미혼술을 놈이 피할 수 있을까?'

구융은 단언컨대 그럴 리 없다고 확신했다.

아니, 미혼술은 시작일 뿐.

놈을 무릎 꿇릴 회(會)의 대계는 이미 시작됐다.

❧

수련을 거듭하면서 안휘성 회북으로 접어들었다.

도시가 보일 때쯤 악운이 말했다.

"회북의 객잔에서 잠시 머물다 가는 게 좋겠습니다."

백훈의 목소리가 한층 높아졌다.

"객잔이라는데?"

일행이 한 목소리로 환호성을 질렀다.

하지만 그 와중에 호사량은 홀로 떨떠름한 표정을 지었다.

백훈이 호사량을 툭 치며 물었다.

"어이, 왜 그래?"

기다렸다는 듯 호사량이 대답했다.

"머저리 같은 놈, 소가주를 아직도 모르겠느냐?"

무슨 소리인가 싶어 백훈이 눈살을 찌푸린 그때.

"부각주께서 역시 현명하십니다. 이쯤이 좋겠군요."

적당한 공터를 찾은 악운은 어깨에 메고 있던 두 자루 창을 땅에 각각 꽂았다.

푹, 푹.

"뭐든지 마무리가 중요한 거 아니겠습니까? 지금부터 한 분씩 저와 비무를 하지요. 둘 중 하나가 쓰러질 때까지 하는 겁니다."

이제야 호사량의 의중을 이해한 백훈이 와드득 이를 갈았다.

하지만 어쩔 수 있나.

소가주가 까라면 까는 거지.

"빌어먹을, 매도 먼저 맞는 게 낫지. 내가 먼저 한다."

자신 있게 나서는 그를 보며 나머지 일행이 갈등 섞인 시선을 보냈다.

먼저 할 걸 그랬나?

꿈

툭!

호사량이 들고 있던 검을 놓치면서 바닥에 주저앉았다.

털썩!

이미 그의 뒤로 나머지 일행은 대자로 뻗어 널브러져 있었다.

금벽산과 서태량은 혼절했고 백훈은 의식만 겨우 붙잡고 있었던 것이다.

반면 악운은 흡족한 표정으로 호사량을 내려다보고 있었다.

"방금 마지막 그 절초, 분명 검기가 맺혀 있었습니다."

호사량은 기뻤지만 대답할 힘도 정신도 없었다.

어떻게 해냈는지도 모르겠다.

그저 이제껏 쌓여 있던 게 한꺼번에 터져 버린 기분이었다.

"호흡이 마지막 절초까지 전해졌어요. 제 조언을 제대로 소화하셨네요."

악운이 환한 미소를 보이며 나머지 일행을 둘러봤다.

일행은 하나같이 놀라운 성장을 보였다.

절정 초입에 오른 호사량과 마찬가지로 백훈은 이제 완벽히 자기만의 검로(劍路)에 익숙해졌다.

그 덕분일까?

검기의 틀에서 벗어나 검사를 구사하기 시작했다.

최절정이 머지않은 거 같다.

일류에 머물러 있던 서태량도 커다란 문파대전을 겪은 후 내적으로나 외적으로나 성장한 눈빛이었다.

호사량과 백훈이라는 좋은 조언자들이 함께하니 투박하던 검초의 연계가 훨씬 매끄러워졌다.

그로 인해 검초의 위력이 증강됐다.

금벽산도 살이 쫙 빠지고 청열단의 지속적인 복용으로 체형과 근골이 전과는 비교도 할 수 없이 바뀌었다.

'사거리도 늘어났고 체력도 이백 발은 연달아 쏘고도 남을 지경이라던가.'

한 시(矢)마다 강한 기운을 응축시켜야 한다는 걸 감안하면 고무적인 성과다.

악운이 봐도 그가 쏘는 화살은 이제 절정 고수도 무시하기 힘든 수준의 것이 됐다.

"이만하면 됐습니다."

오면서 무공 조언을 아끼지 않는 덕분에 저마다 성과가 있었던 것이다.

악운은 네 사람을 추궁과혈로 어느 정도 정신 차리게 한 후에 남은 청열단을 복용하게 했다.

악가뇌혼대는 악운의 상상 이상으로 가파르게 성장하고 있었다.

"호법을 설 테니 운기들 하세요."

네 사람은 익숙하게 가부좌를 틀고, 눈을 반개했다.

모두 집중에 빠져 고요한 가운데.

호법을 선 악운의 감각에 거슬리는 기척이 느껴지기 시작했다.

분명…… 살의(殺意)였다.

❧

호길(好吉).

늘 길한 일만 있으라는 의미에서 사부님이 지어 준 이름.

천애고아였지만 음감을 인정받아 악효문(樂嘵門)에 입문하게 될 때만 해도 삶이 이름대로 길하게 흘러갈 줄 알았다.

그래, 그랬다.

하지만…….

문주님이셨던 사부가 돌아가신 직후 사달이 벌어졌다.

'왜 하필 다음 문주로 저를 택하셨습니까, 사부!'

아직도 이해되지 않는 사부의 선택이었지만 사부의 의지
는 분명 확고했다.

지병으로 돌아가신 사부는 회광반조의 순간, 온전한 정신
으로 유언을 남겼기 때문이다.

─길이가 내 다음 대를 잇게 하거라.

대사형은 잔뜩 노하여 사부가 돌아가시자마자 회남의 백
황문(白簧門) 문주에게 가문의 모든 재산을 팔아 넘겼다.

전답, 장원, 악기, 악보 모든 것들이 넘어갔고 문파의 제
자들도 뿔뿔이 흩어졌다.

남은 건 이제 사부가 손수 만든 피 묻은 비파뿐.

"쿨럭."

호길은 나무에 등을 기대며 손에 묻은 피를 내려다봤다.

"후우, 후우!"

속이 배배 꼬인 것처럼 아프다.

음공을 무리하게 펼쳤기 때문일 것이다.

하지만 계속 가야 한다.

백황문에서 나온 살수들이 계속 추격해 오고 있었다.

대사형이 보낸 게 틀림없다.

'대체 왜!'

팔공산에 자리한 대형무관의 막내아들인 그는 이제 백황

문 문주의 여식과 혼인까지 앞두고 있다.

이미 사부의 모든 재산을 가져갔고 제자들 중 대부분도 대사형의 뜻을 따라 백황문에 입문했다.

그런데 그는 끝까지 지독하고 잔인하다.

'왜 이렇게까지 하는 걸까.'

호길은 의문의 답을 찾지 못한 채 다시 비파를 쥐고 달렸다.

그 순간 사부의 기억이 갑자기 떠올랐다.

—길아.

—예, 사부님.

—네 음률은 내가 알던 이와 참 많이 닮았다. 아느냐?

—잘 모르겠습니다.

—비어 있구나. 공허하고……. 그래서 슬프다.

그래, 사부의 말이 맞다.

사부의 말대로 평생 아무것도 가지고 싶지도, 무언가를 이루고 싶지도 않았다.

그냥 되는 대로 살고 싶었다.

악보는 그저 심심할 때마다 본 것이고, 비파는 사부가 좋아서 들었다.

철퍽! 철퍽!

마르지 않는 땅을 밟으며 달리는 지금도 단 하나의 이유 때문이다.

살고자 함이 아니다.

사부의 마지막 유품인 이 비파를 아무에게나 넘기고 싶지 않았다.

'내가 죽고 나면 버려질 테니까.'

오기(傲氣).

그것 하나에 기대서 달리는 것이다.

하지만 이젠 그것도 끝인가 보다.

"제법이구나."

어느새 주변을 둘러싼 다섯 명의 무림인들.

'미리 퇴로를 지키고 서 있었던 건가.'

호길은 허리에 난 상처 부위를 손으로 꽉 누른 채 이를 악물었다.

"결국…… 여기까지 쫓아온 건가."

호길의 시선이 무림인들 중 한 사람에게 머물렀다.

'백황문의 장로, 황중섭.'

백황문 문주의 심복 중 하나이며 대사형의 악심을 부추긴 자다.

황중섭이 여유 있게 장죽을 폈다.

"그럼 더욱 죽여야겠지. 평판이 나빠지면 쓰나."

"대사형은 왜 이렇게까지 나를 쫓는 거지? 다 빼앗아 갔잖

아. 전부 다!"

"애초에 네놈 것이 아니었잖느냐."

"뭐?"

"우린 네놈 것을 단 한 번도 빼앗아 간 적이 없다. 악효문 안에 네놈 것은 단 하나도 없었어. 그러니 계산은 똑바로 하 자꾸나."

황중섭이 씨익 웃었다.

"네놈 목숨으로."

호길은 마른침을 꿀꺽 삼켰다.

다섯 명의 살수는 전부 다 허리께에서 피리를 들었다.

피이이이.

백황문의 파괴적인 악보가 황중섭의 피리를 통해 울려 퍼 졌다.

'절곡야(絕谷野).'

순식간에 주변의 풀들을 새카맣게 죽이며 퍼져 나가는 음(音).

호길은 지체할 겨를 없이 비파를 연주했다.

'효효심(曉嚆心).'

사부와 함께 창안한 악보다.

손에 걸린 현에 진기를 운용했다.

내장이 진탕되는 것 같았지만 대처하지 않으면 절곡야의 음에 당한다.

띠디딩!

절곡야의 합주가 점점 커져 갔다.

절곡야는 마음의 공포를 자극한다.

가장 두려워하는 걸 보이게 하는 것이다.

음이 고조될수록 효효심의 음이 묻히고, 호길의 눈에 핏발이 서기 시작했다.

황중섭이 회심의 미소를 지었다.

'절곡야의 합주를 고작 비파 하나로 막을 수 있을 거 같으냐. 이제껏 살아남은 건 운이 좋았을 뿐이니라.'

이제 머지않아 호길은 공포에 잠식되어 스스로 자결을 택할 것이다.

황중섭의 확신 섞인 연주가 절정에 이른 그때.

"바람이 나를 통과하면 그대의 향기가 실려 있을까 기대되고, 달 오른 날엔 그대의 그림자가 아른거리니. 동이 트지 않길 바라노라."

호길의 입에서 흘러나온 미성(美聲)이 비파의 음과 조화되어 증폭됐다.

솨아아!

엄습했던 절곡야의 합주가 비파 소리에 묻혀 끊기기 시작하자 황중섭과 합주하던 백황문의 제자들이 한 명씩 피를 토했다.

"우엑!"

"쿠에엑!"

충돌한 효효심의 음력에 버티지 못하고 내장이 진탕된 것이다.

"흑흑……!"

"으흐흑!"

데려온 백황문의 제자들이 모조리 주저앉아 울기 시작했다.

효효심의 음력에 당한 것도 모자라 슬픔에 사로 잡혀 적의를 잃어버린 것이다.

덩달아 황중섭의 눈에도 눈물이 맺히기 시작했다.

'이런!'

어째서 정청이 놈의 목소리를 무시하지 말라고 했는지 이제야 알겠다.

악보에 곁들여진 놈의 목소리는 최고의 음공이다.

'오냐, 인정하마.'

황중섭은 주체하기 힘들어지는 감정을 누르며 허리에서 판관필을 꺼냈다.

"본문엔 음공만 있는 것이 아니니라!"

피리를 버리고 땅을 박찬 황중섭이 황촉필법(晃劚筆法)을 시전했다.

쐐애액!

손에 쥔 판관필이 효효심의 음력을 뚫고 뻗혔다.

호길은 재빨리 연주를 바꿨다.

'막아야 해!'

음의 진동수를 높여 상대를 해하거나, 튕겨 낼 수 있는 탄현법(彈絃法)의 악보를 구사하려던 그때.

"쿨럭."

입안에서 각혈이 올라왔다.

'안 돼!'

겨우 버티던 진기가 가장 중요한 순간에 진탕될 줄이야.

"늦었다!"

황중섭의 움직임이 연주가 끊긴 틈을 파고들었다.

매섭게 뻗힌 판관필이 호길의 눈동자를 가득 메웠다.

'오기도 끝……인가.'

호길은 눈을 감았다.

문득 그런 생각이 스친다.

공허한 삶을 받아들이는 게 아니라 무언가를 이루고자 노력하며 살았다면…….

'지금과 달랐을까?'

모르겠다.

하지만 적어도 손에 쥐고 있는 사부의 비파는 쓸쓸히 버려지지 않았을 텐데…….

그저 사부에게 미안할 따름이었다.

호길은 이내 마주할 죽음을 떠올리며 거친 숨을 들이켰다.

그때였다.

"커험!"

놀랍게도 고통 섞인 비명이 호길이 아닌 황중섭에게서 흘러나왔다.

'뭐……지?'

호길이 감았던 눈을 천천히 떴다.

그러자 그 앞에는 호길보다 머리 하나는 더 큰 신장의 사내가 거목처럼 우뚝 서 있었다.

호길은 이 상황이 이해가 되지 않았다.

아무리 생각을 떠올려 봐도 도와줄 이는 없다.

사부님은 돌아가셨고 제자들 중 일부는 흩어지고 일부는 대사형을 따라나섰다.

"누……구……."

호길이 그의 정체를 묻기 직전.

"대체 네놈은 누구냐!"

바닥을 나뒹굴었던 황중섭이 힘겹게 몸을 일으키며 소리쳤다.

애써 괜찮은 척 하고는 있었지만 당황한 기색이 역력했다.

"나야말로 묻고 싶군. 어디에 속해 있으시오?"

"나는 백황문의 장로, 황중섭이다!"

"백황문이라……."

악운은 말없이 턱을 쓰다듬었다.

어디인지 생각나지 않아 말끝을 흐린 것이다.

"그래, 이제야 알겠느냐? 감히 본문에 행사에 끼어들어? 당장 썩 꺼지지 못할까!"

악운은 대답하지 않고 뒤에 서 있는 호길을 힐끗 쳐다봤다.

"그쪽은?"

"예?"

"어디에 속해 계시오?"

"저…… 저는……."

사분오열되어 사라진 문파를 이제 어디라고 해야 할까.

호길은 쓰게 웃었다.

"사문이 망했습니다."

그러자 악운의 시선이 다시 황중섭에게로 향했다.

"망한 사문을 쫓는 이유를 말씀해 주시오."

황중섭은 대답 대신 눈살을 찌푸렸다.

당장 두 놈을 쳐 죽이고 싶었지만.

방금 전의 그 일격…….

어느 정도 사정을 봐준 게 틀림없다.

'재수 옴 붙었군.'

본문의 이름을 듣고도 흔들림이 없으며 목소리는 젊다.

은거기인의 제자일 수도 있고 유명 문파의 자제일 수도 있었다.

황중섭은 불리해진 형세에 더러운 기분을 잠시 동안 누르기로 했다.

"이건 본문의 개인적인 일이오. 사문도 밝히지 않고 타 문파의 일에 개입하는 건 강호의 도리에 맞지 않소이다!"

"그럴 수도 있겠소. 개입할 명분이 없다면 타 문파의 일에 나서는 게 합당하지 않겠지. 실례가 많았소."

"말이 통하는구려. 그럼 이만 물러나 주시오. 방금 전의 일수는 눈감아 드리리다."

"알겠소."

호길은 한 발 물러나는 것 같은 사내의 대답에 입술을 질끈 깨물었다.

기회는 이제 이 사내밖에 없었다.

호길은 떨리는 입술로 힘겹게 말했다.

"도와주지 않으셔도 됩니다. 가십시오. 대신⋯⋯."

호길은 지니고 있는 비파를 사내에게 내밀었다.

"이 비파를 홍수로도 휩쓸려 가지 않을 양지 마른 곳에 묻어 주십시오. 부탁드립니다."

황중섭이 조소했다.

"그깟 비파 따위가 뭐라고⋯⋯."

호길은 아랑곳하지 않고 악운에게 비파를 내밀었다.

"부탁드립니다. 사부님의 마지막 유품입니다."

악운은 잠시 동안 호길이 내민 비파를 내려다봤다.

"비파라……."

묘한 눈빛으로 미소 지은 악운이 호길에게 등을 지고 돌아섰다.

"대인! 제발!"

황중섭이 득의한 표정을 지었다.

'그럼 그렇지.'

누구라도 싸구려 비파 따위에 타 문파의 일에 끼어들 이유는 되지 않는다.

"차라리 그깟 볼품없는 비파 말고 수중의 돈을 털지 그랬느냐!"

쐐기를 박는 황중섭의 외침에 호길은 그 자리에 무릎을 꿇었다.

'못난 제자를 용서하십시오, 사부.'

호길이 모든 것을 내려놓은 그때였다.

"미안하지만 백황문의 행사에 끼어들어야겠소."

황중섭을 무심히 지나칠 줄 알았던 악운이 놀랍게도 황중섭과 마주 선 채 멈춰선 것이다.

"겨우 저깟 비파 때문에?"

황중섭의 눈빛에 노기가 실렸다.

"가치는 상대적인 것이지. 내게 저 비파는 이 일에 끼어들 정도의 값어치는 되오."

"놈을 비호하면 백황문과 기어코 척지게 될 것이오."

"감안하겠소. 그보다 그냥 물러가는 게 나을 것이오. 피를 볼 필요가 없어서 손 속에 사정을 둔 것이니. 정말 피를 봐야 한다면……."

악운이 살짝 방갓을 들었다.

"기꺼이 감수하지."

푸른 불꽃이 휘감긴 눈동자를 마주한 순간 황중섭은 온몸을 사시나무처럼 떨며 풀썩 주저앉았다.

질식할 듯한 살의(殺意).

덜덜!

황중섭은 더는 두 사람을 쫓지도, 쫓을 생각도 할 수 없었다.

두 사람이 눈앞에서 사라지기 전까지 계속…….

"갑시다."

악운이 호길의 비파를 빼앗듯이 들고는 그를 부축해 사라졌다.

❧

'맙소사.'

호길은 방금 그 광경을 보고 어이가 없었다.

그저 마주치기만 했는데도 황중섭은 덜덜 떨며 눈치만 보고 있었다.

기세에 짓눌린 표정이었다.

'대체 어떻게……?'

고마움과는 별개로 가늠할 수 없는 사내의 실력에 의문이 생긴 호길은 거친 숨을 내쉬며 말했다.

"저, 은인……."

"감사하단 인사는 괜찮소. 그보다는 잠깐 있어 보시오."

악운은 호길이 뭐라 할 새도 없이 혈도를 두드리고는 기를 흘려보내 호길의 피를 금세 멎게 했다.

"엉킨 기혈은 어느 정도 안정 됐고 지혈도 마쳤소. 국소적인 상처 부위는 자리를 이동해 치료해 드리겠소. 침이 조금 떨어진 곳에 있는 터라……."

악운이 일행이 있는 쪽을 쳐다봤다.

운기하고 있는 일행 주변에는 돌과 나무를 활용해 환영진을 펼쳐 놓고 왔으니 크게 걱정할 건 없었다.

"아닙니다. 이미 큰 은혜를 입었습니다. 목숨을 구원받고도 더 폐를 끼칠 수는 없습니다. 아마 저와 동행하시면 백황문이 계속 살수를 뻗쳐올 겁니다."

"사문에서 꽤 중요한 인물이셨나 보오."

"아닙니다. 오히려 사문에 해만 되는 사람이었습니다."

"사문에 해를 되는 사람에게 일문의 사부께서 소중한 비파를 물려주셨단 말이오? 음공을 펼치는 이에게 악기는 독문 병기와 같을 텐데…… 아니오?"

"그건……."

"본인의 가치를 스스로 폄하하지 마시오. 그건 귀하를 거두신 사부님께도 모욕된 일이오. 한심한 자를 거두었다는 뜻이니까."

호길은 말없이 고개를 떨어트렸다.

은인의 말이 백번이고 지당했다.

"축 처져 있으라고 드린 말씀은 아니오. 그보다 내게 건네준 이 비파에 관련해 사부님께 따로 들은 이야기는 없으시오?"

"비파를요? 글쎄요, 한데 갑자기 그건 어째서 물어보시는지……."

"어디선가 들어 본 비파 같아서 그렇소. 혹시 땅에 묻을 비파라면 조금 손상이 가도 괜찮겠소?"

"예, 어차피 묻을……."

막 호길이 대답하려던 찰나.

악운이 지체 없이 비파를 바닥에 내리꽂았다.

쾅!

음(音)은 많은 것을 드러낸다.

감정, 생각, 그리고 삶.

악운이 호길의 일에 나선 건 단순히 그가 측은해서가 아니었다.

그의 음공은 오로지 지키려는 의지만 있었으나 그와 마주하고 있던 백황문의 음공은 오로지 파괴와 적의만이 가득했다.

그래서 사정 얘기를 들어 보고, 과감히 돕기 위해 나섰다.

가문의 재건도 언가를 도우며 시작된 것이니까.

그런데…….

'그가 남긴 물건을 이렇게 마주할 줄이야.'

애초에 생각 없이 부순 게 아니었다.

악운은 괴력편장의 독자적 수인을 발견하여 살펴보니 보통 일체형의 비파와 달리 판이 나눠 있는 결합점을 눈치챘다.

'역시나.'

악운은 부서진 비파 사이에서 돌돌 말린 양피지 뭉치를 꺼냈다.

비둘기 발목에 묶을 만큼 작고 오래된 뭉치였다.

"어……?"

호길은 부서진 비파와 악운이 집어 든 양피지 뭉치를 번갈아 쳐다봤다.

설명이 필요한 눈빛이었다.

"괴력편장(怪力片匠)에 대해 들어 본 바 있으시오?"

악운이 양피지 뭉치를 들고 말했다.

"괴……력편장이요?"

"그렇소. 한 시대를 풍미한 야장들 중 한 사람이지. 난중 팔대야장(亂中八大冶匠)의 일인이오."

난중팔대야장.

혈교대란이 시작된 전후를 포함했던 시대 동안 두각을 발했던 여덟 명의 야장들을 뜻한다.

모야루와 벽계동 모두 여기에 포함되어 있다.

"아…… 모르겠네요. 실은 평생 세상일에 크게 관심 없이 악보만 공부해 온 터라."

"몰라도 크게 상관은 없소. 이 상황을 설명하고자 꺼낸 이야기이니. 그보다 우선 통성명부터 하는 게 좋겠소."

"아, 그러고 보니 은인께 제 소개를 못했군요. 저는 악효문의 호길이라 합니다. 무명소졸이라 별호는 딱히 없습니다."

"그래도 펼쳐 냈던 음공은 절대 무명소졸 같아 보이지 않았소. 감명 깊었소."

"과찬이십니다. 은인은 성함이 어찌 되십니까?"

"나는……."

악운이 방갓을 벗으며 대답했다.

"악운이라고 하오."

"악……운?"

말끝을 흐린 호길은 입만 멍하니 벌렸다.

이제야 악운의 모습이 제대로 들어왔다.

건장하지만 날렵해 보이는 체격과 방갓을 벗자마자 드러

난…….

"와……! 소문이 정말이잖아!"

호길의 대사형은 문파뿐 아니라 인근에서도 옥면이라는 얘기를 종종 들을 만큼 잘생겼었다.

하지만 지금 마주한 악운은 대사형과는 비교도 되지 않는다.

백옥 같은 피부와 사내다운 날카로움과 부드러움이 공존하는 이목구비까지…….

거짓말 하나 안 보태고 옥으로 빚은 조각상 같다.

꿀꺽!

한차례 마른침을 삼킨 호길은 그제야 결례라는 걸 깨달았다.

"앗! 송구합니다. 너무 놀란 나머지……."

"괜찮소."

"산동악가의 소가주이신 악 소협이 맞으신지요?"

"맞소."

악운의 대답과 동시에 호길은 벼락이라도 맞은 양 아무 말도 하지 못했다.

'평생 만나 볼 일이 없을 줄 알았는데.'

산동성의 패자들을 무릎 꿇리며 혜성처럼 나타난 신진 고수의 명성은 이미 천하를 준동시키고 있었던 것이다.

'나와는 너무 다른 사람…….'

약관도 되지 않은 악운이 행한 경이로운 일들은 꿈 없이 살아온 호길과는 정반대의 지점에 있었다.

"높으신 명성은 익히 들었습니다."

호길은 어렵게 운을 뗐다.

은인이 아니더라도 그는 호길이 함부로 대할 수 있는 신분이 아니었다.

"그저 호사가들의 이야기일 뿐이오. 부담 갖지 마시오."

"아, 예……."

호길이 쭈뼛거리며 고개를 끄덕인 순간.

바스락.

또 다른 기척이 느껴졌다.

호길이 황급히 소리쳤다.

"조심하십시오. 백황문이 다시……."

"괜찮소. 내 일행이오."

동시에 백훈과 호사량을 선두로 악가뇌혼대의 일원들이 나타났다.

"무슨 일이야? 이 비리비리한 멸치는 또 뭐고?"

호사량이 혀를 차며 말했다.

"예나 지금이나 예의는 밥 말아 먹었군. 처음 본 이에게는 통성명부터 해야지."

"부각주 말씀이 맞소, 대주. 보시오, 저 친구 벌써 놀랐잖소."

"고약한 건 알아줘야 한다니까."

금벽산과 서태량이 고개를 절레절레 저었다.

"왜 다들 난리야? 멸치를 멸치라고 한 건데. 안 그래?"

백훈의 으름장에 호길이 눈치를 보며 볼을 긁적였다.

"아, 예. 뭐……."

보다 못한 호사량이 끼어들었다.

"이놈이 못 배워서 그렇소. 소협이 이해하시오. 그리고 소 가주께서는 이 상황부터 설명해 주시겠소?"

악운이 손에 쥔 양피지를 내려다보며 대답했다.

"하려던 참입니다."

악운의 설명이 있고난 후 잠시 정적이 흘렀다.

침묵을 깨고, 먼저 운을 뗀 건 호사량.

"소가주가 부순 이 비파에 괴력편장의 상징이 새겨져 있었다 이 말이오? 그리고 부순 비파가 호 소협의 사부께서 남기신 유품이고?"

"예."

이어서 호사량이 호길을 쳐다봤다.

"그걸 호 소협은 허락한 것이고?"

"아, 그것이…… 어차피 땅에 묻을 거였던 거라 그랬습니다. 방금 말씀드렸다시피 쫓기던 중이기도 해서."

백훈은 위축되어 있는 호길을 보며 눈살을 찌푸렸다.

"얘길 들어 보면 잘못한 건 백황문이란 놈들인데, 왜 네가 위축되어 있어? 생긴 게 멸치여도 심지가 멸치가 되면 쓰냐?"

호사량이 비웃었다.

"나백에게 쫓기던 게 눈에 선한데."

"봤냐? 봤어?"

"장 대인께 다 들었다. 왜?"

서태량이 호사량에게 달려들려는 백훈을 뜯어 말렸다.

"아, 또 왜 이러시오? 참읍시다."

세 사람이 한데 엉켜 티격태격 대는 동안 금벽산은 아랑곳하지 않고 품속에서 벽곡단을 꺼내 호길에게 건넸다.

"싸우는 건 늘 있는 일이니 신경 끄고……. 내 소개부터 하지. 난 금벽산이오. 듣자 하니 쫓기느라 끼니도 제대로 못 챙겼을 텐데 이거라도 좀 드시오. 말린 육포라도 있으면 좋으련만 누구 때문에 늘 먹는 게 벽곡단밖에 없어서……."

슬그머니 째려보는 금벽산의 시선에 악운이 너털웃음을 지었다.

"물은 가죽 수통에 담겨 있소. 편하게 갖다 드시오."

"아, 고맙습니다."

호길은 금벽산의 친절에 고개를 꾸벅 숙였다.

한편 호사량은 마저 질문을 이어 나갔다.

"소가주는 괴력편장이 비파에 남긴 독자적인 수인(手印)을 어찌 아신 것이오?"

"잊으셨습니까? 전 유 총경리가 몰라봤던 명검도 찾아낸 걸요. 더구나 괴력편장 특유의 수인은 난총팔대야장에 대해 조금만 공부해도 알 수 있습니다. 마을이 설 만큼 워낙 유명한 야장이니까요."

"하긴……."

호사량은 악운이 흑룡아를 찾아냈을 때의 기억이 스쳐 지나갔다.

경이롭다는 표현이 들 만큼 악운은 기이한 행동으로 명검을 찾아냈다.

'비파에서도 무언가 특이한 점이라도 발견한 것이겠지.'

이번에도 같은 경우이리라.

그럼 남은 건 비파 안에서 나온 이 양피지 뭉치다.

"한번 읽어 봅시다. 그럼."

막 호사량이 양피지 뭉치를 풀어보려던 그때였다.

"아아……!"

긴장이 풀린 탓일까?

갑자기 호길이 골을 짚으며 비틀거렸다.

탁.

"이런."

악운이 손을 뻗어 쓰러질 거 같던 호길을 부축하며 말했다.

안색을 보니 하얗게 질려 있었다.

"우선 나머지 이야기는 나중에 나누죠. 먼저 부각주께서는 주변에 야생 홍화(紅花) 잎이 있으면 좀 따다 주세요. 봄이 왔으니 흔할 겁니다. 남은 분들은 호 소협의 기력을 채울 수 있게 참새 알을 좀 찾아다 주세요."

악운의 지시에 일행은 우선 호길부터 돕기로 했다.

꩜

발 빠른 치료로 호길은 금방 나아졌다.

이내 안정을 찾은 탓인지 깊은 잠까지 들었다.

쌔쌔.

자연히 임시로 핀 불을 쬐며 호길 곁에 모인 일행.

그중 호사량의 손에는 양피지 뭉치가 펼쳐져 있었다.

호길이 잠든 사이에 내용을 확인한 것이다.

"양피지 내용을 정리하자면 이 비파는 괴력편장이 제작한 것이 아니며 호 소협의 사부와 연인 관계에 있던 괴력편장의 딸이 그녀를 추격하는 의문의 집단을 피하면서 남긴 것이라고 볼 수 있겠구려."

"그럼, 저 멸치의 사부는 한동안 연인 관계였던 그녀가 괴력편장의 딸이었다는 사실도 몰랐던 거네? 사랑하던 사람이 허무하게 사라져 버린 거야."

백훈의 반문에 호사량이 고개를 끄덕였다.

"그래, 내용을 유추해 보면 그런 거 같다. 괴력편장의 딸은 정체를 숨긴 채 호 소협의 사부와 짧은 만남을 가졌던 거야. 그가 혹시나 싸움에 휘말릴까 다시 도망치면서 이별 선물로 이 비파를 남긴 것이고……."

서태량의 눈이 촉촉해졌다.

"참으로 안타까운 일이오. 평생 연모했던 이를 그리워하며 비파를 연주한 것 아니오."

덩달아 금벽산의 눈빛도 흔들렸다.

"그러게 말이다. 하지만 정작 더 슬픈 건 그녀가 남긴 이 양피지를 호 소협의 사부가 보지 못하고 눈을 감았다는 것이겠지. 반드시 돌아오겠단 약조가 쓰여 있던 글이 있었는데 말이야."

분위기가 자연히 숙연해졌다.

악운이 한마디를 내뱉기 전까지는.

"사문을 재건하지는 못하더라도 돌아올 곳을 남겨 두는 것 정도는 할 수 있겠지요."

호사량이 나직이 물었다.

"개입하자는 뜻이오? 선의는 이해하지만 우린 갈 길이 있소."

백훈이 의외로 동조했다.

"이번엔 이 문사 놈 말이 맞아. 백황문이란 곳이 어느 정도 규모인지는 모르겠지만 힘 좀 쓰는 문파일 듯하니 크게 한판 드잡이를 해야 할걸. 어디와 연이 닿아 있는지도 모르고."

"요샌 머리도 좀 쓰는구나."

"한 번만 더 칭찬을 하면 네 엉덩이에 비수를 날려 주지."

다시 으르렁대는 두 사람을 두고 악운이 턱을 쓰다듬었다.

동시에 서태량이 손을 번쩍 들었다.

"저는 찬성입니다, 소가주."

"난 아무래도 상관없소. 오래 묵은 한을 소가주가 풀어 주었으니…… 어딜 가서 누굴 쏘라고 하던 말만 하시오."

악운이 다시 호사량을 쳐다보며 말했다.

"찬성 둘, 반대 둘이군요. 여기에 제가 동조하면……."

호사량이 한숨을 푹 쉬었다.

"셋이겠지."

악운이 씨익 미소 지었다.

"결정 났군요. 그럼 부각주께서는 혹여 백황문에 대해 아시는 것이 있습니까?"

호사량은 보현각의 부각주다.

최근 무림의 동향을 공부하는 것 역시 그의 주요 숙제 중 하나였다.

"어느 정도는. 하지만 크게 알려진 바는 없소. 황보세가나 동진검가만큼의 세력은 아니란 얘기지."

"저는…… 괜찮습니다. 힘쓰지 않으셔도 돼요."

마침 잠에서 깬 호길이 천천히 몸을 일으키며 말했다.

호길은 눈치 없는 편이 아니었다.

방금 전의 말만으로도 산동악가 사람들이 도움을 주려는 것 정도는 예상할 수 있었다.

"어이, 멸치."

"예……."

"이미 결정 났으니까 쓸데없는 소리는 집어치우고 백황문에 대해서나 읊어 봐."

"정말 괜찮습니다. 복수는 아무 의미 없어요. 그 사람들이 고통스러워져 봤자 돌아가신 사부님은 돌아오지 않는 걸요."

"답답하긴."

백훈이 눈살을 찌푸리며 일행은 잠시 입을 다물었다.

정작 호길이 원하지 않는다면 굳이 개입할 명분이 없었다.

호사량이 악운에게 물었다.

"어쩔 것이오?"

"글쎄요."

악운은 잠시 눈물을 훔치는 호길을 조용히 지켜봤다.

어질고 심성이 곧은 자다.

하지만 마주친 적 앞에서는 분명 질기고 독했다.

이쯤 되니 궁금해졌다.

"그토록 목숨 바쳐 도망치던 이유는 비파를 양지 마른 곳에 묻기 위함 그 한 가지뿐이었던 것이오?"

"예? 아, 그건……."

호길은 말끝을 흐렸지만 이내 고개를 끄덕였다.

달리 생각해 봐도 이제껏 버틴 건 겨우 그 이유 하나밖에 없었다.

"네, 사부님의 비파를 아무도 모르는 곳에 쓸쓸히 버려지게 하고 싶지 않았어요. 이유는 그것뿐이에요."

"돌아가신 사부님의 비파를 목숨 바쳐 지킬 만큼 사부님을 존경했다라……."

"예, 사부님은 제 유일한 가족이나 다름없는 분이셨으니까요. 고아였던 저를 거두어 주시고 악기도 가르쳐 주셨죠."

"그럼 빚을 갚아야 하잖소."

"빚……요?"

"자느라 못 들었겠지만 우리가 발견한 양피지 뭉치에 호소협 사부께서 그토록 연모하시던 여인에 대한 흔적이 나왔소."

호길의 눈이 파르르 떨렸다.

문득 과거 사부와 나눴던 이야기와 음률이 떠올랐다.

–그립구나.

–사부님께서도 그리워하는 분이 있나요?

그럴 때마다 사부는 빙긋 웃기만 할 뿐 그 어떤 말씀도 하지 않았다.

"그녀는 당시 쫓기고 있었고 지금도 쫓기고 있을지 모르오. 하지만 반드시 돌아오겠다고 비파 안에 흔적을 남겼소. 미련일 수도, 혹은 여지일 수도 있었겠지. 어쨌든 중요한 건……."

악운이 호길의 눈을 지그시 응시하며 덧붙였다.

"귀하의 사부께서 평생을 사랑한 이가 나중에라도 돌아올 곳이 사라졌다는 것이오. 사부는 오로지 그 이유 하나로 오랜 세월을 같은 자리에서 버텨 왔는데도 말이지."

호길은 몸을 파르르 떨었다.

이제 알겠다.

어째서 사부가 후계자로 자신을 택했는지…….

'난 떠나지 않고 자리를 계속 지킬 테니까.'

호길의 눈에서 뜨거운 눈물이 뚝뚝 흘러내렸다.

사부의 진짜 유지를 이제야 마주한 것이다.

얽히는 인연

호길은 한참을 오열했다.

일행은 말없이 그 모습을 지켜봐 줬다.

호길의 흐느낌이 조금씩 잦아들 때쯤, 백훈이 입을 열었다.

"다 울었냐? 다 큰 녀석이 질질 짜기는……."

"모두가 네놈처럼 냉혈한인 줄 아느냐?"

"같은 호가 놈이라고 아껴 주는 거냐?"

"무식하긴. 성이 같다고 본도 같을 줄 아나."

"내가 그걸 모르고 말했을까 봐?"

"너라면 가능하지."

둘의 싸움에 울음이 뚝 끊긴 호길은 이걸 말려야 하나, 말아야 하나 싶은지 멍한 표정을 지었다.

그 어벙한 모습에 나머지 일행이 웃음을 터트렸다.

악운이 그 틈에 호길에게 다가갔다.

"이제 좀, 괜찮으시오?"

"한결 시원하긴 합니다. 다만 너무 추태를 보인 게 아닌가 싶습니다. 송구합니다."

"괜찮소. 마음의 결정은 내리신 것이오?"

"저는……."

호길은 말끝을 흐리며 부서진 비파를 싸매 둔 봇짐을 내려다봤다.

말했던 대로 개인적 복수 같은 건 크게 의미가 없다.

하지만 은인들 말대로 사부의 유지를 잇는 건 다른 문제다.

"사부님의 장원을 다시 되찾아 보겠습니다. 도와……주시겠습니까?"

"얼마든지 돕겠소."

악운이 창을 쥐고 일어났다.

"그게 호 소협의 소신이라면."

호길은 일어나는 악운을 바라보다가 나지막이 물었다.

"계속 궁금했던 게 하나 있습니다."

"말씀하시오."

"생면부지인 저를 왜 이렇게까지 도와주십니까?"

"흥미가 생겼소. 그렇게 마주친 일들을 하나둘 해결하다 보니⋯⋯."

악운은 떠날 채비를 하는 일행들을 돌아봤다.

"이렇게 모이게 됐소."

"아⋯⋯."

"그나저나⋯⋯."

악운이 부서진 비파가 담긴 봇짐을 가리켰다.

"비파를 고쳐야 할 텐데?"

"제가 아는 분이 있어요."

"어디에 계시오?"

호길이 눈물을 마저 닦으며 말했다.

"회북에요."

❧

회북. 악효문의 장원.

쾅!

장원 문을 박차며 황중섭이 들어섰다.

봉두난발이 된 그의 몰골에 장원에 머무르고 있던 악효문의 일대제자들이 튀어나왔다.

모두가 대사형인 정청을 따라 백황문의 심복이 된 제자들이었다.

"장로님! 이게 어찌 된 일입니까?"

정청의 사제 우효찬이 황급히 황중섭을 부축했다.

뒤를 보니 그를 따라나섰던 백황문의 일대제자 모두가 눈물 콧물을 흘리고 있었다.

게다가 눈 안의 실핏줄까지 전부 터져 있었다.

"외부 개입이 있었다."

"외부 개입요? 그럴 리가 없습니다. 호가 놈은 뒷배 하나 없는 고아 출신입니다. 이름도 사부께서 지어 주신 근본도 없는 놈을 도울 사람이 있을 리가……."

찰싹!

황중섭이 우효찬의 뺨을 후려쳤다.

"크윽!"

우효찬이 입에서 피를 철철 흘리며 비틀거렸다.

하지만 사문을 팔아넘긴 악효문의 제자들은 그 누구 하나 맞서지 못했다.

아니, 맞설 생각도 못 했다.

그저 황중섭의 눈을 피하기만 급급할 뿐이었다.

"내 몰골을 보고도 그런 소리가 나오느냐!"

잔뜩 분노에 찬 황중섭이 우효찬을 노려보며 일갈을 터트렸다.

"소, 송구합니다. 용서하십시오."

황중섭은 황급히 고개를 숙이는 우효찬의 대답에도 불구

하고, 쉽게 화를 삭이지 못했다.

"빌어먹을."

황중섭은 씩씩거리며 방금 전의 일을 회상했다.

스치듯 마주한 청화 같던 그 눈동자…… 다시 그 눈을 떠올리자 온몸의 소름이 돋았다.

하지만.

'이대로 끝낼 순 없다.'

혼인식을 위해 호원무관으로 이동한 정청에게 호길은 알아서 정리하겠다고 으름장을 놨다.

이대로 꼬랑지를 말고 도망치듯 백황문으로 향한다면 오늘 일을 목격한 자들을 통해 그간 쌓아 온 명성이 무너질 것이다.

'안 되지. 절대 안 되고말고.'

황중섭은 입술을 질경질경 씹었다.

모든 걸 다 던져서라도 호길 놈과 그놈을 도운 놈들을 깡그리 죽여야만 했다.

믿을 만한 조력자가 필요했다.

"당장 기용할 수 있는 제자들을 모두 소집해라. 알겠느냐? 다시 호길 그놈을 잡으러 갈 것이다."

황중섭의 살기 어린 시선이 우효찬에게 향했다.

"예. 장로님, 알겠습니다."

우효찬이 눈치를 보며 물러간 사이.

황중섭이 쭈뼛거리고 서 있는 백황문의 일대제자들을 쳐다봤다.

"너희들도 심기일전하여 함께 집결해라. 알겠느냐."

일대제자들이 한 목소리로 높여 말했다.

"그리하겠습니다."

"나는 잠시 후에 돌아오마."

문밖으로 나서는 황중섭의 눈에 독기가 일렁였다.

봉려방(蜂蠡房)을 깨울 시간이다.

~~~

"여기예요."

호길이 악운 일행을 안내한 곳은 악관(樂官) 출신의 주인장이 사는 작은 점포였다.

"주로 본문의 악기는 악관 출신이셨던 후 노야께서 제작하고 봐주셨어요."

악운이 물었다.

"인연이 깊은가 보오."

"예. 제가 사부님만큼 존경하는 분이에요. 문파를 잃은 제게 한동안 머물 자리도 내주셨고요."

호사량이 점포 안에서 새어 나온 빛을 가리켰다.

"새벽이 됐는데도 불이 환하게 밝아 있구려."

악가의 무신

"밤에 작업이 더 잘되신다고, 오히려 낮보다는 야심한 시각에 깨어 계세요."

"아, 그렇소? 잘되었군."

호사량의 말이 끝나기 무섭게 점포 안쪽에서 백발성성한 노인이 걸어 나왔다.

"뭐가 이렇게 시끄러운 게야?"

"후 노야!"

후 노야가 황급히 호길에게 다가오며 말했다.

"이놈아, 어디 있었던 게야! 기루에서도 네 행방을 모른다고 그래서 얼마나 걱정했는지 알아?"

"죄송해요. 그럴 만한 사정이 있었어요."

후 노야에게 걱정시키지 않으려 말을 아낀 호길이었지만, 후 노야는 호길의 옷에 묻은 피를 보며 상황을 금세 눈치챘다.

"또 정청, 그놈 짓이로구나. 복수고 뭐고 다 때려치우고 기루 악사나 전전하는 너를 보고도 또 무슨 앙금이 남았다더냐!"

"전 괜찮아요. 은인들 덕에 무사할 수 있었어요. 산동악가 소가주님과 그 가솔분들이세요."

"뭐? 산동악가 소가주?"

"네."

후 노야는 한동안 눈만 끔뻑인 채 방갓을 쓴 악운과 일행을 마주했다.

"그 사람들이 여기 왜 있어? 이젠 이 노인네 안심시키려고 거짓말까지 하는 게야?"

"진짜예요!"

지켜보던 악운이 방갓을 벗었다.

"호 소협 말이 맞습니다, 어르신."

"저, 정말 그럼…… 산동악가 소가주가 너를……?"

후 노야가 악운과 호길을 번갈아 보며 눈을 동그랗게 떴다.

"호 소협을 위해 최고의 비파를 제작해 주지 않으시겠습니까? 그에 대한 보답은 원하시는 만큼 하겠습니다."

"딸꾹!"

후 노야는 대답 대신 딸꾹질을 했다.

호길이 그 모습에 웃음을 터트리며 덧붙여 말했다.

"너무 놀라시면 가끔 딸꾹질을 멈추지 못하시거든요. 허락하신 건 맞으실 거예요. 그렇죠, 노야?"

후 노야가 황급히 고개를 위아래로 끄덕였다.

난데없이 천하를 떠들썩하게 하는 산동악가의 소가주라니…….

후 노야는 이 믿기지 않는 상황에 어질어질했다.

※

점포 안으로 들어간 일행은 딸꾹질이 진정된 후 노야로부터 새로운 소식 하나를 접할 수 있었다.

"네가 연주를 해 주는 기루에서 그러더구나. 나 말고 네 행방을 묻는 여인을 만났다고."

호길이 고개를 갸웃거렸다.

"저를 찾는 여인요?"

"그래. 네가 누굴 만나는 꼴은 본 적이 없으니 혹시 네 생모라도 되나 싶어서 인상착의만 듣고 왔다. 대부분은 방갓에 가려져 보지 못했지만 손이 웬만한 사내보다 크고 두툼해서 놀랐다고 하더구나. 손만 보면 오래 수련한 무림인의 손 같았다고……."

후 노야의 이야기가 진행될수록 악운의 눈에 이채가 흘렀다.

악운뿐 아니라 함께 앉아 있는 가솔 모두 묘한 표정을 지었다.

호사량이 운을 뗐다.

"소가주, 어르신의 말씀대로라면……."

"예. 갑자기 생모가 찾아오지 않았다면 호 소협을 찾아올 만한 이는 한 사람밖에 없을 테죠."

백훈이 고개를 갸웃거렸다.

"이제까지 뭐 하다가 갑자기 나타난 거지?"

금벽산이 연륜을 품은 눈빛으로 말했다.

"이유야 많지 않겠소? 사연이야 사연을 품은 이에게 직접 들어야 아는 법이라오."

서태량이 고개를 끄덕였다.

"저도 동감입니다."

팔짱을 끼고 있던 백훈이 눈을 빛냈다.

"그럼 조만간 어르신을 찾아올 수도 있겠어. 호 소협을 찾고 있는 중이라면 어르신 주변도 계속 맴돌고 있거나 그게 아니면……."

말을 잇던 백훈이 찰나간 말을 멈추더니 점포 밖을 쳐다봤다.

"이미 왔거나."

얼마 지나지 않아 한 한 여인이 삐걱, 소리를 내며 점포 문을 열고 들어섰다.

❧

스륵-!

여인은 쓰고 있던 방갓을 천천히 벗었다.

안에 감춰져 있던 긴 머리가 풀어지듯 흘러나왔다.

"호 소협?"

거칠고 쉰 목소리를 가진 반백의 여인은 정확히 호길을 응시하고 있었다.

마주한 호길이 자연스레 자리에서 일어났다.

"예. 제가 호길입니다만……. 누구십니까?"

"하아, 찾았군요. 다행이에요."

여인은 그제야 안도의 한숨을 내쉬었다.

동시에 그녀의 시선에 경계심이 깃들었다.

"여러분들은 누구시죠?"

호길이 재빨리 대답했다.

"절 구해 주신 은인들이십니다. 그보다 여사께서는 혹여 제 사부님과 연인 관계이셨던 분이 맞습니까?"

"그걸…… 어찌 알았죠?"

호길이 품속에서 소중하게 간직하고 있던 양피지 뭉치를 꺼냈다.

"오래 전 제 사부께 남기신 연서를 비파 안에서 찾았습니다."

"그랬군요……."

호길의 눈에 다시 눈물이 고였다.

"왜 이제야 오셨습니까? 사부님께서는 언제나 부인을 그리워하셨습니다."

"그이가 저를 호 소협에게 말하던가요?"

"아뇨, 한 번도요. 하지만 이 연서를 보고 사부님께서 흘리셨던 말씀과 눈빛이 부인을 그리워함에서 나왔다는 것쯤은 확실히 알 수 있습니다. 사부님은 평생 혼인하지 않으신 채 부인만 기다려 오셨을 겁니다."

중년 여인이 말없이 주먹을 말아 쥔 채 몸을 파르르 떨었다.

애써 울음을 참는 것처럼 보였다.

"그이의 장례는 멀리서 봤어요. 아꼈던 제자가 호 소협이란 것도 잘 알고 있었고요. 미안해요. 나는 그이의 사문이 통째로 흔들리는 순간에도 나서지 못했어요. 내가 나서면……."

주름진 여인의 눈가를 타고 눈물 한 방울이 흘러내렸다.

"모두가 위험해질까 싶어서요."

지켜보던 호사량이 물었다.

"사정을 알고 있으니 하나 여쭤보겠소. 위험한 것을 알면서도 어째서 다시 나타나신 것이오?"

"호 소협에게 그이의 마지막 모습을 듣고 싶어서 주저하는 중이었어요. 그 틈에 갑자기 호 소협이 실종됐다는 걸 알게 됐고요. 이번에는 나서야만 했어요. 그이가 아끼던 호 소협을 지키지 못한다면…… 난 죽어서도 그이를 볼 면목이 없었을 거예요. 다행이에요, 정말."

악운은 말없이 눈물짓는 그녀를 바라봤다.

흘러내리는 그녀의 조용한 눈물에서는 그동안 그녀가 감당해야 했을 삶의 무게가 느껴졌다.

오래 전 천휘성이 돌보았어야 할 또 하나의 인연이다.

'이렇게 됐나.'

혈마만을 뒤쫓고 있던 시간 동안 형제, 선배 등을 돌아보

지 못했던 만큼, 구해 낸 무수히 많은 사람들 또한 돌아보지
못했다.

이제 와 마음이 아픈 건 거창한 죄책감이나 의무감 때문이
아니다.

천휘성의 삶을 풍요롭게 할 진짜 인연들을 지키지 못했다
는 것이 한스러울 뿐.

'그럼, 달라져야겠지.'

악운의 삶은 그보다는 풍요로워야 한다.

그렇기 위해 그가 놓친 것을 하나씩 채워 갈 것이다.

"사랑하는 이를 두고 가야 했던 이유가 의문의 추적자들
때문이라고 알고 있습니다. 그에 대해 더 듣고 싶습니다."

악운의 나직한 질문에 그녀가 눈물을 닦으며 고개를 저었
다.

"그건 제가 평생 짊어져야 할 천형이에요. 여러분들께서
는 저와 그 일을 함께 짊어져야 할 이유가 하나도 없어요."

악운이 힘주어 대답했다.

"있습니다. 부각주."

호사량은 악운의 부름에 희미한 미소를 지었다.

악운이 무엇을 결정했는지 알 것 같았다.

"말씀하시오, 소가주."

"이 시점 철명루에 영입한 야장들을 이끌 만큼 뛰어난 야
장은 있습니까?"

"그들이 믿고 따를 만큼의 독보적인 능력을 갖춘 야장은 없다고 아오."

"그럼 괴력편장께서 남기신 진짜 후예는 어떻습니까?"

악운의 반문에 호사량은 마주한 여인을 응시하며 말했다.

"확인해 봐야겠지만 괴력편장께서 지녔던 야장으로서의 능력을 그대로 전수받았다면, 조금의 의심도 없이 가문에 필요한 인물일 것이외다."

"그렇군요. 한데 어쩌지요? 그 모든 조건을 갖춘 분이 두려움 속에 잠겨 어려운 사정에 처해 있습니다. 우리는 어찌해야 합니까?"

"조금의 주저함도 없이 일어나야 하오. 늘 그랬듯이."

호사량이 굳은 표정으로 말을 이었다.

"분연히."

기다렸다는 듯 나머지 가솔들이 일제히 자리에 일어나 악운과 그녀 사이에 포진했다.

악운이 빙긋 웃었다.

"대답이 됐습니까?"

❧

안휘성, 몽성(蒙城).

몽성은 사시사철 대장간의 열기로 뜨거웠다.

오래전 괴력편장(怪力片匠)의 후인들이라고 자처한 야장 다섯 명이 모여서 마을을 번성시켰기 때문이다.

사형제인 다섯은 눈 깜짝할 새 주변의 야장들을 하청으로 영입하여 엄청난 속도로 성장했다.

남궁세가 소가주의 외가인 창호상단(蒼湖商團)에 원자재를 구입하고, 완성된 병장기와 각종 농기구를 납품할 만큼 세를 넓힌 것이다.

그런데 새로운 해를 맞이해 바쁘게 망치를 두드리고 있어야 할 다섯 명의 수장이 모두 불편한 기색을 보이며 앉아 있었다.

"호원무관에서 매해 주던 헌납금(獻納金)을 올려 달라 하더구나. 막내아들이 혼인한답시고 축의금까지 요청해 왔다."

괴력회(怪力會)라 불리는 야장 집단의 수장인 대사형, 흑로가 무겁게 운을 뗐다.

"빌어먹을 관주 놈이……."

흑로의 바로 아래 사제인 구광이 이를 갈았다.

사형제들 중 제일 막내인 항곡심이 말했다.

"사형들, 이제 슬슬 놈들과의 일을 정리할 때 아닙니까?"

구광의 사제인 철정봉이 고개를 저었다.

"섣불리 접근할 문제는 아니다, 곡심."

"철 사형 말씀이 맞습니다, 대사형. 막내 너의 판단은 섣부르다."

넷째인 곽중의 동조에 흑로는 말없이 침음을 삼켰다.

초창기, 괴력회를 세울 때 그럴 소문을 낼 만한 야장들은 조용히 입막음을 시키거나 살인멸구했다.

그때 그 일을 정리하는 데 손을 잡은 것이 호원무관이다.

하지만 그 후로 호원무관은 보호란 명목으로 헌납금이나 뜯어 갔을 뿐 크게 한 일이 없다.

항곡심의 눈에 짜증이 서렸다.

"그년 하나 제대로 못 잡아들이면서 매번 큰소리만 치는 놈들입니다."

"틀린 말은 아니지."

흑로의 눈에도 노기가 서렸다.

항곡심의 말은 사실이다.

남궁세가의 외가인 창호상단의 인정을 받기 위해 얼마나 노력해 왔던가.

그렇게 작년에 거래를 시작했고 세를 넓히는 것밖에 안 남아 보였다.

'남은 건 그 여자와의 완벽한 정리뿐이거늘.'

조용히 고심하던 흑로가 다시 운을 뗐다.

"나 역시 호원무관의 태도에 화가 나기는 한다만 당장은 놈들과 충돌을 벌여서 좋을 게 없다. 지금은 창호상단과의 신뢰도를 계속 높이는 데에 집중해야 할 때이니라. 세가 넓어진 만큼 낭인과 식객들을 고용하면 된다. 때를 기다리자."

구광이 물었다.

"이러다 그 여자가 나타나면 어쩝니까?"

"거슬리기는 하지만 크게 걱정은 말거라. 나타난다고 한들 과거나 지금이나 크게 다르겠느냐?"

사형제 중 제일 차분한 성정의 철정봉이 고개를 끄덕였다.

"하긴 전에도 그랬지요. 다들 괴력편장의 무구에만 관심이 있었을 뿐, 괴력편장에게 자식이 누가 있는지 어디에 묻혔는지 관심을 기울이는 이가 누가 있었습니까?"

"그래. 설사 우리 앞에 나타난다고 해도……."

흑로의 눈가에 짙은 살의가 맺혔다.

"조용히 정리하면 그만이다."

그의 유산 역시도.

꠰

괴력편장의 금지옥엽 외동딸.

태은희의 눈가가 파르르 떨렸다.

"산동……악가."

"예. 제가 그곳의 소가주 악운입니다."

"무림을 떠들썩하게 하는 옥룡불굴을 이리 뵐 줄은 몰랐군요."

"저 또한 괴력편장의 따님을 이렇게 마주하게 될 줄은 조금도 예상 못 했습니다. 그보다……."

악운이 진심을 다해 말했다.

"방금 전에 드린 말씀은 어찌 생각하시는지요."

"저는 산동악가가 찾는 대단한 야장이 아니에요. 망치를 놓은 지 무척 오래되기도 했고요."

그래, 그녀의 말대로라면 회의적일지도 모른다.

하지만 악운은 천휘성의 기억을 통해 태범이 남겼던 말을 똑똑히 기억했다.

－내 딸 아이는 천재요. 무식한 나와 달리 쇠붙이의 성질을 파악하고 그에 따른 제련법을 연구하지. 힘으로 밀어붙이는 나와는 차원이 다른 야장이 될 게요.

천휘성이 기억하는 태범은 분명 거짓말을 못 하는 순수하고 열정적인 사내였다.

그녀가 설사 모루와 망치를 오래토록 들지 않았다고 하더라도 그 재능은 어디 가지 않았을 것이다.

그 재능을 갈고닦는 건…….

'그녀의 몫이야.'

악운은 생각을 정리한 후 다시 말했다.

"옥석의 구분도 어려운 일인데 하물며 부인의 재능이 빛바랬는지는 아닌지는 갈고닦아 봐야 알 수 있는 일이겠지요.

하지만 저는 가능하다는 확률에 걸겠습니다."

"실망하실 겁니다."

"그마저도 감당하겠습니다."

악운의 단호한 대답에 태은희의 눈빛이 세차게 떨렸다.

평생 괴력편장의 딸로 살면서 그녀를 이토록 원하는 이는 없었다.

모두 다 자신을 통해 아버지가 남긴 무구들이 어디 있는지만을 찾으려 했을 뿐, 그녀의 독자적 능력을 들여다보려고 하는 이는 없었던 것이다.

오히려 여인의 몸이라고 폄하했다.

"처음이네요. 돌아가신 아버지와 가가 말고 제 능력을 바로 보려는 사람을 만난 건……."

"많은 일을 겪으신 모양이군요."

"야장은 많은 기술과 힘이 필요해요. 여인보다는 근력이 뛰어난 사내가 일을 쉽게 배우고 실력도 빠르게 향상되죠. 많은 무시와 폄하를 당해야 했어요. 제 실력을 보지도 않고 무시하는 이도 있었죠."

그녀의 눈에 회한이 서렸다.

"그래서 생전 아버지가 살아 계실 때에 많은 것을 배우고 익혔어요. 아버지가 야장으로서 가진 모든 기술들을 따라 하고 싶었으니까요."

"성공하셨습니까?"

"십 할 중 팔 할까지는요. 일찍 돌아가신 터라 이 할은 제 능력으로 채워야 했어요. 저만의 길을 걸어야 했죠. 그때쯤 아버지께 배운 조금(彫金), 냉단법에 독자적인 약산법(弱酸法)까지 터득했어요."

악운의 눈에 이채가 흘렀다.

흑룡아에 쓰인 냉단법이야 당연히 아무나 하지 못하는 고급 제련술이고, 정을 사용해 무늬나 글씨를 새기는 조금 역시 섬세한 솜씨가 아니면 불가능하다.

한데 그녀는 거기서 더 나아갔다.

"약산법이라면……?"

"산성으로 병기를 부식시켜 더 나은 재료로 합성하는 거예요. 알맞은 농도와 열을 알아야 해요."

어느 정도 야장들의 기술을 알고 있는 악운도 들어 보지 못한 새로운 기술이었다.

성질을 파악해 자유자재로 다루던 태범의 얘기가 이제야 납득이 되었다.

"감탄할 필요 없어요. 그 기술을 지키기 위해 사랑하는 이까지 버려 둔 채로 평생을 도망쳐 왔으니까요. 그 양피지 뭉치를 읽었다면 이미 아시겠죠, 제가 가가를 두고 사라진 이유에 대해서……."

"예, 알고 있습니다."

"저는 평생을 그들로부터 도망쳐 왔어요. 제가 가진 기술을 지키기 위해서였죠."

"대체 그들이 누굽니까?"

악운의 반문에 그녀가 입술을 질끈 깨물었다.

"정말 이 일에 끼어드실 참인가요?"

"대답은 충분했던 것으로 압니다."

그때 조용히 지켜만 보던 호길이 입을 열었다.

"여사님, 사부님께서도 더는 부인께서 과거로부터 도망치기를 바라지 않으실 거예요."

호길의 진심이 닿은 것일까?

쉽게 결정하지 못하던 태은희가 희미하게 미소 지었다.

"호 소협의 말이 맞아요. 언제까지고 도망칠 순 없죠. 어쩌면 생전 마지막 기회가 찾아온 건지도 모르겠네요. 소가주의 제안…… 받아들일게요."

"산동악가의 가솔이 되신 걸 환영합니다."

"가주께서 허락하셔야 하는 것 아닌가요?"

"제게도 그 정도 권한은 있습니다."

악정호는 악운에게 악가뇌혼대를 그냥 맡긴 것이 아니었다.

악운이 다음 시대를 준비할 수 있게 가솔 영입을 포함한 일정 권한을 내준 것이다.

"이제 말씀해 보세요. 소가주로서 알아야겠습니다, 그들이 누군지."

"그들은 몽성에서 군림하고 있어요. 들어 보셨을 거예요, 제 아버지의 유지를 이은 야장들의 마을을."

"본래 계획대로라면 한 번 들러 보려던 참이었습니다. 마침 야장 영입에 관심을 두고 있었으니까요."

백훈이 눈살을 찌푸렸다.

"어쩐지 의심스러운 냄새가 나더라니……. 그럼 그 야장들 집단이 부인을 오래토록 추적해 온 겁니까?"

그녀는 과거의 기억을 떠올린 듯 주름진 눈가를 찡그렸다.

"맞아요. 하지만 제 아버지의 유지를 이었다는 말은 어느 정도 틀린 말은 아니에요. 제 아버지는 순수한 야장이셨고, 가르치면서 새로 깨닫는 배움에 집중하셨어요. 몇몇 야장들이 아버지의 손을 거쳐 갔죠."

호사량이 까칠한 수염을 쓸어 담으며 눈동자를 빛냈다.

"그들 중 하나였군요. 맞습니까?"

"그래요. 그들은 스스로를 세간에서 부르는 대로 괴력회라고 표명하고, 아버지의 가르침을 받은 다른 야장들을 모조리 죽였어요."

금벽산이 이를 갈았다.

"이런 천인공노할 자들 같으니……!"

태은희가 반백의 머리카락을 쓸어 넘기며 말을 이었다.

"한때는 그들 중 한 명을 오라버니라고 부르며 믿었어요. 그가 현 괴력회의 회주인 흑로예요. 그는 얘기했던 대로 제

독자적인 기술을 노려 왔어요. 그리고 크나큰 오해를 해 왔죠. 아버지의 유산 같은 건 없는데도 어딘가 숨겨져 있다고 믿어 왔거든요."

그녀는 쓰게 웃은 후 한결 편안한 눈빛을 보였다.

"주저했지만…… 털어 놓고 나니 한결 낫네요. 씁쓸하기도 하고."

악운은 누구보다 그녀의 마음을 십분 공감했다.

과거를 되새기며 마주하는 일은 결코 쉽지 않았을 것이다.

"꺼내기 힘든 이야기를 해 주셔서 감사드립니다."

"아니에요. 도망 다니기도 더는 지쳤어요. 새로운 기회를 주신 소가주에게 오히려 고마울 따름이에요. 한데……."

"예. 말씀하십시오."

"저를 비호하면 그들도 소가주를 찾게 될 거예요."

그녀의 경고에 백훈이 코웃음을 쳤다.

"그래 봤자 야장 집단 아닙니까?"

"평범한 야장 집단이었다면 오랜 세월 쫓겨 다닐 일도 없었겠죠. 나중에 알았지만 그들은 녹림십팔채의 경쟁에서 밀려난 호명채 출신들이에요. 더불어 다른 세력과도 손을 잡은 지 오래됐죠."

호사량이 눈을 번쩍 뜨며 물었다.

"혹여 남궁세가입니까?"

"아뇨. 그들까지 저를 추격하는 것에 가세했다면 진작 잡혔을 거예요."

"그럼 누가 그들을 비호합니까?"

"팔공산에 자리 잡은 호원무관이라는 대형 무관이 그들과 손을 잡고 있어요. 제가 베어 낸 추격자들 중에 그곳 무관 출신이 더러 섞여 있었죠."

그녀의 눈동자가 서늘하게 가라앉았다.

아버지의 의형인 수옹학검(睡翁鶴劍) 사부께 무공을 사사하지 않았다면 진작 죽었을 몸이다.

동시에 호길이 깜짝 놀라 소리쳤다.

"호원……무관요?"

"호 소협도 그곳에 대해 알고 있는 게 있나요?"

"네, 부인. 그곳은 제 대사형의 부친이 관주로 있습니다. 팔공산 일대를 휘어잡고 있는 대형 무관이에요."

"그곳 관주의 아들이 가가의 제자라고요? 하면 소문대로 가가의 장원을 팔아넘긴 자가……."

"슬프지만 맞습니다. 대사형은 백황문과 손을 잡고 가문의 재산을 팔아넘겼어요."

백훈이 헛웃음을 흘렸다.

"겨 묻은 개와 똥 묻은 개가 손을 잡은 셈인가? 백황문, 호원무관, 그리고 괴력회까지?"

지독한 악연이었다.

평생 태은희를 그리워하다 떠난 호길의 사부는, 정작 그녀를 떠나게 만든 원수의 아들을 제자로 데리고 있었던 것이다. 복잡해진 상황에 호사량의 눈빛도 더욱 무거워졌다.

"소가주."

"예."

"분연히 일어나겠다고는 했지만, 상황이 이렇게 꼬인 이상 충돌을 빚지 않고 떠나는 게 현명할 수 있소. 여긴 산동성이 아니라 안휘성이니까."

안휘성의 패자는 누가 뭐래도 남궁세가다.

악가의 소가주가 안휘성을 휘젓고 다닌단 소식이 전해지면 그들의 심기를 건드리게 될 여지가 있었다.

"압니다, 무슨 뜻인지."

"더구나 최근 괴력회 마을은 남궁세가 소가주의 외가인 창호상단과도 거래를 텄다고 들었소. 괜히 건드렸다가 창호상단에 피해가 가면……."

"우리와 무척 껄끄러운 상황이 되겠지요."

"남궁세가는 황보세가보다 훨씬 강한 세력이오. 최근 강서성의 세력들과 갈등을 빚는 우리 입장에서 부담스러울 수밖에 없소. 해서 두 분을 비호하는 선에서 정리하는 것이 제일 낫소."

"그편이 나을 거예요, 소가주."

내심 태은희도 삶을 오랫동안 망친 그들에게 복수를 하고 싶었지만 현실의 벽은 그리 녹록지 않았다.

현실과의 타협은 항상 필요했다.

"살아 보니 타협은 필수적인 것이더군요. 받아들일게요. 가가가 아낀 호 소협과 무사히 만나고, 내 삶을 새로 시작한 것이면 충분해요."

"저도 괜찮습니다. 소가주님의 은혜로 사부님의 비파는 지킬 수 있었는걸요. 부인께서도 돌아오셨으니 장원도 크게 의미는 없어요."

그녀와 호길이 현실의 벽에 인정하며 포기한 이 순간.

호사량은 조용히 악운의 눈을 주시하며 혀를 내둘렀다.

'이런.'

함께 겪은 시간이 헛것은 아니었나 보다.

이제 악운의 눈만 봐도 뭘 생각하는지 알 거 같았다.

이미 악운은 결정을 내린 눈치다.

때마침 악운이 눈웃음을 지으며 물었다.

"제가 무슨 말씀을 드릴지 부각주는 알고 계시지요?"

"뻔하지 않소? 이런 일의 수습은 보나마나 내 차지겠지. 애초에 이러려고 나를 동행시킨 거 아니오."

"고맙습니다."

"고맙기는. 미친 짓 하려고 가솔이 됐는데, 즐겁게 해내야지."

"마침 손님이 온 모양입니다."

악운이 씩 웃으며 점포 밖으로 걸어 나갔다.

저벅저벅.

호사량은 그의 뒷모습을 보며 고개를 절레절레 저었다.

느껴지는 살의로 보아 손님들이 누군지는 몰라도 오늘 잘
못 걸린 게 분명했다.

"아, 좀! 같이 좀 가자! 내가 호위라니까?"

백훈과 악가뇌혼대가 서둘러 그 뒤를 따라나섰다.

❧

"여기인가?"

"그렇소."

수염 난 걸인(乞人)의 반문에 황중섭이 고개를 끄덕였다.

그사이 불이 밝혀진 점포를 중심으로 모든 골목에 자객들
이 빠르게 자리 잡았다.

황중섭은 만족스러웠다.

'이 정도 전력이라면 충분할 게야.'

걸인처럼 보이나 이자들은 전부 자객들이다.

봉려방(蜂蠡房).

본래 자객 출신이 세운 문파인 백황문은 최근에 떠도는 자
객들을 영입하여 봉려방이란 집단을 세웠다.

낮엔 백황문을 통해 정파의 가면을 쓰고, 밤에는 봉려방
의 자객들로 회북과 회남의 살인 청부를 받을 예정이었던

것이다.

"한데, 우리가 나설 만큼 그리 강한 자인가?"

"그렇소. 웬만하면 내가 처리하려 했으나 범상치 않은 자였소."

황중섭은 두려움에 질려 덤빌 생각도 못했다는 부분은 굳이 입에 담지 않았다.

오히려 확실한 일 처리를 위해 신중하게 행동한 것이라고 합리화했다.

"게다가 일행이 있는 것으로 파악됐으니 더욱 방심해서는 아니 될 일이오."

봉려방 방주인 고정명이 메마른 입꼬리를 말아 올렸다.

"탈명악사(奪鳴樂士)가 물러날 정도의 상대라…… 들을수록 흥미롭군. 이 일대에 그런 자들이 있었던가?"

"이 일대에서는 처음 본 자였소."

"부딪쳐 보면 알겠지."

그가 찬 요대에 두 자루의 손도끼들이 흔들린 찰나, 그의 신형이 눈 깜짝할 새 사라졌다.

점포 밖으로 나온 악운은 아무도 없는 고요한 거리를 응시했다.

밤이 내려앉은 거리는 정적으로 가득했다.

목조 전각과 허름한 점포가 물샐틈없이 붙어 있는 삼거리 골목.

사아아―!

음습한 기운이 거리 위에 일렁인다.

그 순간.

쐐액!

허공에서 비수 한 자루가 날아왔다.

"귀엽네. 내 앞에서 비수를 다 쓰고."

뒤따라온 백훈은 악운 대신 비수를 낚아챈 후 다시 손 안에서 비수를 굴리듯 던졌다.

빙글.

"커헉!"

우측 지붕의 그늘에 숨어 있던 자객들이 단말마의 비명을 지르며 지붕에서 추락했다.

쿵!

그게 시작이었다.

점포, 지붕, 삼거리 할 것 없이 수십 명의 자객들이 비수를 던졌다.

쐐애애액! 쐐애애액!

허공을 가득 메운 비수가 비처럼 쏟아졌다.

"어딜 감히……!"

이번엔 서태량이 일행 앞을 가로막고 섰다.

그는 둥그런 철제 방패를 들자, 일행이 겹치듯 서태량의 뒤로 섰다.

타타타타탕!

비수들이 감히 서태량의 방패를 뚫지 못하고 튕겨 나간 찰나.

지이익!

태량의 어깨 뒤로 금벽산의 각궁이 당겨졌다.

태량이 황보세가의 전투를 겪으며 방패를 보완했듯.

금벽산의 비격탄금공(飛擊彈錦功) 역시 악운의 조언을 통해 훨씬 발전하게 됐다.

―보지 않고도 상대를 맞추는 건 어떻습니까?

―멀리 있는 사물은 잔상만 보고 쏘기도 하지만…… 아예 보지 않고서 쏜다는 말은 처음 듣는 거 같소.

―청각을 높이면 가능할 겁니다. 반드시 눈으로만 봐야 하는 것은 아니지요. 알려 주신 군문의 심법 구결을 살펴보다가 몇 가지를 추가해 봤습니다.

―그새 내가 말씀드린 심법을 새로이 창안해 주셨단 말이오?

―예.

―맙소사! 소가주는 무슨 무공 창안을 밥 먹듯이 하시는

게요?

소가주가 새로 일러준 심법 구결은 그야말로 처음 겪어 보는 신세계였다.

일명 '해륭진공(海隆振功)'.

이제 이 기공을 사용해 펼치는 비격탄금공으로 상대의 기척을 파악해 정확히 쏘는 추흔시(追痕迹矢)가 가능해졌다.

쐐액, 쐐액! 쐐애액!

빠르게 뻗어 나간 화살들이 마치 살아 있는 것처럼 몸을 숨기고 있던 자객들을 추락시켰다.

"소가주, 어떻소?"

태량이 악운보다 먼저 놀란 눈을 보였다.

"형님, 신궁이 다 되셨습니다!"

악운도 태량의 반응처럼 격렬하지는 않았지만, 희미한 미소를 지었다.

백해용왕(白海龍王)의 신공 중 하나가 제대로 빛을 보기 시작한 듯했다.

웅천성.

그는 천휘성이 평생 봐 온 절대자들 중에서도 그 누구보다 진취적이고 모험심 강한 무인이었다.

그건 무공 창안을 할 때도 그랬다.

대표 무공 말고도 생전 본 적 없는 기발한 무공을 많이 창안해 낸 것이다.

그중엔 모든 생명이 가진 고유의 진동을 통해 상대를 쫓는 '해룡파(海龍波)'란 기공이 있었고, 악운은 그 심득을 금벽산이 가진 심법에 보탰다.

'잘 소화해 낸 거 같군.'

생각보다 짧은 시간 내에 추흔시를 해낸 금벽산은 흡족했지만, 악운은 칭찬 대신 조언을 덧붙였다.

"추흔시가 이어질수록 완사(緩射)가 약해진 게 보입니다. 더욱 정밀해져야 됩니다. 그래야 체력이 떨어져도 표적을 정확히 맞출 수 있습니다."

"누가 그걸 모르나……."

백훈이 투덜대는 금벽산의 어깨를 격려하며 툭툭 두드렸다.

"소가주 눈에 차는 게 뭐가 있겠어? 기대를 버려. 충분히 좋았으니까."

동시에 백훈이 어둠 속에서 본격적으로 모습을 드러내는 수십 명의 자객들을 응시했다.

"이제 내 차례."

"같이 가지."

"됐어. 나설 생각 마."

백훈이 늘어트린 검을 고쳐 쥐며 포악하게 웃었다.

"전부 내 거야."

누가 말릴 새도 없이 백훈이 쏜살같이 달려 나갔다.

～≫≪～

고정명은 단 한 사람에 의해 추풍낙엽처럼 쓰러지는 휘하 자객들을 보며 마른침을 삼켰다.

꿀꺽-!

유려하고, 매섭게 몰아치는 놈의 검은 격렬한 노도(怒濤) 같았다.

방심 따윈 하지도 않았다.

그따위 것을 자객이 할 리가 없다.

황중엽의 얘길 듣고, 가진 전력을 쏟아부으며 몰아쳤다.

한 명, 한 명이 제대로 실력을 갈고닦은 살수 출신들이다.

'놈들은 우리가 접근했다는 것을 진작 눈치챘다.'

고정명이 쉽게 나서지 못하는 동안에도 휘하 자객들은 빠른 속도로 쓰러졌다.

백훈의 손속은 자객보다 더하면 더했지, 덜하지 않았다.

콰악!

백훈의 검첨이 세 자루의 철연협봉(鐵鏈夾棒)을 빙글 돌며 튕겨 냈다.

기다린 도리깨들이 밀려나자 빈자리를 다른 자객들이 메웠다.

'승표.'

사방에서 승표가 날아와 백훈의 검과 발목, 손목을 휘감았다.

대부분을 피했지만 두 개의 승표가 검을 묶었다.

검을 쥔 백훈의 몸이 승표가 당겨지는 쪽으로 몇 걸음 끌려갔다.

타타탁!

그 찰나.

흡사 두 초승달이 서로 배를 마주 댄 듯한 모양의 자모원앙월을 든 자객들이 빠르게 접근하여 백훈의 사혈을 노렸다.

검을 휘두를 공간을 좁히고, 손바닥 크기의 작고 빠른 월(鉞)을 쓴 것이다.

사사사사삭!

눈 깜짝할 새 달려든 자객들이 백훈의 온몸을 짧게 치듯 베어 나갔다.

하지만…….

"크흡!"

비명은 백훈이 아닌 그를 스쳐 간 자객들에게서 터져 나왔다.

어느새 유엽비도를 손에 쥔 백훈이 자모원앙월보다 빠른 속도로 자객들의 어깨를 내려찍고 목을 긋고 있었던 것이다.

투척용으로만 쓰이는 유엽비도과는 달랐다.

모든 면에 날이 있었다.

촤하학!

터져 나온 핏물을 지나며 백훈의 움직임이 더욱 쾌속해졌
다.

동시에 유엽비도 끝에 달린 기다란 사슬이 빠르게 백훈의
팔목을 타고 풀어졌다.

'시작해 보자고.'

　-추혼접은 누가 알려 준 거야?

　-사부가. 감춰진 삼 푼의 실력 정도는 있어야 목숨 유지
할 수 있다고 그러셨지.

　-내가 보기엔 추혼접도 강수검결과 본의가 닿아 있어.
강수검결이 새로운 검로(劍路)로 발전하는 만큼 추혼접 역
시 발전할 때가 됐어.

　-고민하던 차야.

　-일러 줄 게 있어.

　-뭐기에? 금 형처럼 무공 창안이라도 해 주게?

　-그래. 내가 보기엔 필요한 시점이야. 창안 후에 말해
줄게.

그날의 약조대로 악운은 추혼접의 새로운 투로를 제시한
추혼무이룡(追魂舞螭龍)을 창안했다.

이를 처음 배우고 구사했을 때의 격렬한 변화가 생생하다.

지금처럼.

차라라락!

사슬 끝에 달려 있는 유엽비도가 원을 그리며 주변에 있는 자객 세 명을 일제히 쓰러트렸다.

탁!

팽그르르 휘돈 유엽비도가 다시 백훈의 손에 쥐어지는 순간 다른 자객들이 쇄도했다.

백훈의 입가에 서늘한 미소가 맺혔다.

몸이 바짝 붙은 간격 안에서 유엽비도에 도기가 맺혔다.

채채채채챙!

손바닥만 한 월(越)들과 비수 사이에 빠른 공수가 이뤄졌다.

실낱같은 차이로 피하고, 베는 수십 번의 접근전이 펼쳐졌다.

잔상마저 남을 만큼 쾌속한 공방전.

백훈은 마치 강을 유영하는 이무기처럼 수천 번의 격렬한 변화를 일으켰다.

자객들이 잔상을 마주했을 때는 이미 손목과 목을 베고 지나간 후였다.

쿵, 쿵!

발밑에 금세 열댓 명의 적들이 싸늘한 주검이 되어 쓰러졌다.

차이를 절감한 자객들이 도망치려고 뒤로 물러난 그때.

좌하학!

순간 사슬이 출렁이며 살아 있는 것처럼 날아올랐다.

끝에 달린 유엽비도가 이무기의 이빨처럼 자객들의 뒷목을 빠르게 스쳐 갔다.

쿠당탕탕!

흩어져 달리던 자객들이 거의 동시에 피를 흘리며 바닥을 나뒹굴었다.

쐐애액, 탁.

다시 유엽비도를 거둔 백훈이 무심한 눈빛으로 쇄도하는 고정명에게 이동했다.

달리는 백훈의 어깨 뒤로 서태량이 뒤따르고 금벽산의 화살들이 백황문의 악사들에게로 쇄도했다.

❧

"소가주 덕에 다들 일당백이 되어 가는 거 같소."

호사량이 악운의 옆에 나란히 서며 말했다.

"굳이 부정하진 않겠습니다."

"누구도 부정하지 못할 것이오."

"길잡이는 그저 길이 있다는 사실만 막연히 알려 줄 뿐. 그 길을 걷는 것은 온전히 가솔들 몫이었습니다. 그런 면에서 참 잘했다는 생각이 듭니다."

백훈의 몸짓만 봐도 그랬다.

추혼접의 무공 수준을 한층 더 끌어올려 준 무공은 다름 아닌 천산파의 심득.

앞으로 백훈은 추혼무이룡의 배움을 통해 강수검결에도 부족한 점을 채워 갈 것이다.

쿠아앙!

때마침 백훈을 스쳐 지나간 서태량이 방패와 도를 함께 사용하는 무공을 사용했다.

호사량이 눈에 이채를 흘렸다.

"눈에 보이는 결과만 봐도 동감하오. 그나저나 좌의장의 백강도(百姜刀) 역시 훨씬 그 연계가 깔끔해졌군."

"예. 그 덕에 더 패도적인 초식 구사가 가능해졌지요."

호사량의 식견대로 악운은 백강란 투박한 도공(刀功)에도 본의가 닿아 있는 응천성의 심득을 보탰다.

'경미패공(鯨尾覇功).'

본래 적의 함선이 던지는 갈고리를 차단하기 위해 창안한 방패공이다.

하지만 응천성은 이 무공을 단순히 방어용으로 사용하기 위해 창안하지 않았다.

그의 철학은 어떨 땐 단순하면서도 효율적이었다.

-방패로 막기만 한다고? 당장 뒈지게 생겼는데 손에 들리는 쇠붙이는 뭐든 활용해야 하지 않겠느냐.

　그 결과가 지금 서태량이 선보이는 새로운 천익백강도(千翼百姜刀)다.

　쾅!

　저 멀리 서태량의 방패가 날개처럼 접혔다가 다시 펼쳐졌다.

　방패와 도는 마치 쌍도(雙刀)를 사용하는 것처럼 그가 가진 날개가 되었다.

　베고 막는 공수일체가 물 흐르듯 매끄럽게 이어졌다.

　방패를 사용하면서 갖추게 된 유연함에 무공의 위력이 배가됐다.

　"그에 더해 도기(刀氣)까지."

　악운의 입가에 미소가 맺혔다.

　새로운 심득과 실전 경험의 성장으로 그간 오르지 못했던 절정 초입에 이른 것도 괄목할 만한 성과였다.

　"분발 좀 하셔야겠습니다."

　악운이 짐짓 미소를 지으며 호사량을 쳐다봤다.

　"그러게 말이오."

　모두의 성장에 자극받은 것일까?

　묘한 호승심이 올라오는 호사량이었다.

"이제 정리해야겠군요."

악운이 호사량과 함께 황중섭에게로 향했다.

❧

황중섭은 부러진 피리를 내려다보았다.

날아온 화살은 악기를 다룰 새도 없이 문도들을 쓰러트렸
고, 고정명이 합세한 봉려방 자객들도 이젠 전멸에 가까운
피해를 입었다.

심지어 고정명은…….

"커헉!"

방패에 안면이 함몰되고 유엽비도에 전신이 찢기듯 베이
고 있었다.

두 개의 손도끼는 제대로 휘두르지도 못했다.

문주가 오랫동안 영입하고, 확장해 온 자객 사업이 송두리
째 무너진 것이다.

황중섭은 당시 마주했던 악운의 눈동자가 다시금 떠올랐
다.

소매에 숨겨 둔 판관필을 사용할 용기도 생기지 않았다.

'도망쳐야 한다. 이 사실을 문주께 어서 알려야……!'

황중섭이 짙어진 패색을 느끼고 도망을 택한 그때.

"이쯤 하지."

서늘한 백색 검날이 황중섭의 목덜미에 닿아 왔다.

꿀꺽······!

황중섭은 목젖에 닿은 검날을 느끼며, 호사량을 쳐다봤다.

"눈알 굴린다고 상황이 타개되진 않을 것이오."

호사량이 무심한 눈빛으로 말했다.

이어서 황중섭의 등 뒤에서 악운의 음성이 울려 퍼졌다.

"또 모습을 보이면 기꺼이 피를 감수하겠다고 말했을 텐데."

황중섭이 황급히 잡아뗐다.

"나, 나는 당신들을 노리러 온 것이 아니오!"

"호 소협을 노렸겠지."

"그렇소! 우린 호길, 그놈의 목을 원하오! 대체 무슨 명분이 있어서 타 문파의 일에 이리 끼어든단 말이오!"

"아까까진 그랬지."

"그게 무슨······."

"그는 이제······."

악운이 방갓을 들어 푸른 불길이 담긴 눈을 보였다.

"산동악가의 가솔이다."

황중섭이 밀려오는 두려움에 사시나무처럼 몸을 떨었다.

상상 이상으로 꼬여도 아주 더럽게 꼬였다.

산동의 맹호(猛虎)를 건드린 것이다.

"황…… 장로?"

호 소협은 깜짝 놀란 눈으로 곤죽이 된 중년인을 내려다봤다.

그는 얼굴을 제대로 알아볼 수도 없을 만큼 퉁퉁 부은 채 혼절해 있었다.

'백황문을 대표하는 고수 중 한 사람인데…….'

황중섭뿐만이 아니다.

황중섭에 동조하던 자객들은 모조리 죽었고, 우효찬을 비롯한 그에 동조한 악효문의 제자들은 무릎 꿇은 채 벌벌 떨고 있었다.

백황문은 결코 작은 문파가 아니다.

적어도 회남과 회북을 비롯해 그 주변 일대에서는 음공과 암기로 유명했다.

그런데 그들의 기습이 무참히 패했다.

단 네 명.

심지어 소가주인 악운은 나서지 않았다.

'이것이…….'

호길의 눈에 악운의 곁에 서는 네 명의 고수들을 바라봤다.

"산동……악가."

이런 게 명문가의 격인가.

호길은 악운의 신위를 이미 마주했었지만 새삼 전율이 돋을 만큼 와닿았고, 가솔이 됐다는 말에 가슴이 뜨거워졌다.

'모든 걸 잃은 나 같은 악공에게……'

그들은 기꺼이 싸워 줬고, 소신과 의지를 관철할 줄 안다.

호길은 주먹을 콰악, 말아 쥐었다.

사부와 지낼 땐 늘 평화로울 줄 알았다.

그저 악기만 다루며 의미 없이 삶을 살아도 그 어떤 풍파도 없이 평온할 줄 알았다.

하지만 아니었다.

사부의 비파조차 쓸쓸이 버려질 뻔했다.

꿈에도, 미래에도 관심 없었다.

그저 흘러가는 대로 살아갈 뿐.

'다시는 그렇게 살고 싶지 않아.'

뭘 해야 할지는 모르겠다.

하지만 하나는 정확히 알겠다.

'저들의 옆에 서고 싶다.'

평생 꿈도 없이 무기력했던 호길에게 목표가 생기는 순간이었다.

옆에 선 태은희도 놀란 눈으로 정리된 장내를 바라봤다.

'굉장해.'

오랜 공백을 깨고, 한순간에 약동하여 다시 재건에 성공했다는 소식은 들었지만 실제로 보니 소문은 조금도 부풀림이 없었다.

태은희의 눈이 등을 보이고 선 악운에게로 머물렀다.

어쩌면 정말 그는 약조대로 자신에게 평온한 삶을 찾아 줄지도 모르겠다.

'나를 인정하는 사람이…….'

문득 아버지가 무릎 맡에 앉히며 해 줬던 짧은 이야기가 스쳐 지나갔다.

　　－아비가 바랐던 건 인정이었어. 한 팔이 없는 이 아비가 한계를 넘어 더 나은 야장이 될 수 있다는 믿음이 필요했거든. 천 대인이 있었기에 아비도 있었단다.

하지만 그런 말을 들었음에도 한때는 무신 때문에 아버지가 무리하다가 일찍 돌아가셨다고 생각했기에 그를 원망해 왔다.

하지만 수많은 편견에 짓눌리며 깨달았다.

'아버지는 그저 놓여 있는 삶에 최선을 다하셨을 뿐이야.'

아버지가 짊어졌던 편견 속에서 단 한 사람의 진심 어린 인정과 격려는…… 다시 일어날 수 있는 큰 도움이 되었을 거라고.

'지금의 나처럼.'

아버지가 돌아가신 후 대부분 자신의 능력을 믿어 주지도, 관심을 가져 주지도 않았다.

따로 남긴 무구가 없다는 얘기가 정설이 되자 작은 관심마저 사라졌다.

아버지의 일부만 보고 배운 가짜들이 온갖 쓰레기 같은 짓을 벌일 때에도 누구도 그녀의 존재를 기억하지 않았다.

하지만 악운은 달랐다.

그 어떤 편견 없이 가진 바 능력에 대해서만 관심을 기울였다.

돌아가신 아버지와…… 죽기 전까지 자신을 기다려 준 가가가 그랬듯이 그렇게.

'다시 망치가 들고 싶어졌어.'

태은희의 눈가에 뜨거운 눈물이 맺혔다.

어둡던 밤이 지나고 있었다.

무릎 꿇린 우효찬이 눈을 굴렸다.

"사, 살려 주십시오. 저희는 그저 시키는 대로 한 것뿐입니다! 아니냐?"

"사형의 말이 맞습니다!"

"그럼요! 저희는 그냥 대사형이 시킨 대로 한 거예요! 따르지 않으면 죽인다고······."

백훈이 귀를 후비며 인상을 썼다.

"참새처럼 어지간히 조잘대네. 다들 입 안 다물어! 확 다
베어 버리기 전에."

백훈의 위협 한 번에 악효문의 제자들이 조용해졌다.

"한결 낫네."

이어서 백훈의 시선이 걸어오는 호길에게 향했다.

"멸치."

"네······."

"어떻게 할 거냐? 사부 비파나 안고 질질 짤래?"

"아뇨."

"그럼?"

"제게······ 검을 빌려주실 수 있으십니까?"

스릉!

백훈이 조금의 거리낌도 없이 검을 뽑아 건넸다.

"자, 여기."

"고맙습니다."

"해 봐, 뭐든. 그리고······."

"네······."

"이제야 눈빛이 맘에 드네."

호길이 백훈에게 검을 받아 들고 사형제들 앞으로 걸어갔
다.

백훈이 악운을 힐끗 쳐다봤다.

악운은 잘했다며 고개를 끄덕였다.

방관이 아니었다.

모두가 호길이 찾을 정답을 기다리고 있을 뿐.

마침내…….

문파에서 버려졌던 호길이 그를 버린 사형제들 앞에 다시 섰다.

꿀꺽-!

우효찬이 하얗게 질린 낯빛으로 호길을 쳐다봤다.

"사, 사제……."

호길이 차분히 그와 눈을 마주쳤다.

"우 사형."

"생각해 봐. 이게 모두 다 사제 때문이야. 사제가 사부님의 유지를 거절하고 대사형에게 문주직을 건넸으면 일이 이렇게까지 악화되진 않았을 거라고! 안 그래?"

우효찬의 얘기에 다른 제자들이 동조했다.

"호 사형, 우 사형 말이 맞아요."

"사부님의 정신이 온전하지 않으셨던 거예요."

"만약 호 사형이 그 자리에서 우물쭈물 대지 않고 거절했으면……."

호길은 말없이 그들을 응시했다.

한때는 이런 자들을 세상의 전부로 알고 살았다.

사부 또한 그들을 누구보다 아끼셨다.

'한스럽구나.'

침묵하던 호길이 무겁게 입을 뗐다.

"너희는 똑같구나."

"뭐?"

"늘 누구의 탓과 책임으로만 몰 생각을 하고, 핑계만 대려고 하지. 상황이 어쩔 수 없었다면서. 생각해 보니 무기력했던 나보다 진짜 한심한 건 너희였어."

"사제!"

우효찬이 기분 나쁜 기색을 감추지 못하고 얼굴을 일그러트렸다.

하지만 뒤에 선 산동악가의 가솔들 때문인지 아무 말도 못한 채 얼굴만 붉혔다.

"그저 대사형과 백황문이 두려웠던 거잖아. 사제라고? 아니, 악효문은 사라졌어."

호길의 눈에 분노가 스몄다.

"그래. 너희 말이 맞아. 사부께서는 틀리셨어. 세상에 유일하게 잘한 일이 너희들을 제자로 삼은 일이라고 종종 말씀하셨으니."

우효찬이 눈치를 보며 외쳤다.

"사제! 아무리 그래도……! 말이 너무 심하잖아!"

"닥쳐!"

평생 화 한 번 낸 적 없던 호길의 격한 반응에 웅성이던 제자들이 삽시간에 조용해졌다.

고요한 가운데.

호길이 검을 치켜들었다.

"사, 사제! 이러지 마!"

지켜보는 남은 문도들이 하얗게 질렸다.

우효찬이 죽고 나면 그다음 차례가 누구일지 뻔했기 때문이다.

"끝이야."

호길은 망설이지 않고 우효찬을 향해 검을 내려찍었다.

"흐이익!"

우효찬이 눈을 질끈 감았다.

쐐액!

그 찰나.

호길이 내려친 검은 우효찬이 아닌 그의 옆에 놓인 부서진 비파에 떨어졌다.

콰짓!

완벽히 산산조각 난 비파.

"허억, 허억……!"

가까스로 목숨을 건진 우효찬이 숨 막히는 긴장감에 숨을 헐떡였다.

스륵.

호길이 검을 거두며 말했다.

"사부께서 왜 내게 문주 직을 물려주셨냐고? 보고 있잖아. 너희는 너희 스스로 문주가 될 기회를 포기한 거야. 백황문의 속한 악효문이 아니라 본래 지키던 것을 지키던 악효문이 될 기회를……."

다른 문도들의 눈빛이 세차게 떨렸다.

돌이켜 보고 나니 호길의 말엔 틀린 게 없었다.

"다시는 사부가 남긴 음공을 다루지 마. 그건 너희 같은 쓰레기가 연주하라고 있는 게 아냐. 사부가 남기신 음공 서적들도 전부 내가 회수하겠어. 사부의 진짜 유지를 잇는 건 너희들이 아니라……."

악효문의 제자들은 그 누구도 호길의 말에 대답하지 못하고 고개만 숙였다.

애써 외면해 왔던 배신의 죄책감이 이제야 고개를 든 것이다.

"나, 호길이니까."

호길은 그 말을 끝으로 단호히 돌아섰다.

더는 후회는 없었다.

하지만 후련해서였을까?

저벅-!

사형제들에게 등을 돌리자 애써 참아 왔던 눈물이 핏발선 눈동자에서 줄줄 흘러내렸다.

울고 싶지 않았지만 복받쳤다.

호길은 애써 눈물을 참으며 힘겹게 백훈 앞에 섰다.

"악공 선생."

백훈은 검을 내민 호길을 나직이 불렀다.

호길이 눈물이 범벅이 된 얼굴로 어렵게 고개를 들었다.

사실 가까스로 눈물을 참고 있는 호길에게 대답을 바라고 부른 게 아니었다.

해 주고 싶은 말이 있었다.

"산동악가에 온 걸 환영한다."

백훈이 호길의 앞머리를 거칠게 쓰다듬으며 그를 지나쳤다.

"오늘까지만 울어요."

태은희가 다가와 잘게 떨리는 호길의 어깨를 감싸 안아 주었다.

호길은 가가가 남긴 최고의 제자였다.

❦

"당장 꺼져. 다 죽여 버리기 전에."

백훈의 한마디에 악효문의 제자들은 서로 살길을 도모하려고 부딪치고 엉키기를 반복하며 사라졌다.

"쯧쯧, 아비규환이 따로 없구먼."

백훈이 한차례 혀를 찬 후 나란히 서는 악운을 쳐다봤다.

"눈빛이 왜 그래?"

"무슨 말이야?"

"씁쓸해 보여서."

"아냐. 아무것도."

악운은 고개를 저었다.

하지만 사실 말만 그렇게 했을 뿐.

잠깐이나마 씁쓸한 마음이 든 것도 사실이다.

'천휘성의 마지막이 저랬겠지.'

물론 목적과 상황은 다르겠지만……

천휘성 사후의 무림 상황과 지금 악효문의 모습은 크게 다르지 않았을 것이다.

그 점이 문득 생각나서 씁쓸했다.

하지만.

이젠 고개만 돌리면 악운의 삶이 펼쳐져 있다.

두 번의 실패는 없을 것이다.

"이제 가자."

"어디로 갈까?"

악운이 혼절해 있는 황중섭을 돌아봤다.

"혼인 축의금, 조의금으로라도 제대로 받아야겠지."

그냥 넘어갈 생각은 없었다.

호길은 떠나기 전 태은희와 함께 악효문의 장원에 들렀다.

문파의 재산이라고 할 만한 것들은 대사형이 마차에 실어 백황문에 팔았으나 사부의 음공이 실린 악보들은 아직 장원 안에 보관되어 있었다.

호길이 마지막 책장에 있던 책들을 한아름 안아 밖으로 챙겨 나왔다.

"이게 끝이에요."

다 합쳐 삼백여 권 정도 되는 책자들.

태은희는 먼지 한 톨 없이 깔끔하게 보관되어 있는 책자 위를 손끝으로 쓸어내렸다.

"아마 소가주님이 아니었다면 황 장로가 저를 죽인 후에 남은 물건들을 정리해서 백황문에 챙겨 갈 심산이었을 거예요."

"운이 좋았네요."

"네. 하지만 다시 되찾았으니 사부께서 남긴 모든 악보는 부인께 드릴게요."

태은희는 주저했다.

"아니에요. 나는……."

호길이 단호하게 고개를 저었다.

"사부께서 저를 이 문파의 다음 문주로 택하셨던 건 부인이 돌아올 곳이 언제라도 평안하게 지켜질 수 있도록 문파를 온전하게 계승해 달라는 의중이었을 거예요."

호길은 굳은 표정을 풀고 환하게 웃었다.

무거운 마음을 한결 털어 낸 눈빛이었다.

"하지만 이제 머물 곳이 생기셨으니 이 장원은 더 이상 사부께 큰 의미가 없어요. 사형제와의 연을 끊은 저에게도 역시……. 그러니 남은 건 이 책자들이 전부입니다. 간직해 주세요."

한동안 말이 없던 태은희가 물었다.

"호 소협은 이 모든 책자들을 전부 공부했나요?"

"예, 저는 하나도 빠짐없이……."

"그럼……."

태은희가 책자 한 권을 집어 든 그때.

책자 안에 숨겨져 있던 서찰 한 통이 나풀거리며, 둘 사이에 내려앉았다.

"음?"

서찰을 집어 들어 읽은 태은희의 눈빛이 세차게 흔들렸다.

"호 소협."

"네."

"읽어 봐요."

고개를 갸웃거린 호길이 받아든 서찰을 천천히 읽어 내려갔다.

동시에 호길의 눈가에 뿌연 눈물이 차기 시작했다.
사부가 남긴 서찰이었다.

나를 누구보다 그리워할 내 제자 길아.

사실 나는 네가 문주직을 이어받게 되면 힘들어할 것을 알면서도 몹쓸 짓을 하였다.

오랜 세월 같은 자리에 머물러 줄 제자가 너라고 생각했으니……

평생 그리워한 이가 돌아올 곳을 잃을까 봐 그리하였다.

하지만 길아.

이 사부가 죽고 난 후에 이 서찰을 본다면 그러지 말거라.

네 삶을 살고, 뛰어난 악보를 창안하여 사부보다 나은 악사가 되거라.

평생 내가 봐 온 그 누구보다 뛰어난 네 자질을, 어찌 이 사부의 미련으로 붙잡을 수 있으랴.

네 삶이 풍요롭길 바란다.

내가 마음으로 낳은 내…… 아들아.

악효문은 이제 네 것이다.

호길은 서찰을 품속에 간직하며, 조용히 흘러내린 눈물을 닦았다.

"그이는 호 소협을 정말 사랑했네요."

호길이 울음 담긴 얼굴로 힘겹게 대답했다.

"예.."

"서찰이 담겨 있던 악보와 그 서찰은 호 소협이 간직해 줘요. 그리고 이 책자의 대부분은⋯⋯."

그녀가 책자를 불에 던졌다.

화르륵!

순식간에 타 버리기 시작하는 책자.

"그이와 재회하면 좋았겠지만 그럴 수 없다면⋯⋯ 내게 이 책자들은 크게 의미가 없답니다. 그이를 공감하고 추억하는 건 그 이가 남겨 준 호 소협만으로 충분해요. 오랜 세월 그이가 창안해 온 악보는 그이 가는 길에 함께하도록 떠나보내 주고 싶네요. 장례는 끝났지만 그이를 나와 함께 한 번 더 추모해 주겠어요?"

"영광입니다."

호길은 사부의 비파가 수리될 동안 사용할 후 노야의 비파를 손에 쥐었다.

진심을 다해 추모하기 위해 호길이 할 수 있는 최선이었다.

"사모(師母)."

산동악가의 가솔들이 그 곁에서 사부가 원했을 진짜 장례에 참석해 주었다.

산동악가의 손아귀에서 벗어난 악효문의 제자들은 뿔뿔이 흩어졌다.

그중 우효찬을 따른 사형제들이 그의 결정을 듣고 깜짝 놀랐다.

"사형, 그들은 산동악가입니다! 대놓고 그들과 척지겠다고요? 더는 이 일에 끼어들지 말고 물러나요!"

우효찬이 이를 갈았다.

"싫다! 내가 호길 그놈 따위에게 이런 모멸감을 겪고도 그냥 넘어갈 줄 알았더냐?"

"천하의 황 장로와 그가 부른 자객들이 단 세 명에게 손도 못쓰고 휩쓸렸습니다! 직접 봤잖습니까!"

방 사제의 얘기에 다른 사제들도 동조했다.

"사형, 다들 더 이상 두려움에 떨고 싶어 하지 않아요. 우리 그만해요."

한참을 고민하던 우효찬이 결국 고개를 끄덕였다.

"그래. 그럼 다들 그렇게 해. 겁쟁이처럼 겁에 질려서 꺼지라고."

"사형 그런 뜻이 아니라……!"

다른 사제가 그를 말리려고 입을 연 그때.

푸욱!

우효찬이 대답을 듣기도 전에 허리께에서 꺼낸 단도를 사제에게 박아 넣었다.

"커헉! 왜……?"

우효찬은 목을 부여잡으며 비틀거리는 사제를 일그러진 눈동자로 노려봤다.

"가서 또 얘기할 거지? 호길 놈에게 내가 대사형에게 일러바칠 거라는 걸 알릴 거잖아!"

남은 사제들이 비명을 지르거나 당혹스러워했다.

"꺄아아악!"

"사……사형! 이러지 마십시오!"

사제들이 황급히 말려봤지만 우효찬의 눈은 이미 광기에 사로잡혀 있었다.

"말할 거잖아. 그럴 바엔 그냥……."

우효찬이 희번덕거리며 웃었다.

"죽어 주라."

⚈

"그래서?"

정청은 무릎 꿇고 있는 우효찬을 짜증 가득한 눈길로 내려다봤다.

피 묻은 의복에 봉두난발이 된 우효찬은 거지 꼴이 따로 없었다.

"전부 죽었다고?"

"예, 대사형! 황 장로가 데려온 자객들도 전부 다 죽었습니다! 호길 그놈이 사제들을 처형하며 저를 내려다보던 그 오만한 상판을 대사형께서 보셨어야 합니다! 얼마나 억울하던지……! 크흑……!"

"그런데…… 너는 왜 살려 줬지?"

우효찬은 미리 생각해 뒀던 거짓말을 이어서 늘어놓았다.

"말씀드렸잖습니까! 그놈이 정체불명의 고수들과 손을 잡고 잔뜩 오만방자해졌다고요! 저더러는 죽일 가치도 없는 쓰레기라면서 무시하더군요. 그러면서 대사형께 이 말을 전하라고 했습니다."

"뭐라고?"

"배신한 대가를 톡톡히 치를 거라고……."

"뭐? 푸하하!"

정청은 목젖이 보일 정도로 박장대소했다.

얼마쯤 웃었을까?

그의 눈빛이 삽시간에 얼어붙었다.

"제 근본도 모르는 고아 놈 따위가?"

"예! 그렇다니까요!"

우효찬은 일부러 산동악가를 언급하지 않고 정청을 도발했다.

산동악가란 것을 밝혀 봤자 호원무관의 입장을 고려하며 화를 삭일 것이다.

차라리 그의 분노를 자극해 그가 앞뒤 분간 않고 덤벼드는 것이 나았다.

"호원무관 관주님의 귀한 피를 타고나신 대사형을 이미 예전부터 무시하고 있었던 게 틀림없지요!"

"그놈은 처음부터 마음에 안 들었지. 악효문을 위해 단 한 푼의 헌납(獻納)도 하지 않고 사부의 동정심만을 자극해 입문한 놈이 아니냐."

"암요."

우효찬은 점점 일이 뜻대로 풀리고 있음을 느끼고 내심 흡족했다.

"그런데 그따위 고아 놈을 도와준 자들의 정체가 뭐지? 황 장로는 어째서 이런 사실을 내게 알리지 않은 게야? 그 자객 놈들은 대체 뭐고?"

"외부로 알리지 않았던 건 자존심이 많이 상해서 혼자 알아서 처리해 볼 심산이었던 듯합니다. 나머지는 저도 잘……."

"우선 시비를 하나 붙여 줄 테니 네놈은 씻어라. 난 관주님과 형님께 말씀드려야겠다."

"알겠습니다, 대사형."

"어이."

"예?"

"여기가 어디야?"

"호, 호원무관입니다."

"그럼 너같이 천한 놈이 내게 어찌 불러야 하지? 다 망한 문파의 대사형이라고?"

냉각된 분위기를 느낀 우효찬이 재빨리 바닥에 고개를 박았다.

"용서하십시오, 공자님."

"그래, 그래야지."

그제야 정청이 우효찬의 어깨를 툭툭 두드린 후에 방문을 나섰다.

᪐

호원무관의 관주 정이령이 입을 열었다.

"어찌 생각하느냐."

"글쎄요. 저는 그리 심각한 일은 아니라고 봅니다. 청이 저 녀석의 일 처리가 어설픈 건 아버님도 잘 아시지 않으십니까?"

맏아들이자 현 소관주인 정웅은 대놓고 정청을 힐난했다.

하지만 정청은 화를 내기보다 굽실대는 것을 택했다.

그의 기억 속 큰형은 늘 맹수였다.

당당했던 정청의 어깨가 자연히 움츠러들었다.

"형님 한 번만 도와주십시오. 이 아우가 백황문과 무사히 혼인하면 우리 형제의 영역도 한결 커질 겁니다. 애초에 제가 악효문에 입문한 것도 백황문을 손에 넣기 위한 준비 단계였잖습니까."

정청이 일찍이 독립해 악효문의 제자가 된 건 악효문을 삼키고 백황문 문주의 사위가 되기 위해서였다.

백황문 문주가 규모가 작은 악효문 문주의 음공을 세간에 비교당하는 것을 싫어한다는 걸 알았기 때문이다.

그리만 된다면…….

아버지와 형에게 능력을 입증받을 수 있으리라 생각했다.

하지만 오늘 일이 꼬였다.

빌어먹을 호길 그 자식 때문에.

"그동안 무관의 일도 마다하며 해 온 일을 그마저도 어설프게 꾸리다니."

"그건……."

"사생아 출신이라 그런지 더럽게 손이 많이 가는군. 제 혼인식 문제 하나 잡음 없이 해결 못하는 거냐? 쯧쯧!"

정이령이 나지막이 물었다.

"나설 테냐?"

"예. 그래야지요. 저 우매한 아우를 위해서라기보단 무관의 체면이 달려 있지 않습니까. 나름 저희 무관의 막내아들로 행세하고 다녔으니까요."

"무관의 검대(劍隊)를 내주마. 막내 말을 듣자 하니 그리 형편없는 실력들은 아닌 거 같으니⋯⋯."

"예. 제가 나서서 혼인 전까지 깔끔하게 일을 정리하도록 하겠습니다."

정이령이 그제야 흡족하게 웃었다.

"껄껄! 그래. 역시 형만 한 아우가 없는 거 같구나. 아니더냐?"

정청이 재빨리 부친의 눈치를 보면서 대답했다.

"예. 맞습니다. 형님께서 나서셔야 항시 모든 무관의 일이 원활히 돌아가지 않겠습니까?"

"그래, 네놈만 아니라면 더 원활하게 돌아가겠지."

그때였다.

정웅이 한차례 더 정청을 타박하려는 순간 갑자기 미묘한 표정을 지었다.

"아버님."

"오냐."

"문득 생각난 것인데⋯⋯ 굳이 저희가 나설 필요가 있겠습니까?"

"그게 무슨 소리더냐?"

"청이 놈에게 듣자 하니 그 정체불명의 괴인들에게 깨진 자들은 백황문의 세력이었잖습니까? 결국 백황문만 오명을 뒤집어쓴 것이지요."

"오호, 그래서?"

"굳이 나서서 그 자존심을 세워 줄 필요는 없다, 이 말이지요. 최근에 백황문 문주가 세력 좀 늘었다고 얼마나 오만방자해 보였습니까?"

정이령의 입가에 조금씩 미소가 짙어지기 시작했다.

정웅의 의중을 눈치챈 것이다.

"혼인을 위해 도착하게 될 백황문 문주에게 이 일을 계기로 혼인을 시키지 않겠다고 으름장을 내 보시지요. 그들 때문에 체면을 구길 수는 없잖습니까?"

정청의 눈에도 이채가 흘렀다.

"가뜩이나 자존심이 구겨졌는데 백황문 문주는 혼인까지 차이면 그야말로 사면초가일 겁니다. 바짓가랑이를 물고 늘어져서라도 혼인을 성사시키려 하겠지요."

"그래. 마냥 머리를 장식으로만 들고 다니진 않나 보구나. 혼인을 동의하여 그들의 체면도 지켜 주는 대신 이참에 백황문의 사업 중 하나를 우리에게 넘기라고 해야겠지."

정청이 눈치를 살피며 덧붙였다.

"하하, 이리되면 제가 악효문에 입문하길 잘하게 된 셈이 아닌지요?"

정웅이 못마땅한 눈빛을 보냈다.

"네. 성급함으로 인해 직접 검대를 이끌고 나서려다 백황문을 흔들 좋은 기회를 놓칠 뻔하지 않았느냐. 자숙하거라.

악가의
무인

어찌 이리 생각이 짧을까."

"송구합니다……."

정청은 다 잡은 고기를 정웅에게 산 채로 빼앗기는 기분이
들었다.

그리고 그 분노는 자연히 일을 망친 호길에게로 향했다.

'호길, 이게 다 네놈 때문이다!'

정청이 조용히 이를 갈았다.

～❦～

혼인식 이틀 전 홍원각(鴻院閣)에서 성대한 잔치가 열렸다.

혼주 측인 호원무관에서 신부를 위해 족두리와 연지를 선
물해 주고 환영 인사를 곁들인 것이다.

일 층은 따로 초빙받은 귀빈과 무관 및 백황문의 식솔들이
잔치를 즐기고 있었고 이 층 내각(內閣)에서는 혼인식의 주최
자들이 모여 있었다.

"한 잔 받으시오, 사돈."

정이령이 백황문의 문주인 범학에게 술을 따라 주었다.

"허허! 이리 환영해 주시니 감사할 따름이오. 다음 잔은
내 딸이 한 잔 드리겠소. 애야, 뭐하느냐, 시아버님께 한 잔
올리지 않고?"

"네, 아버님."

범학이 시키는 대로 범혜인이 자리에서 일어난 그때.

"됐다. 괜찮으니 앉아 있거라."

"어허, 그러지 말고 며느리가 주는 잔부터 받으시지 그러시오?"

"껄껄! 좋소. 하지만 잔을 받기 전에 짚고 넘어가야 할 게 있지 않겠소."

"무슨 말씀이시오?"

"이미 아실 듯싶소만…… 회북의 악효문에서 일어난 일에 대해서 말이오."

애써 화기애애한 분위기를 유지하던 실내 분위기가 순식간에 차갑게 얼어붙었다.

"그렇소만…… 크게 신경 쓰실 건 없소. 이미 본 문은 그 일에 대해서……."

"황 장로가 끌려갔고, 은밀히 조력하고 있던 자객 집단까지 쓸렸다 하더이다."

"이 좋은 자리에 꼭 그런 말씀을 하셔야겠소?"

"이보오, 사돈. 내가 내 막내아들을 얼마나 애지중지 키웠는지 모르셔서 하시는 말씀이오. 기왕 장가를 보낼 거라면 우환 없는 집안에 보내야 하지 않겠소?"

"당장 앞둔 혼인이라도 깨자는 것이오?"

정이령의 입가에 미소가 짙어졌다.

"상황에 따라 못할 거야 없지 않겠소? 아닐 수도 있고. 껄껄!"

장내에는 정이령을 비롯한 호원무관 식솔들의 웃음소리만 울려 퍼졌다.

꿈

팔공산 부근에 자리 잡은 거대한 장원 부근에 악운 일행이 도착했다.

백훈이 호사량에게 물었다.

"저기야?"

"그래."

대문을 서른 걸음쯤 남겼을까.

대문 밖을 지키던 일단의 검대가 다가왔다.

다섯 명으로 이뤄진 그들은 악운 일행을 은연중에 둘러쌌다.

그중 책임자로 보이는 이가 말했다.

"초대장은 있소?"

백훈이 피우고 있던 장죽을 입에서 떼며 흰 연기를 대놓고 그의 얼굴에 뿜었다.

"후우⋯⋯. 없는데?"

눈썹을 꿈틀거린 책임자가 눈 깜짝할 새 검병을 뽑으려던 그때.

철컥, 탁.

검이 튀어나오기도 전에 검집 안으로 들어갔다.

"이익……!"

벼락처럼 접근한 백훈이 그의 손을 손바닥으로 내리누르고 있었던 것이다.

"함부로 검을 뽑아서야 쓰나."

백훈의 눈빛이 얼음장처럼 차가워졌다.

"우리 소가주님 앞에서."

그 얘기를 들은 책임자가 눈썹을 꿈틀거렸다.

"소……가주? 대체 귀하들은 누구시오?"

그 순간 악가뇌혼대와 호사량이 움직였다.

타타탁!

네 명의 고수가 움직이자 검대 일개 조(助)가 순식간에 수혈이 짚인 채 바닥에 쓰러졌다.

악운이 쓰러진 자들을 지나치며 말했다.

"호 소협."

호길이 비파를 들고 나섰다.

"그를 조우할 준비는…… 됐습니까?"

"네."

호길이 굳은 표정으로 고개를 끄덕였다.

어느새 호길은 산동악가 가솔들과 나란히 서 있었다.

한창 무르익고 있는 잔치.

잔치 안엔 문방사우나 목재 같은 품목들을 취급하는 상인이 많았다.

좋은 돌과 나무로 유명한 안휘성에는 벼루와 먹 그리고 원자재 교역이 성행했기 때문이다.

하지만 그중 가장 주목을 받고 있는 건 오래전 남궁세가의 방계 출신인 대원표국의 장 국주였다.

"내가 여기 오기 전에도 남궁세가 소가주의 팔촌 방계친과 한잔 거하게 마셨지."

안휘성 정원 지역에서 여러 포목점을 갖고 있는 홍 회주가 물었다.

"오호, 그럼 현 소가주이신 대현검룡(大玄劍龍) 남궁진 대협과도 술자리를 가진 적 있으시오? 듣자하니 검만 끼고 사신다던데……."

"전부 헛소문이오. 소가주가 없어서 하는 소리지만 소가주와 내가 다닌 기루만 손가락으로 셀 수도 없을 지경이외다. 으하하!"

함께 모인 귀빈들이 한 번 마주치기도 힘들다는 남궁진의 이야기에 모두 흥미를 느끼며 빠져들던 그때.

푸른 문사복을 입은 사내가 대화에 참여했다.

"더 흥미 있는 이야기가 있소."

대화 주도권을 빼앗긴 장 국주가 인상을 썼다.

"귀하는 누구시오?"

사내는 대답하지 않고 말을 이었다.

"여기 호원무관 관주의 막내가 회북의 악효문을 사분오열 시키고 백황문에게 복속시킨 것은 아시오? 그 과정에서 악 효문의 정당한 후계자가 쫓겨났다더군."

"아니, 그거야……!"

"크흐음!"

애써 쉬쉬해 왔던 이야기에 귀빈들의 표정이 급격히 굳어 졌다.

"그런데 그 백황문이 그것도 모자라서 뭐가 무서웠는지 악 효문 문주의 진짜 후계자에게 자객을 보내 암살하려 했다 오."

이 일에 관계없는 귀빈들은 그의 말에 점점 빠져들기 시작 했지만 분위기가 이상한 걸 직감한 백황문과 호원무관의 무 인들이 문사에게 다가왔다.

하지만 방관하는 호원무관과는 달리 백황문이 먼저 나섰 다.

"크흠! 나는 백황문의 장로 곽계산이외다. 진위 여부도 밝 혀지지 않은 헛소문을 퍼트린 귀하의 정체부터 밝혀 주셔야 겠소."

그 말이 끝나기 무섭게 관주 직속의 팔당주 중 한 사람인 일당주 관철이 나섰다.

전각 내부 호위를 맡은 책임자였다.

"나 일당주 관철이오. 초대장을 보여 주셔야……."

그 순간 관철의 눈에 사내가 허리께에 찬 검이 보였다.

귀빈들은 최소한의 호위 무사를 제외하고는 검을 차고 안에 들어올 수 없었다.

이자는 호위 무사로 보이지 않으니 검을 들고 들어 왔다는 건 단 한 가지 이유뿐.

스릉!

관철이 검을 뽑았다.

"넌 누구냐!"

당장 목에 검날이 닿았음에도 사내의 표정은 태연자약했다.

"얘기 안 끝났소만."

"누구냐고 물었다! 한 번만 더 묻게 하면 그 즉시 네 목을 베겠다."

호사량의 무표정한 얼굴에 희미한 웃음기가 돌았다.

"글쎄. 나보다 다른 이를 걱정해야 할 텐데?"

그때 단상 위로 한 사람이 거침없이 올라가서 비파 현을 울렸다.

띵!

옥구슬이 떨어지는 듯한 음률이 울려 퍼지며, 좌중의 시선
이 자연히 집중됐다.

이어서 웬만한 여인보다 청아한 목소리가 좌중의 귀를 홀
렸다.

"처음 뵙겠습니다. 저는……."

이 순간 호길은 사부와의 수많은 기억들이 스쳐 지나갔다.

돌고 돌아 여기에 어렵게 섰다.

호길이 좌중의 시선을 한 몸에 받으며, 굳은 표정으로 입
을 뗐다.

"악효문의 문주, 호길이라 합니다."

동시에 저 멀리 전각 곳곳에서 긴급한 타종과 호각 소리가
들려왔다.

몽성

잔치가 벌어지던 전각 주변을 호원무관의 무사들이 둘러쌌다.

검을 쥔 관철이 소리쳤다.

"쥐새끼 하나 빠져나가지 못하게 해라!"

동시에 관주 휘하 여덟 명의 당주들이 각 당(黨)의 무사를 이끌고 몰려왔고, 백황문의 호위대가 비파와 북을 들었다.

꿀꺽!

팽팽해진 투기와 긴장감.

호길은 긴장된 기색으로 마른침을 삼켰다.

'두렵다.'

예전이었다면 절대 이런 미친 짓은 하지 않았을 것이다.

느껴지는 따가운 시선에 몸이 바들바들 떨렸다. 사방에서 고수들이 뿜어내는 기세에 당장 무릎 꿇고 싶었다.

하지만 이젠…….

'혼자가 아냐.'

그 순간.

사아아악!

호길에게 쏟아지는 기세를 한 사람의 기세가 삽시간에 짓누르며 막아섰다.

'소가주'의 등이었다.

아니, 소가주뿐 아니라 함께 온 일행이 탁자 주변을 호위하듯 도열했다.

쿠당탕!

때마침 금벽산이 짊어지고 있던 포대를 던졌다.

백황문의 황 장로가 혼절한 채 그 안에서 얼굴만 삐쭉 드러났다.

"계속하시오."

"네!"

호길은 소매로 이마의 땀을 닦아 낸 후 있는 힘껏 소리쳤다.

"정파의 탈을 쓰고서 사부의 정당한 후계자를 쫓아내고, 일문의 재산을 빼돌린 백황문과 호원무관의 막내 정청은 당장 그 모습을 드러내시오! 나는 악효문의 문주로서 그에게 충분한 죄를 물어야겠습니다!"

잔치에 모인 귀빈들이 웅성댔다.

그때였다.

"누가 감히 허락도 없이 본 관의 행사에 참석하라 했는
가!"

쩌렁쩌렁한 노호와 함께 정이령과 그 자제들이 나타났다.

"뭣들 하느냐! 당장 저놈을 치우지 않고!"

뒤따라 나온 백황문 문주 범학도 분노한 눈빛으로 호통을
쳤다.

즉시 충돌이 벌어지려던 그때.

정웅이 정이령에게 낮게 속삭였다.

"잠깐!"

큰 아들의 조언을 들은 정이령의 입가에 묘한 미소가 스쳤
다.

"정 관주, 왜 그러시오!"

"생각해 보시오. 우린 결론을 못 냈잖소. 어찌하시겠소?"

와드득!

범학은 말없이 이를 갈았다.

정이령의 반문에는 많은 의미가 포함되어 있었다.

이 일을 핑계 삼아 혼인식을 거두고 모든 관계를 정리할
지, 아니면 언급한 몇 건의 이권 사업을 넘길지를 택하란 것
이다.

'별수 없구나.'

호원무관은 그저 막내아들의 혼처일 뿐이지만 백황문은 아니다.

믿고 있던 황 장로가 산 채로 납치된 걸 목격한 것도 모자라 세력의 절반 이상이 악효문의 일로 죽었다.

여기서 파혼까지 당하면……

'재기하기 힘들다.'

결국 범학이 무겁게 입을 열었다.

"하겠소."

"옳거니. 그럼 나 역시 약조를 지키리다, 사돈."

그제야 편을 택한 정이령이 좌중의 시선을 한 몸에 받으며 앞으로 나아갔다.

"이놈! 감히 무관을 겁도 없이 무단으로 침입한 데다 정식으로 악효문을 계승한 내 막내아들에게 증거도 없이 파렴치한 누명을 씌워?"

호사량이 말에 기를 실어 외쳤다.

"증거가 있다면 어찌하시겠소!"

"당장 그 입 닥치지 못할까!"

호사량의 목에 검을 두고 있던 일당주가 그대로 검을 내리 그었다.

쐐액!

하지만 그보다 호사량이 재빨랐다.

목을 젖혀 가볍게 검을 피한 호사량은 벼락같이 손을 뻗어 일당주의 손목을 검집째로 내리쳤다.

콱! 콰직!

파열음이 들리자 일당주가 검을 놓치며 신음을 흘렸다.

"크윽!"

"한 번만 더 검을 잡으면 이번엔 제대로 베겠소."

호사량은 차분하게 위협한 후 이어서 소리쳤다.

"돌아가신 악효문의 전대 문주께서는 유언이 담긴 서찰을 비밀리에 호 소협에게 남기셨소. 그 유언에는 호 소협에게 다음 문주직을 넘긴다는 이야기가 있소이다. 진위 여부를 납득하기 힘들다면 필체를 전대 문주의 악보와 비교하면 될 테지. 이래도 부정하시겠소?"

잔치에 참석해 있던 우효찬은 깜짝 놀랐다.

'맙소사, 사부의 유지가 담긴 서찰이 따로 있었다고?'

호길이 이렇게 나온 이상 호원무관에는 이를 반박할 만한 명분이 없어 보였다.

우효찬은 괜히 눈에 띄었다가는 큰일을 치를 것 같아 인파 사이에 숨어들었다.

"으하하! 그깟 유서야 네놈들이 조작했을지 안 했을지 누가 알겠느냐!"

정이령이 상황과 어울리지 않게 웃음을 터트렸다.

호길이 지지 않고 외쳤다.

"증인 역시 한둘이 아니오!"

"증인이라……. 증인은 여기에도 있다. 내 막내아들이 데려온 사제가 네놈의 악행을 낱낱이 고발했다! 아니더냐!"

기다렸다는 듯 정웅이 정청을 채근했다.

"뭐 하느냐, 어서 그놈을 끌고 오지 않고."

"예, 형님."

정청이 숨어 있던 우효찬을 질질 끌고 좌중 앞에 걸어 나오게 했다.

우효찬을 알아본 백훈이 피식 웃었다.

"이래서 쓰레기는 용서하는 게 아니지."

나직한 그의 혼잣말이 끝난 찰나.

우효찬이 눈을 질끈 감으며 입을 뗐다.

"저는 대사형의 사제 우효찬이라 합니다. 제 두 눈으로 똑똑히 봤습니다. 호길 저놈은 사부님께서 대사형에게 문주직을 넘겼음에도 유지를 납득하지 못하겠다며 사형제들을 무시하고 주, 죽였습니다!"

"들었느냐!"

정청이 호길을 이글거리는 눈빛으로 노려보며 소리쳤다.

자연히 장내의 분위기가 호원무관 쪽으로 흘러갔다.

그때였다.

"거짓말!"

악운 일행의 뒤쪽에 가려져 있던 한 사내가 소리쳤다.

저벅저벅.

어깨와 목까지 흰 붕대를 감고 있는 그는 놀랍게도 호길의 사형 중 한 사람이자 우효찬의 살행으로부터 도망쳤던 방 사제였다.

가까스로 살아남은 후 복수심에 악운 일행에게 합류한 것이다.

"거짓말입니다! 호 사제는 대사형에게 무수히 핍박받고, 죽을 위기에 놓였었음에도 끝내 우릴 죽이지 않고 살려 줬습니다! 오히려 그의 용서를 무시하고 우릴 죽이려 든 자는 우효찬, 저자입니다!"

우효찬은 방 사제의 등장에 눈을 부릅떴다.

'저놈이 설마 산동악가에 합류할 줄이야!'

"어, 어떻……게 저놈이……!"

쉽게 말을 잇지 못하는 우효찬을 보며, 정청의 얼굴이 와락 일그러졌다.

"쓸모없는 놈 같으니!"

다시 반전되는 분위기에 나선 이는 정웅이었다.

"누구의 말도 입증할 수 없는 마당이나 그대들은 백황문의 장로 되는 이까지 납치하여 데려왔고, 초대도 받지 않은 행사에 무단으로 침입했소."

여유 있는 미소를 머금은 정웅이 순식간에 장내를 압도하며 말을 이어 나갔다.

"여기 모인 분들은 오랜 세월 저희 무관과 신뢰란 성을 쌓아 오신 귀빈. 이분들이 그대들 같은 안하무인의 말을 믿겠소, 아니면 사돈어른과 한자리에 모인 우리의 말을 믿겠소?"

정웅은 불리해진 정황을 눈치채고 모든 것을 무효화로 돌리는 한편, 명성을 무기 삼아 호길을 압박했다.

묵묵히 지켜보던 태은희가 악운에게 물었다.

"이제 소가주 차례네요."

빙긋 미소 지은 악운이 다시 차가워진 표정으로 정웅을 향해 다가갔다.

"명성의 고하로 진실을 가리는 것이라면 상대를 잘못 본 거 같소만."

"대체 그대가 누구기에? 그래 봤자 악효문의 졸개 아닌가!"

그리 말하며 조소하던 정웅이 순간 여유 있던 미소를 지웠다.

"놈의 일당을 모두 죽이고 내 앞의 놈은 당장 무릎 꿇려라!"

호원무관 당주들이 일제히 검을 뽑았다.

팽팽했던 대치 상태가 깨지더니 전각 안이 순식간에 전장으로 탈바꿈했다.

"쳐라!"

제일 먼저 삼당주 휘하의 호원삼당(虎院三黨)이 악운에게 쇄도했다.

쐐애액! 쐐애액!

여덟 개의 검이 악운의 전신을 찌른 그때.

"없어!"

호원삼당의 무사들이 동시에 눈을 부릅떴다.

베자마자 악운이 잔영을 일으키며 사라진 것이다.

"저, 저기 있다!"

"이형환위?"

놀라는 새 악운은 무사들을 지나 정웅 앞에 섰다.

"제법 재주가 있구나!"

정웅이 애써 당황함을 감추며 검을 뽑아 덤볐다.

안휘성 내의 최고 기재에게만 붙이는 안휘오봉룡(安徽五鳳龍) 중 하나인 정웅은 제 실력에 충분한 자신감이 있었다.

그렇다고 방심하지 않았다.

오히려 이를 악물고 검을 휘둘렀다.

쐐액!

연계한 검초가 힘 있게 뻗어 나간 찰나.

콱!

정웅의 눈이 일부 어두워졌다.

'갑자기 왜……?'

아니, 어두워진 게 아니다.

"어, 언제!"

어느새 악운이 그의 안면을 한 손으로 잡아챈 것이다.

"안…… 돼."

동작은 찰나였다.

정운이 비명을 내지르기도 전에 악운은 그를 안면을 잡아 들어 올렸다가 바닥에 내리꽂은 것.

쾅!

악운은 그에 그치지 않고 창대 끝을 사용해 정웅의 명문혈을 비롯한 온갖 혈도를 사정없이 내리찍었다.

퍼퍼퍼퍼퍽!

지켜보던 모두가 경악했다.

"헉!"

"소, 소관주!"

정웅에 의해 금방 장내가 정리될 거라 믿었던 정이룡은 당혹스러움을 감출 수 없었다.

"아들아!"

그는 앞 뒤 잴 거 없이 신형을 날려 검을 내리찍었다.

쐐액!

기척을 느낀 악운이 필방을 빙글, 돌려 정이룡의 검을 튕겨냈다.

검에 전해져오는 강력한 충격에 되려 정이룡이 잔발을 치며 물러나야 했다.

"이익……! 오만방자한 놈, 대체 네놈의 정체가 무엇이냐!"

"말할 참이었소."

악운이 쓰고 있던 방갓을 벗으며 온전히 얼굴을 드러냈다.

그 순간.

"와아……!"

잘생긴 것도 모자라 신비롭게 느껴지는 악운의 얼굴을 본 여인들이 장내의 분위기 따위 잊어버린 양 너나없이 감탄했다.

"어머!"

범혜인마저 입을 가리며 놀랐다.

"옥룡불굴이다!"

그중 한 상인이 악운의 얼굴을 알아보고는 소리쳤다.

"산동악가의 소가주?"

"그자가 여기 왜 있어?"

정이룡은 그제야 상대의 면면을 제대로 살폈다.

특유의 붉은 창과 놀라울 정도로 잘생긴 얼굴, 그리고 다수와의 싸움에도 밀리지 않고 건재한 고수들까지…….

'놈은 진짜다.'

휘경문, 동진검가, 심지어 황보세가마저 무너트렸다는 파죽지세의 산동악가가 호원무관의 안방에 서 있는 것이다.

'큰일 났구나.'

정이룡은 수염을 파르르 떨며 정웅을 쳐다봤다.

정웅은 살았는지 죽었는지 알 길이 없을 만큼 처참한 몰골이었다.

하지만 큰아들보다 무관의 연명이 더 중요했다.

"제아무리 강호를 준동시키는 대형 가문이라 할지라도 모든 걸 힘으로 해결할 순 없네!"

"방금 전까지……."

악운이 조소했다.

"진위 여부를 알아볼 생각도 없이 가진 바 명성과 위세로만 진실을 가리려던 게 누구였소?"

"그, 그건……!"

"더구나 그대들이 비호하는 백황문은 자객들까지 동원해 호 소협과 동행했던 내 가솔들까지 공격했소. 그런데도 내가 힘으로 해결한다고? 좋아, 그럼 그대들의 귀빈들에게 묻겠소."

이미 악운의 음성은 병장기 소리에 묻히지 않고, 장내에 남아 있는 수많은 귀빈들에게 또렷하고 정확히 울려 퍼졌다.

"본 가의 행사가 틀렸다면 남아서 호원무관에 합류하시고 그렇지 않고 정당한 명분이라고 생각한다면 모두 전각을 빠져나가 주시오."

"그따위 협박으로 물러날 거 같으냐! 이곳은 안휘성이고 우리는 호원무관이다!"

"보면 알겠지."

"그래 봤자……."

그 순간 장내에 있던 귀빈들이 빠른 속도로 전각을 빠져나가기 시작했다.

오랜 시간 무관과 거래해온 상단, 표국 등 수많은 거래처의 수장들이 뒤도 돌아보지 않고 썰물처럼 빠져나가기 시작한 것이다.

"어, 어찌……!"

악운의 어깨 너머로 그 광경을 본 정이룡은 잠시 할 말을 잊고 입만 벌렸다.

"애석하게도 그대들이 쌓아 온 신뢰 역시 성이기는 한가 보오."

악운의 눈빛이 깊게 가라앉았다.

"모래성."

"네놈들을……!"

정이룡의 눈에 핏발이 섰다.

이대로 대를 이어 쌓아 온 무관을 날려 버릴 수는 없었다.

"모조리 쓸어버릴 것이다!"

이어서 정이룡이 일갈을 터트렸다.

"지금 즉시 전각의 모든 문을 봉쇄하고 아무도 나가지 못하게 하라! 내부의 등(燈)을 끄고 나가려는 자들을 모조리 베어라!"

학살을 결정한 정이룡의 눈엔 오로지 적의와 탐욕만이 가득했다.

"네놈이 고수인 것을 아나 쉽게 살아가지는 못할 것이니

라. 암흑 속 난전에서도 네가 이리도 잘 싸우는지 한번 보자
꾸나."

"불은 끄지 말지 그랬소."

어두워진 가운데 악운이 들고 있던 필방을 거뒀다.

"그럼 도륙당해 죽진 않았을 터인데."

"뭐……?"

걸음을 내딛는 악운은 이 순간 그 어떤 무인보다 잔혹해질
준비를 마쳤다.

  ―자객들은 어둠이 있는 밤에 움직이지.

  ―하지만 난 상관하지 않아.

  ―낮이든 밤이든 상관없어.

  ―그림자의 장막은 밤낮을 가리지 않거든.

대막살왕(大漠殺王).

그의 전승자였으니까.

어느새 허리께에서 풀어져 나온 흑룡아가 베일 듯한 암광
을 흘리며 매끈한 모습을 드러냈다.

"후회하지 마라."

불을 끈 건 너희야.

정이룡은 악운의 기세에 움찔했으나 개의치 않고 전력을
다해 기를 끌어 올렸다.

애초에 이유 없이 불을 끈 게 아니었다.

번쩍!

두 눈이 환해지며 어둠 안에서도 모든 움직임이 선명하고, 명료하게 보였다.

독문심법인 호성진결(虎晟眞結)의 공능 덕분이었다.

정이룡이 어둠 속에 몸을 감춘 호랑이와 같이 은밀히 움직였다.

'짙은 어둠 속에서는 이 몸이 더 유리하다.'

호성무관을 세운 그의 고조부는 본래 맹인 검객이었다.

무공은 자연히 대를 이어 오며 귀의 감각을 극대화되는 방향으로 개량됐다.

'이놈! 내가 다가오는 줄도 모르는구나!'

정이룡은 정 방향으로 걷고만 있는 악운의 사각지대로 움직였다.

차라락!

검이 예리하게 뽑힌 찰나.

정이룡은 숨 막히는 긴장감을 깨고 검을 뻗었다.

호성십비검(虎晟十飛劍)!

어둠을 가른 발검이 순식간에 악운의 전신을 수십 개의 십자(十字)로 쪼갰다.

검사(劍絲)가 출렁이며 전각의 바닥이 콰지직, 하고 부서져 나갔다.

'됐구나!'

하지만 확신했던 것도 잠시.

화끈한 통증을 느낀 쪽은 도리어 정이룡이었다.

"큭!"

짧은 신음과 함께 정이룡이 비틀거렸다.

발목이 베인 것이다.

'이게 무슨!'

뭐가 스쳐 갔는지조차 몰랐다.

설상가상으로 방금 전에 검으로 베었던 악운의 형체가 온데간데없이 사라졌다.

기척조차 느껴지지 않았다.

'산동악가에 이런 경신법이 있었단 말인가?'

그뿐인가?

직접 목도한 악운의 경지는 그 나이대에 결코 가질 수 없는 강함이었다.

소문은 허명이 아니었다.

타타탁!

정이룡이 서둘러 다시 기척을 없애고 어둠에 몸을 숨겼다.

적아가 혼재되고 비명과 병장기가 부딪치는 난전 속에서 정이룡은 홀로 싸우는 기분을 느꼈다.

단 한 번도 어둠 속에서 이런 적은 없었다.

서걱! 촤학!

동시에 허벅지에서 화끈함이 느껴졌다.

"끄학!"

큰 충격에 비명을 질러 대던 정이룡은 조금씩 공포에 젖어 들었다.

서걱!

대답 대신 또 한 번의 검흔이 정이룡의 손등을 뭉텅 베었다.

더 이상 어둠은 그의 조력자가 아니었다.

짙어진 공포감을 부추기는 감옥이었다.

공포가 감각을 무디게 하고 광기로 몰아넣었다.

"끄윽……."

정이룡은 애써 고통을 참으며 검이 날아온 방향을 향해 다시 검초를 휘둘렀다.

휘두른 검끝이 살과 뼈를 갈랐다.

"커헉!"

"으하하!"

비명을 들은 정이룡이 득의양양한 웃음을 지었다.

하지만 고개를 돌린 이는 악운이 아니라 호원무관의 관도였다.

"무, 문주님……."

"이이이익!"

노기에 찬 정이룡이 문도의 몸에서 검을 뽑아낸 순간.

째액!

소리 없는 검이 문도의 어깨를 지나 정이룡의 가슴을 관통했다.

"허어업!"

정이룡이 눈을 부릅뜨며 헛바람을 들이마셨다.

악운이 검을 더 밀어 넣으며 정이룡과 밀착했다.

"그림자는 당신 편이 아냐."

악운의 눈빛에 살광이 서렸다.

"내 편이지."

그 순간 어둠에 물든 흑룡아가 정이룡을 스쳐 지나가며 수천 개의 검초를 일으켰다.

쐐액!

흑룡아가 다시 악운의 허리께에 회수된 찰나, 정이룡의 도륙된 신형이 모로 기울었다.

쿵!

악운은 필방을 회수하며 눈을 빛냈다.

경신법은 천산파의 것이었지만…….

마지막 검초는 새롭게 창안한 절초였기에 그 어떤 사문의 것도 아니었다.

하지만 형(形)과 본의를 통해 흡사한 곳을 찾자면.

'청성파.'

오래전 견식했던 청운진뢰검(靑雲震雷劍)과 흡사했다.

배운 적도 없는 검법이었지만 '파생(派生)'의 다양한 조화를 통해 타 문파의 본의와 닿은 것이다.

'이것이 진짜 만류의 힘인가.'

악운은 새삼 그간의 노력이 헛되지 않았음이 피부에 와닿았다.

음양오행은 끊임없이 변화한다.

바람이 오르면 구름이, 내리면 비가 다시 지기(地氣)로 변모하여 천하를 번성하게 한다.

무공도 그렇다.

순환하고 계승하며 번성한다.

양경과 황보세가의 무공을 통해 받아들인 뇌(雷)의 이해도가 진풍 도장에게 전수받은 옥심귀일강기란 구름의 기공에 닿아……

'진(震)에 이르니.'

일계가 확장하여 팔방(八方) 중 하나, 동쪽의 진(震)이 악운의 손에 쥐인 것이다.

이름하여.

'진총검결(震總劍結)'

혈마에 맞설 또 하나의 길이 열리게 된 셈이었다.

저벅.

악운이 다시 어둠 속으로 사라졌다.

'하나도 보이지 않아.'

호길은 암흑 속에서 잘게 몸을 떨었다.

사방에서 들려오는 병장기 부딪치는 소리와 비명은 그에게 공포감을 선사했다.

그 순간.

쐐액!

호길에게 검 한 자루가 날아왔다.

채앵!

동시에 서태량이 끼어들어 그 검을 대신 쳐 냈다.

"악공 선생! 정신 바짝 차려!"

호길이 거친 숨을 내쉬며 대답하려던 찰나.

서태량이 다시 어둠 속에 파묻히고 또다시 두 자루의 검이 날아왔다.

보법을 밟으며 황급히 뒷걸음질 쳤다.

그 덕에 한 자루는 무사히 피해 냈지만, 다른 검이 옆구리로 쇄도했다.

악귀같이 달려드는 호원무관의 관도.

"죽어라!"

꼼짝 없이 베이겠다 싶었던 그때.

번쩍!

강렬한 예광과 함께 태은희가 유려한 검초를 드러냈다.

"호 소협!"

그녀가 단련해 온 백학십팔검(白鶴十八劍)이 선명한 검흔을
보이며 관도의 목을 그었다.

"커헉!"

관도 한 명이 쓰러진 순간, 단정이 빗어 올렸던 그녀의 머
리카락이 흩날렸다.

이에 다른 두 명의 관도가 그녀에게 쇄도했다.

힘겨운 표정으로 이를 악문 그녀의 얼굴이 어둠 속에서 언
뜻 비쳤다.

'어떻게든 도와야 해.'

다른 이들은 많게는 대여섯 명 혹은 그 이상의 숫자를 막
아 내며 싸우고 있었다.

계속 짐이 될 수만은 없었다.

호길이 비파를 쥐고 심호흡을 내쉰 그때.

태은희의 옆으로 붉은 창이 모습을 드러냈다.

쐐액!

번쩍인 창날이 눈 깜짝할 새 태은희를 둘러싼 문도 두 명
의 심장과 배를 가르고 회수됐다.

"소가주!"

태은희의 눈에 화색이 돌았다.

"괜찮으십니까."

"나는 괜찮아요."

고개를 끄덕인 악운이 호길을 쳐다봤다.

경지 상승으로 인해 눈은 백리안에서 천리안으로 성장했다.

그 덕에 어둠 속에서도 대낮만큼 명료하게 호길의 표정을 살필 수 있었다.

'애써 이겨 내려 하고는 있지만 두려워하고 있어.'

그러나 악운은 호길을 믿었다.

사부의 비파를 지키려던 그날.

호길은 누구보다 강인했다.

지금의 두려움은 그저 낯선 상황에 놀랐기 때문이리라.

스스로에 대한 믿음을 줘야 했다.

"호 소협!"

"소……가주."

"비파를 지키기 위해 사력을 다해 도망치던 날을 떠올리시오. 그때 호 소협은 내 도움이 없었음에도 누구보다 강인했소."

호길은 악운을 통해 그 날의 기억들이 다시 떠올랐다.

그 날의 집념, 의지, 다짐.

복잡했던 그 감정들이 다시 가슴을 두드렸다.

"싸움이라고 반드시 칼만 휘두르는 게 아니오. 무언가를 지키는 것도……."

악운은 진심을 담아 외쳤다.

"싸우는 거니까."

그 순간 호길은 덜덜 떨리던 손끝이 차분해지는 걸 느꼈다.

사부의 비파를 안고 도망치던 그날도 어두우면 어두웠지, 지금보다 밝지는 않았다.

'난 뭘 두려워하는 거지?'

불 한 점 없이 어두운 전장이라서?

경이로운 실력을 보이는 악운과 달리 자신은 싸울 줄 몰라서?

"……핑계야."

그새 백황문이 난전을 뚫고 범학을 중심으로 결집하여 합주를 시작했다.

절곡야(絶谷野)였다.

피이이이!

음공에 닿은 자들의 내부를 진탕시키고 악몽을 구체화시킨다.

음공에 당한 자들이 늘어났다.

"으아악!"

"귀, 귀신이야!"

"살려 줘, 제발!"

귀빈 중 일부가 싸우다 말고 겁에 질려 주저앉았다.

비명이 늘어날수록 범학의 입가에 미소가 짙어졌다.

점점 백황문의 피리 소리가 짙어져 가던 그때.

띠리링.

낮은 비파 음이 절곡야를 방해했다.

하지만 수십 명이 일으킨 피리 소리는 쉽게 줄어들지 않았다.

그 순간 금벽산이 쏘아 보낸 화살이 잠시나마 그 맥을 끊었다.

쐐애애액! 쐐애애액!

연달아 쏘아진 화살들이 음공이 제대로 펼쳐질 수 없게 방해한 찰나.

호길의 입가에 잔잔한 미소가 걸렸다.

"떠난 사람은 말이 없고, 호수는 소리 없이 고요하니."

두려움을 버리고 목청을 돋운 호길의 음성은 그 어떤 악기의 음보다 울림 있고 청아했다.

"아아!"

몰입하기 시작한 연주와 노래.

"무정한 호수에 비친 달이 나를 바라보네. 밝은 달엔 빛이 있고, 사람에게는 정이 있어 내 마음 호수에 실어 보내니."

사부와 나눴던 수많은 악보는 호길의 음공이 되어 두려워하던 이들의 공포를 밀어내기 시작했다.

쇄아아아!

맑고 청아한 음공이 어둠 속에서 퍼져 나갔다.

호길은 점차 무아지경에 빠졌다.

온몸이 땀에 젖을 만큼 격렬한 연주와 노래가 이어졌다.

월호야(月湖夜)에 이은 효효심.

그 밖의 사부의 숨결이 닿아 만들어진 수십 개의 악보가 호길의 음공으로 화했다.

"우에엑!"

장내에 가득하던 공포의 사기(邪氣)는 무참히 깨졌다.

백황문의 문도들이 하나둘씩 피를 토하며 쓰러졌다.

"활력이 느껴져!"

"이 힘은 뭐지?"

"음공이다! 호 소협의 음공이 우리를 돕고 있어!"

반면 공포에 휩싸였던 귀빈과 그 호위들은 음률의 경이로움을 느끼면서 어둠 속에서 다시 일어나 싸우기 시작했다.

"어이, 머저리. 이번엔 네 말이 맞았구나."

난전 한가운데에 선 호사랑이 백훈의 등을 맞댄 채 말했다.

"거 봐라. 내가 뭐랬냐."

백훈이 비리비리한 호길을 떠올리며 씨익 웃었다.

"멸치 저놈, 할 수 있다니까."

잠시 붙어 있었던 두 사람이 각자 다른 방향으로 다시 바닥을 박찼다.

그들의 검로를 따라 호원무관의 관도들이 추풍낙엽처럼 쓰러지기 시작했다.

정청은 마른침을 삼키며 관도들 사이로 물러났다.

옆에는 덜덜 떠는 우효찬이 보였다.

"쓸모없는 버러지 같으니! 당장, 싸우지 못할까! 어서!"

"살려 주십시오! 대사형, 제발요!"

"이이익!"

정청은 손이 발이 되도록 비는 우효찬을 발로 걷어차고는 주변을 둘러보았다.

그 순간.

쾅! 콰짓!

봉쇄하고 있던 전각의 문짝들이 난전 속에 하나둘 찢기거나 부서져 나갔다.

그제야 바깥의 달빛이 전각 안에 새어 들어오며 전황이 뚜렷하게 들어왔다.

"이, 이런⋯⋯!"

정청은 보고도 믿기가 힘들었다.

여덟 명의 당주 중 살아남은 당주는 옆에 있는 사당주와 둘러싸인 채 베이고 있는 오당주가 유일했다.

'아, 아버지가…… 보이지 않아.'

정이룡과 정웅도 널브러진 시신 중의 하나가 되어 있으리라.

그나마 기댈 곳은 백황문밖에 없었지만 그들 역시 범학과 범혜인을 지키고 있는 대여섯 명만 남았을 뿐이다.

'도망가야 한다.'

정청이 발작적으로 소리쳤다.

"뭣들 하느냐! 당장 저놈들을 막아! 가지 않는 놈들은 당장 벨 것이다!"

사당주가 얼굴을 와락 구기며 정청의 뺨을 올려붙였다.

"닥쳐!"

"사, 사 당주, 너같이 천한 것이 감히!"

기세 좋게 외쳤지만 사당주보다 무공 수준이 얕은 정청은 감히 그에게 덤비지 못했다.

"우둔한 놈! 보고도 모르겠느냐! 무관의 운명은 끝났다! 네놈이 몰고 온 멸관이란 말이다!"

"이이익!"

정청은 충격에 아무 말도 할 수 없었다.

그는 주변의 눈치를 보다가 사당주를 밀치고는 앞으로 달려 나갔다.

이렇게 된 이상 선택은 하나뿐.

"내가 호원무관의 막내아들 정청이오! 악 소가주, 내가 잘

못했소! 모든 죄를 달게 받을 테니 살려만 주시오!"

황급히 신형을 날려 그가 몸을 달려간 곳은 다가오는 악운의 앞이었다.

털썩!

오체투지라도 하듯 무릎을 꿇은 정청은 손이 발이 되도록 빌었다.

그 뒷모습을 보던 사당주는 허탈한 표정을 지었다.

"호부 밑에 견자로구나."

패배를 직감한 사당주의 검은 적이 아닌 자신의 목을 겨눴다.

"당주님!"

"안 됩니다!"

푸욱!

관주 휘하의 모든 당주들이 전멸한 순간이었다.

귀빈을 중심으로 한 생존자들의 기세가 드높아졌다.

"한 놈도 빠짐없이 죽여라!"

"자비를 베풀지 마라! 정파의 신뢰를 더럽힌 자들이다!"

곳곳에서 울려 퍼지는 외침 속에 악운이 창을 늘어트리고 정청을 내려다봤다.

어느새 우효찬도 달려와 정청 옆에 납작 엎드렸다.

"사, 살려 주십시오, 소가주! 이, 이게 다 대사형…… 아니, 정청 이자가 제게 시킨 일입니다!"

"저는 전혀 몰랐습니다! 우효찬 이놈이 일부러 제게 말하지 않은 것입니다! 호, 호길 그놈…… 아니, 호길 사제가 산동악가의 비호를 받는 줄 알았다면…….”

악운이 넌지시 반문했다.

“알았다면?”

그 반문에 정청과 우효찬은 순간 말문이 턱 막혔다.

잠깐의 침묵이 흐른 찰나.

호길이 악운 옆에 나란히 서며 이어 물었다.

“달랐습니까?”

“길아, 내가 잘못했다. 이 못난 사형을 한 번만 용서해라! 이제야 알겠다, 사부께서 어째서 너를 다음 대 악효문의 문주로 세웠는지!”

“기, 길아, 한 번만 더 용서해 다오!”

번갈아 가며 말하는 두 사람을 보며 호길은 넌더리가 나는 표정으로 말했다.

“저는 용서합니다. 하지만 저 이외의 다른 사람들은 제 소관이 아니에요.”

정청과 우효찬이 어안이 벙벙한 표정을 지었다.

“뭐?”

“그게 무슨……?”

그 순간 그들의 뒤쪽에서 음울하고 살기등등한 음성이 울려 퍼졌다.

"내 소관이지."

어느새 나타난 백훈의 검이 그들이 뭐라 할 새도 없이 순식간에 두 사람의 목을 날려 버렸다.

투툭, 데구르르.

쿵!

"나는 쓰레기는 용서하지 않아."

백훈이 무미건조한 눈동자로 쓰러진 두 사람을 내려다봤다.

❦

백황문의 문주 범학은 패색이 짙어지자 더는 반항하지 않고 패배를 인정했다.

많은 이가 죽었다.

장내에 모였던 귀빈 중 절반이 죽었다.

팔공호검(八□虎劍) 정이령과 팔당주도 격전 중에 사망했다.

다음 대를 잇기로 한 안휘오봉룡(安徽五鳳龍)의 호협룡(豪俠龍), 정웅은 단전을 다신 못 쓰는 폐인이 됐다.

"두 명의 부인들과는 진작 사별했고, 후계자들도 죽거나 폐인이 됐으니 멸관(滅館)의 운명은 당연할 거요. 당장 오늘 일을 잠잠하게 할 보상금만 해도 대부분의 사업체와 전답을 팔아넘겨야 할 테니."

배불뚝이 중년인인 장 국주의 말을 악운은 담담한 표정으로 들었다.

"모두가 소가주의 용맹함을 감탄하고 있소. 그래서 말인데, 장내가 정리되는 대로 보상금에 관해 논의해야 할 것 같소."

장 국주의 눈동자에는 살이 쪄서 빵빵한 볼처럼 탐욕이 번들거렸다.

망해버린 호원무관을 어떻게 쪼개 먹어야 욕심껏 장악할지 고민하는 눈치다.

'사필귀정이라…….'

결국 정이령이 쌓아 온 세월은 허사가 됐다.

예비 사돈이었던 범학은 물론이고, 귀빈 중 그 누구도 죽음을 추모하지 않고 있었으니까.

"부각주님."

악운은 시선을 돌려 호사량을 쳐다봤다.

"말씀하시오, 소가주."

"장 국주님을 비롯한 다른 귀빈과 호원무관에 관해 논의해 주십시오."

"그러겠소. 자 남은 얘기는 여길 나가서 하시지요."

"좋소."

장 국주와 나란히 걸은 호사량이 악운에게 한 줄기 전음을 남겼다.

-장 국주가 우리에겐 전화위복이 될 수도 있을 거 같소.

그의 전음에 담긴 뜻을 이해한 악운의 입가에 짙은 미소가 지어졌다.

-사고치는 소가주를 잘못 만나 고생 많으십니다.

-알면 됐소.

호사량이 힐끗 뒤를 돌아보며 희미하게 미소 지었다.

❧

"허무하네요."

태은희는 홍원각 앞뜰에 심어진 큰 고목(古木)을 올려다보고 있었다. 힘들었던 지난날이 스쳐 간 것이다.

"괴력회를 돕는 호원무관이 이렇게 빨리 무너질지 몰랐어요."

"자멸한 셈이지요."

"괴력회의 귀에도 이 소식이 들어가겠죠?"

"예. 회북과 회남, 몽성에 이르기까지 많은 지역에 영향력을 행사했던 만큼 그 여파도 크겠지요."

"그들이 어찌 나올까요?"

"글쎄요. 그들은 아직 여사(女士)께서 저희와 함께 있는 줄은 꿈에도 모를 테니까요. 아직도 도망치고 있다고 생각하겠지요. 그러나 만약 알게 된다면 예상했던 대로 남궁세가를 개입시키려 들겠지요."

"정말 괜찮으시겠어요?"

"걱정되십니까?"

"남궁세가는 안휘성의 패자니까요."

"틀린 말씀은 아니지요. 하지만 그렇게 한 번 물러나면 그 다음에는 더 나은 핑계를 찾게 됩니다."

"소가주……."

"저는 여사를 야장들의 수장으로 영입했습니다. 그 결정은 그 어떤 이유로든 번복할 생각도, 재고할 가치도 없습니다. 부러질지언정 굽히지 않는 것이 산동악가입니다."

"고마워요……. 정말, 나는……."

쉽게 말을 잇지 못하는 반백의 그녀를 보며 악운은 어깨에 메고 있던 두 자루 창을 내밀었다.

"그러시면 명장(名匠)의 솜씨나 한번 발휘해 주시겠습니까?"

그녀의 주름진 눈이 초승달처럼 호선을 그렸다.

"원하는 게 무엇이든지요."

❧

악운은 그녀와 함께 장원 안의 부속 건물을 찾았다.

호원무관의 대장간이었다.

백련장(百鍊場).

현판을 지나 안에 들어서자 대장간 특유의 열기는 느껴졌지만 야장들은 대부분 모습을 감춘 듯했다.

사실 여기뿐이 아니다.

호원무관에 속해 있던 시비와 시종들을 비롯해 수많은 식솔은 크게 위험을 느끼고 무관을 떠났다.

그때였다.

"……어서 오시오."

쇳소리 긁는 음성과 함께 다리 하나가 없는 노인이 나타났다.

악운이 담담히 반문했다.

"저를 아십니까?"

"문주의 목이 날아간 큰 싸움이 일어났는데 모를 리가 있겠소. 헌앙한 자태를 보니 산동악가의 소가주께서 오신 게로구려. 말씀 많이 들었소. 나는 장철이오. 편하게 장가라 부르시면 되오."

"장……철."

문득, 옆에 있던 태은희가 묘한 눈빛을 보였다.

"혹시, 안휘성 무호 출신이신가요?"

"그걸 어찌 아시오?"

"숙부, 저예요, 은희. 태은희요."

"은희라면, 태가 그 친구의……!"

장철이라 밝힌 노인의 눈이 화등잔만 하게 커졌다.

쉽게 말을 잇지 못하는 노인을 태은희가 와락 안았다.

"이리 다시 뵙게 될 줄은 꿈에도 몰랐어요!"

장철은 한때 태범과 같이 동문수학했던 야장이었다.

태은희가 열 살이 되기도 전의 일이었다.

"대체 이게 얼마 만이더냐!"

"몇십 년이 지났네요. 벌써…….'

"그래도 내 눈엔 여전히 철없던 그때가 선하구나. 아비 소식은 들었다."

"오래전 일인 걸요."

"그 친구가 그리 간 걸…… 너무 늦게 알아 버렸어."

태은희는 회한 섞인 장철의 눈을 보며 애써 웃음 지었다.

"숙부 탓이 아니에요. 너무 많은 일이 있었잖아요. 아버지도 편안히 가셨어요. 그보다…….'

태은희가 장철의 불편한 다리를 내려다봤다.

"어떻게 되신 거예요?"

"괜찮다. 신경 쓸 거 없다. 다 지나고 끝난 일이야."

"설마 호원무관이 숙부를 이리 만들었나요?"

장철이 쓰게 웃었다.

"칼은 아끼면서 칼을 만드는 야장에게는 무례한 자들이었지. 하지만 어쩌겠느냐, 하나 남은 손자가 진 도박 빚을 야장 기술로 되갚아야 했으니."

"손자는 어디 있는데요?"

"무사히 풀려난 후 죄책감을 못 이기다 내 곁을 떠났다. 그렇게 십 년이 넘었지. 이젠 어디 있는지도 모르겠구나. 무소식이 희소식 아니겠느냐."

"당장 가실 곳은 있으세요?"

"글쎄, 다들 떠나는데도 딱히 갈 곳이 없더구나. 정 붙이며 머물다 보니 어느새 이곳이 내 집이나 다름없게 됐지."

장철의 담담한 대답에 태은희의 눈에 이채가 흘렀다.

악운에게 그를 소개시켜 줘야겠다는 생각이 든 것이다.

산동악가라면 눈물진 그의 여생이 조금은 편안해질 수 있을 기회가 될지도 모른다.

"소가주, 숙부도 야장이세요."

이어서 태은희는 재회한 그와의 관계에 대해 간략히 설명했다.

대략적인 이야기를 들은 악운은 크게 고민 하지 않고 장철에게 제안했다.

"따로 머무실 곳이 없으시다면 저희와 함께 가시지요."

"산동악가에 말이오?"

"예."

"왜 내게 그런……?"

의아해 하는 장철에게 태은희가 대신 대답했다.

"저 역시 소가주의 은혜로 산동악가의 야장이 됐어요."

"산동악가에 말이냐?"

"네, 더는 도망치지 않고 살 수 있게 됐어요."

"잘됐구나. 정말 잘됐어."

"함께 가요, 숙부."

지켜보던 악운이 고개를 끄덕였다.

"그렇게 하십시오, 어르신. 손자에 대한 소식은 따로 수소문해 볼 수 있도록 돕겠습니다."

"고맙소만 그러실 것 없소. 내 평생 그 아이를 위해 살았고 다리를 하나 잃을 만큼 매질도 당했으며, 평생 일군 대장간도 날렸지. 남은 생은 은희와 함께 머물며 내 벗이나 추억하리다."

장철이 고개를 숙였다.

"은혜에 감사하오. 절 받으시오."

악운이 황급히 그를 말리며 말했다.

"오히려 뛰어난 야장을 영입하게 되었으니, 제가 훨씬 감사드려야 할 일입니다."

"맡기신 일이라면 무엇이든 해드리겠소."

장철은 오랜 세월 호원무관의 핍박을 견뎌 내 오던 시간을 벗어나게 해 준 것만으로도 악운에게 고마울 따름이었다.

때마침 태은희가 말했다.

"숙부 그럼 저를 좀 도와주실 수 있으세요?"

"뭐든 말하거라. 힘이 닿는 한 있는 힘껏 도우마."

"소가주."

태은희의 부름에 악운이 메고 있던 필방과 장창을 근처 모루 위에 올렸다.

"붙은 이름은 없으나 날이 조금 나갔을 뿐 여태껏 잘 견뎌 준 장창입니다. 그리고 다른 하나는 필방이란 창이지요."

장철이 창에 새겨진 음각을 손끝으로 쓸어내리며 되물었다.

"필방?"

"예."

"굉장하구려. 음각된 조금의 정밀함은 말할 것도 없고, 미첨도에 가깝지만 창대에서는 장창의 장점인 탄력성이 느껴지오. 미첨도치고 가벼운 걸 보니 희귀한 운철이 적당히 섞인 거 같은데……."

태은희가 덧붙였다.

"제가 살펴본 바도 그래요. 창날 가운데 있는 혈조와 자루 등도 한철로 이뤄졌어요."

보통의 한철도 희귀하다.

철을 비전의 제련을 통해 수백 번 담금질해야 탄생한다는 백련정강과 그 강도가 비슷하기 때문이다.

"희귀한 운철을 합성한 것도 모자라 제련하기 힘든 한철로 나머지 구성을 이루다니, 대체 누가 이 귀한 것을 제작한 것이오?"

장철의 눈빛에서는 강렬한 호기심이 느껴졌다.

"청벽야장이라 합니다."

"혈교에 의해 실종됐다던 벽 대인, 그분이로군!"

"예."

"과연 명품이오. 한데 이 완벽한 창을 어찌하려 그러시오?"

"방금 보여 드린 장창과 더불어……."

악운이 봇짐을 모루에 얹었다.

"이것을 함께 녹여 도와 창을 한 자루씩 새로 제작하려 합니다."

만년 묵은 한철은 그 광택과 강도부터 차이를 보인다.

장철이 손가락으로 한철을 몇 번 두드려 본 후, 한참 동안 구속구를 살펴보더니 눈을 동그랗게 떴다.

"만년……한철!"

평생 한 번 보기도 힘들다는 진귀한 한철이다.

깊은 음지나 빙하에서 난다는 한철도 보기 힘든 광석이건만.

"어디서 이것을 구했소? 야장에게는 최고의 재료요."

장철이 알기에 이와 대등한 품질을 가진 광석들의 종류는 그리 많지 않았다.

사막 혹은 설산, 오지 밀림에서 구할 수 있다는 희귀한 광석 정도였다.

"함께 녹여서 가능하겠습니까? 창 한 자루와 도 한 자루, 그리고 수투도 제작했으면 합니다. 창은 장창에 맞게 설계해 주시면 되고, 분리시켜 단창으로도 사용할 수 있었으면 좋겠습니다."

태은희의 눈에 이채가 흘렀다.

창을 주로 쓰는 산동악가에서 수투와 도가 필요한 일이 뭐가 있을까 싶었지만 딱히 묻지는 않았다.

그에게 약조한 건 진심이었다.

"믿고 맡기신다면 해 볼게요."

결의를 보이는 태은희와 달리 장철은 신중한 태도를 보였다.

"소가주, 재고해 보시오. 은희와 내가 실패하면 뛰어난 창을 잃을 수도 있소. 필방 말고 이 무명의 장창 또한 내가 보기엔 백련정강으로 이뤄진 거 같소. 남들을 한 번 얻기도 힘든 귀한 창이라오."

"귀하지 않다 말씀드린 적 없습니다. 그만큼 귀하기에 귀한 분들께 부탁드리는 겁니다. 난중팔대야장이 남긴 유산을, 그중 한 분의 따님이 다루지 않으면 누가 다루겠습니까? 더구나 대인은 괴력편장 태 대인과 동문수학하셨던 분이 아니십니까?"

"오래된 일일 뿐이오."

"젊은 날에 체득된 배움은 어디 가지 않는다고 들었습니다. 그에 더해 오랜 세월 연륜과 경험이 쌓이셨을 테니, 결코 난중팔대야장에 뒤지지 않을 솜씨를 지니셨으리라 생각합니다."

"과찬이시오. 나는 늘 그 친구보다 한참은 모자랐소. 그게 사실이지. 하지만……."

잿빛이던 장철의 눈에 선명한 활기가 돌기 시작했다.

"지난날, 용광로의 열기를 다루는 건 내가 그 친구보다 훨씬 나았지."

그제야 태은희의 입가에도 환한 미소가 지어졌다.

"됐네요. 숙부가 도와주신다면 분명 소가주가 부탁한 일을 반드시 해낼 수 있을 거라 생각해요. 여기에서 시작해도 될까요?"

"암, 언제든지 가능하지. 야장의 용광로는 무슨 일이 있던 항상 활활 달구어져 있어야 하는 게야."

"아버지가 하시던 말씀을 똑같이 하시네요."

"숙부가 괜히 네 아비와 동문수학했겠느냐."

씨익 웃은 두 사람이 서로 팔을 걷어 부치고 대장간 안을 바쁘게 움직이기 시작했다.

'됐어.'

악운이 흡족하게 웃었다.

그토록 원했던 최고의 야장들을 만난 것이다.

같은 시각.

장 국주는 귀빈과 보상금 분할에 대한 이야기를 일차적으로 정리한 후 호사량과 독대를 가졌다.

"……지금 뭐라 하셨소?"

장 국주의 눈에 황당함으로 물들었다.

황당한 수준이 아니라 당혹스러운 눈치였다.

"내가 제대로 들은 게 맞소?"

"예."

"아무리 산동악가가 최근 그 명성이 날로 높아지고 있다지만 여긴 안휘성이요! 그런데 나더러 소가주의 외가인 창호상단의 일을 방해하는 데 동조하라고?"

"왜 안됩니까?"

"뭐요? 그걸 말이라고 하나……! 못 들은 걸로 하겠소! 나는 돈보다 내 목숨을 부지하는 것이 낫소!"

장 국주가 벌떡 일어난 찰나.

"잘되면 괴력회의 재산 중 일부가 대인의 것이 될 텐데요."

장 국주가 일어났던 것보다 훨씬 빠르게 자리에 앉았다.

"크흠, 들어나 봅시다. 그렇다고 당장 참여하겠다는 건 아니고……."

"그러시지요."

호사량이 입가에 짙은 미소를 머금었다.

～

호사량은 장 국주와 독대를 마치고 돌아와 악운과 마주 앉았다.

악운 일행은 새로운 병기의 제작이 마무리되기 전까지는 호원무관의 객당에서 지낼 참이었다.

"백황문은 귀환하여 가진 전 재산을 다 털어서 배상액을 내야 할 처지가 됐소. 보유한 사업체를 전부 팔아도 모자랄 게요."

"호 소협은 뭐라고 합니까?"

"배상액 중 일부는 악효문의 장원을 회수하고 목숨을 잃은 악효문 사형제들의 장례비와 그 가족의 보상금으로 쓰겠다고 했소. 그리고 남은 배상액은 소가주에게 은혜를 갚기 위해 넘기겠다고 하오. 마음의 크기가 내 생각보다 큰 사람이오."

악운은 조용히 웃기만 했다.

그 모습을 본 호사량이 희미하게 미소 지었다.

"이미 예상한 눈치시로군."

"어느 정도는요."

호사량은 새삼 악운의 사람 보는 눈에 놀라면서 말을 이었다.

"백황문은 이 정도 선에서 협의가 끝났고, 다음으로 호원무관의 재산 장부 역시 귀빈이 한데 모여 정리됐소."

"기여도와 피해에 따라 협의하신 겁니까?"

"그렇소. 전답, 건물, 사업체 등 재산을 최근 안휘성 내의 시세에 따라서 나눴지. 정리된 안건을 유 총경리에게 일임할 예정이오."

"고생하셨습니다."

"대화에 주도권도 쥐고 있었고 숫자 놀음이야 내 장기이니 크게 힘든 건 없었소. 뜻밖에 생긴 이익금에 유 총경리의 입이 찢어지겠군."

"상당했나 보군요."

"상상 이상으로 내실이 탄탄하고 모아 둔 자금도 굉장했소. 따로 보관된 영약이나 귀한 환단이 없는 게 아쉽긴 했지만 별수 있나. 아, 그리고."

"예."

"장 국주가 내 제안을 받아들였소. 근 시일 내에 남궁세가 소가주와의 독대 자리를 만들 것이오. 그보다 그 머저리가 보이지 않는데…… 다들 어디 갔소?"

"당분간 호원무관의 대장간을 지키도록 맡겨 됐습니다."

"대장간을?"

"예."

악운은 챙겨 온 만년한철에 대한 언급을 간략히 전했다.

"오호, 그럼 새로운 독문병기를 얻으시겠구려. 감축드리오."

"고맙습니다."

"그럼 병기가 제작되는 대로 이곳을 떠날 예정이신 것이오?"

"예, 완성하는 대로 그리할 생각입니다. 그나저나 장 국주가 예상보다 빨리 제안을 받아들였군요."

"괴력회는 호원무관에 비견될 만큼 세의 확장이 두드러진 곳인데, 그곳의 이익을 일부 취할 수 있는 기회를 쉽게 놓치려 들겠소? 손 하나 안 대고 코 풀 기회일 텐데. 명분도 이쪽에 있고 말이오."

"하긴 그것도 그렇군요."

"그럼 남은 건 괴력회와 충돌할 일밖에 안 남았소. 어찌하실 것이오?"

"정면으로 부딪칠 겁니다."

악운의 눈빛이 의미심장해졌다.

論의가 끝난 후 귀빈들은 사십 칠 개의 계약 증서를 나눠 갖고, 공증과 공평한 재산 처리 대행을 맡길 전장을 고용하기로 했다.

호사량은 당연히 만익전장을 추천했지만, 귀빈들은 안휘성 내의 공신력 있는 홍윤전장을 원했다.

하지만 장 국주가 의외로 명망도 있었는지 호사량의 편에 서며 다른 귀빈을 설득해 주었다.

계약서대로 호원무관의 재산을 정리해 줄 전장이 만익전장으로 채택된 것이다.

그 후 전서구를 받고 황급히 안휘성을 찾은 유준은 귀빈의 동의 아래 철두철미하게 일을 진행했다.

그렇게 거래가 완료된 귀빈들이 모두 자리를 떠나자 유준도 서둘러 길을 떠났다.

소가주가 머지않아 제녕을 찾아줘야 할 거 같다는 말만 남기고.

꿈

악운은 밤중에 대장간을 찾았다.

─완성됐답니다.

대장간의 호위를 서고 있던 서태량이 악운을 찾아와 보고

한 것이다.

서태량이 대장간의 문을 지나는 악운을 뒤따르며 말했다.

"이리 설레어하시는 모습은 처음 봅니다."

악운은 희미한 미소로 화답한 후 안으로 들어갔다.

철컥-

마침 장철이 완성된 도를 구름무늬가 음각되어 있는 도집에 넣고 있었다.

"빨리 오셨구려."

"예. 완성되었다고 들었습니다."

"맞소. 은희가 고생했지."

한층 수척해진 얼굴이 된 태은희는 장철의 칭찬에 고개를 저었다.

"아니에요. 숙부께서 도와주지 않으셨다면 이 귀한 것들을 망쳐 버렸을 거예요."

"성공을 거두셨단 말씀으로 들리네요. 맞습니까?"

태은희는 직접적으로 말하기보단 애둘러 말했다.

"최선을 다했어요."

그때 장철이 고개를 저었다.

"아니, 네 아비도 만족했을 만큼 완벽하다. 숙부에게는 크게 결점이 보이지 않는구나."

"점점 기대되는군요."

악운은 강한 설렘을 느꼈다.

"필방이란 이름을 버리고 다시 태어난 주작(朱雀)이에요. 소가주를 떠올리며 음각했어요."

그녀가 닫혀 있던 목갑을 열어젖혔다.

상자 안에는 단창(短槍) 두 자루가 놓여 있었다.

색은 전보다 훨씬 붉어졌고, 창대에는 주작이란 이름이 새겨져 있었다.

"창대 끝을 만년한철로 만든 사슬로 이어 놓았어요. 힘을 줘서 당기면 사슬을 분리할 수 있고 가까이 붙이면 자성(磁性)을 내며 사슬이 결합해요."

"얼핏, 다절편 같기도 하군요."

"구조적인 부분은 어느 정도 닮아 있기도 해요. 하지만, 탈착이 가능한 게 엄연히 다르죠. 한번 들어 보시겠어요?"

악운이 대답 대신 두 자루 단창을 들었다.

필방보다 조금 무겁다.

그리고 오른손에 들린 단창에는 양날의 창첨이, 왼손에 들린 단창에는 도(刀)와 같은 외날이 달려 있다.

"전보다 훨씬 가볍군요."

"확실히 그럴 거예요. 한철의 자리를 만년한철이 대신하고 있으니까요. 게다가 운철을 그대로 복원해서 날에 집중했어요."

"과연."

악운의 시선이 자연히 창날로 향했다.

은은한 청광을 보이는 창날은 전과는 비교할 수 없이 예리했다.

"창대 끝과 끝을 부딪쳐 보세요."

악운이 시키는 대로 단창과 단창의 끝을 부딪쳤다.

그 순간.

촤르륵!

연결된 쇠사슬이 오른손에 쥔 창대 안에 빨려 들어가고, 왼손에 들린 단창의 날도 창대 안으로 모습을 감췄다.

철컥!

결합되는 소리와 함께 한 자루의 장창으로 탈바꿈한 것이다.

"맙소사."

악운의 감탄에 그녀의 미소가 짙어졌다.

"벌써 놀라면 안 돼요."

"끝이 아닙니까?"

"네, 숙부와 고민했던 부분은 소가주가 가지고 있던 두 자루의 창의 모습을 한 자루의 창에 모두 담는 것이었어요."

악운의 눈에 이채가 흘렀다.

"설마 서로 다른 날이 있던 이유가……?"

태은희가 고개를 끄덕였다.

"미첨도에 가깝던 창의 장점과 장창의 장점을 모두 사용할 수 있게 하면 어떨까 고심했죠. 창대 가운데를 왼쪽으로 돌려 봐요."

악운이 시키는 대로 창대를 돌리니, 회수됐던 날이 튀어나오고 반대편의 날은 창대 안으로 회수됐다.

"언제든 상황에 따라 바꿔 쓸 수 있게 된 거군요."

"그래요. 다시 돌렸던 방향의 역방향으로 돌리면 방금 전의 날로 돌아와요. 오른쪽으로 돌리면 다시 단창으로 분리되고요."

악운은 혀를 내둘렀다.

태범의 말이 옳았다.

태은희는 금속을 자유자재로 가지고 놀 줄 알았다.

장창이면 장창이고 미첨도면 미첨도지, 누가 다양한 날을 심어 둘 생각을 했겠나.

'한 점의 부족함이 없다.'

창대에 새겨진 타오르는 것 같은 문양이 악운의 눈을 홀렸다.

무게와 칼날도 모두 발전했으며 한 자루의 창 안에 두 자루 창의 장점이 더해졌다.

이보다 최고의 창은 없었다.

"주작이란 이름은 그냥 제가 직접 지었어요. 두 개의 창날이 날개 같고, 창대는 붉어서요."

"마음에 듭니다. 아주요."

"잘됐네요. 그럼, 다음은 수투를 보시죠."

훨씬 작은 크기의 목갑이 열렸다.

"양손에 착용하는 이 수투(手套)는 만년한철을 두르고, 숙부가 내주신 금모인원(金毛人猿)의 가죽을 사용했어요."

금모인원(金毛人猿).

금빛 털을 가진 영수 원숭이였다.

털 한 모 한 모가 질기고 견고해 비싼 천잠사보다 수십 배 질기다 알려져 있는 절세의 가죽 중 하나였다.

"그런 귀한 가죽을 어디서 구하셨습니까?"

장철이 힘주어 대답했다.

"사부님이 남기신 유산이며 보물이오. 형제 같던 태범이 내게 맡기고 떠났지. 수많은 고초를 겪으면서도 내 손자에게 조차 이 가죽의 존재를 발설하지 않았고 팔지도 않았소. 언젠가 최고의 역작을 만들 때 쓰려고 했지."

"그런 귀한 것을 제게 베푸셔도 괜찮으시겠습니까?"

"소가주는 내 벗인 은희가 인정한 사내이자 내 삶을 되찾게 했소. 사부께서도 잘했다 말씀하실 게요. 훗날 저승 가서 사부님의 성함이셨던 융종(融宗)이란 이름을 수투에 붙인 걸 아시면 잔소리 좀 하시겠지만, 껄껄!"

"영광입니다."

악운이 꾸벅 고개를 숙였다.

이를 본 장철의 눈이 흔들렸다.

"아무나 소가주처럼 일개 야장에게 고개 숙이며 존경을 표하지 않소. 높은 위치에 있을수록 어렵지. 대체 가주님께서는 소가주를 어찌 키우신 게요?"

악운은 순간 할 말을 잃었다.

둘의 틈에서 태은희가 어색하게 웃었다.

"마지막으로 말씀하신 도(刀)예요."

악운이 구름이 새겨진 도집에서 도를 꺼내 몇 차례 휘둘러 본 후 말했다.

직접 알고 있는 도법을 시전해 보고 싶은 욕심이 든다.

"뛰어난 박도(朴刀)군요."

"아쉽게도 만년한철을 다 사용해 버려서 남아 있던 재료들로 활용해 봤어요. 남은 재료도 그 귀하다는 한철이기는 했지만 이 도 역시 최선을 다했어요."

"그렇답니다."

도를 쥔 악운의 시선 끝이 갑작스레 서태량에게로 머물렀다.

"예?"

악운이 도를 쓸어내리며 말했다.

마침 새겨진 도명은……

"시호도(時護刀), 때에 맞추어 보호하는 도."

악운이 이어서 말했다.

"좌의장에게 필요한 도 같군요."

생각지도 못한 서태량은 잠시 아무 말도 하지 못하고 눈만 동그랗게 떴다.

"저는 이미 소가주께서 철명루에서 제작해 주신 도가 있습니다."

"무인이 실력보다 좋은 병기에 집착하는 것은 그리 좋은 길이 아니긴 하지만 찰나의 순간에 뛰어난 병기의 도움을 받는 것도 능히 대비해야 할 일입니다. 기회가 있을 때 잡으세요."

서태량은 감격에 찬 눈빛으로 재빨리 바닥에 부복했다.

"소가주! 감사드리옵니다."

"감사 인사는 내가 아니라 야장들께 드리세요."

악운은 미소 지은 후 융종을 손에 차고 주작을 집어 들었다.

떠날 채비는 끝났다.

같은 시각.

"호오."

금벽산은 팔짱을 끼고, 호길과 백훈의 장기를 지켜보고 있었다.

"궁(宮)이 상(象)에 죽게 생겼소."

백훈은 아무 말 없이 머리만 쥐어뜯으며 다리를 떨었다.

그럼에도 모자랐는지 이젠 손톱까지 입으로 물어뜯었다.

"야, 멸치."

"예?"

"악기 안 다루고 장기만 뒀냐? 왜 이렇게 잘해?"

"음, 악기 다루는 시간 외엔 장기를 많이 둔 것 같은데요? 말씀하신 게 맞네요. 하하."

호길이 사람 좋은 웃음을 지었다.

"저, 대주님."

"왜."

"하나만 여쭤봐도 될까요?"

"뭔데."

"언제 두실 거예요?"

"이게, 진짜……!"

호길의 질문에 금벽산이 웃음을 터트렸다.

"껄껄! 그러게 말이야. 날 새겠소이다. 벌써 십 전 전패요. 가진 돈 다 날리게 생겼네."

"시끄럽거든?"

와락 인상을 구긴 백훈이 결국 수를 두지 못하고 돌을 놨다.

"내가 졌다. 졌다고!"

"하하. 감사합니다."

호길은 유순한 눈빛으로 내기 장기로 딴 돈을 주머니에 쓸어 넣었다.

때마침 호사량이 모퉁이를 돌며 다가왔다.

"야, 기다려. 이대로 보내 줄 순 없지."

백훈이 자리에서 벌떡 일어나 후다다닥 호사량에게로 달려갔다.

"어이, 문사야."

"무슨 일이냐."

"너 머리 좋지?"

"헤실거리며 왜 웃는 거지? 미치기라도 한 게냐."

"이리 와 봐. 내가 돈을 좀 뜯겼는데, 네가 저 사기꾼 멸치한테서 좀 되찾아 줘야겠다."

"장기?"

"그래, 장기."

호사량이 한차례 수염을 쓸어내리더니 자신 있는 걸음으로 호길 앞에 앉았다.

"호 소협."

"예."

"한 판 둡시다."

"좋습니다!"

호길이 순수하게 웃었다.

앞으로 또 어떤 일이 벌어질지 모르지만, 떠나기 전의 평화로운 한때였다.

새들이 날아다니는 하늘 아래로 기암괴석과 노송이 내다 보이는 황산의 천도봉 심림(深林)이 있었다.

한 청년은 까마득한 절경을 보며 한 손으로 절벽 끝에 매달려 있었다.

보기만 해도 아찔한 광경.

하지만 청년은 아무렇지도 않은 지 눈을 반개한 채 반대편 손을 바꿔 잡았다.

손등부터 팔까지 이어지는 견고한 근육이 빈틈없이 자리했다.

그때였다.

한 노인이 절벽 밖으로 고개를 삐죽 내밀며 청년이 즐기고 있던 고요를 깼다.

"소가주, 호원무관의 일이오."

소가주의 측근인 대영당의 당주 종명이었다.

"급한 일이 아니라면 나중에 하겠소. 오랜만에 수련이라."

"오랜만은 무슨! 고작 하루 빠지지 않으셨소? 가주님께서 가문의 일을 돌보지 않는 소가주를 매번 교체하겠다고 길길이 날뛰시는데도 대외적인 일을 신경 안 쓰실 테요?"

"솔직히 말씀드려야 속이 풀리시겠소?"

"됐소. 소가주가 할 대답이야 뻔하지. 그럼 흥미 있어 할 만한 일을 가져왔소."

"포기하시오. 지금은 수련 말고는 아무 것도 흥미가 없소."

"옥룡불굴이 만남을 청했다오."

그 순간 청년의 눈이 번쩍 뜨이고.

별안간 청년이 암벽을 잡은 채로 거꾸로 치솟아 뛰어 올랐다.

타닥!

새처럼 공중제비를 돌아 절벽 위편에 무사히 착지한 청년이 머리카락 사이로 눈을 빛냈다.

"그자, 어디 있소?"

대현검룡(大玄劍龍), 남궁진.

그가 실로 오랜만에 흥미를 보였다.

호원무관이 혼인식 전야제에 초빙한 귀빈들을 습격했다.

관주와 그 후계자들이 모두 죽었고, 사돈을 맺기 위해 합세했던 백황문은 습격에 대한 배상금을 물기로 했다.

팔공대호(八公大虎) 정이룡이 옥룡불굴에게 즉사하고 안휘오봉룡(安徽五鳳龍)의 일인인 소호검(小虎劍)이 폐인이 됐다.

연이은 소식에 괴력회가 한바탕 뒤집어졌다.

보고를 접한 흑로는 사형제들을 모두 소집했다.

"솔직히 잘된 거 아닙니까?"

막내 항곡심이 말했다.

"애초에 놈들과의 관계를 정리하려고 했잖습니까. 그 소식을 들었을 때 속이 다 시원했습니다."

흑로가 다른 사형제들을 쳐다봤다.

"다른 의견은?"

구광이 항곡심의 말에 동조했다.

"응당 이때에 맞춰 세를 넓혀야지요. 앓던 이가 빠진 것 같습니다."

"저는 조금 달리 생각합니다만."

"철 사제는 너무 신중하구나."

구광이 셋째인 철정봉에게 불편함을 내비쳤다.

"어느 정도 구 사형의 의견에는 동조하나 호원무관과 저희의 협력 관계는 어느 정도 알려져 있습니다. 이럴 때일수록 사업에 집중하고 몸을 낮춰야지요."

흑로의 시선이 자연히 곽중을 향했다.

"넷째도 같은 생각이더냐."

"예, 철 사형의 말이 맞다고 봅니다. 엮이면 피곤해집니다."

탕!

구광이 가볍게 탁자를 쳤다.

"이런 소인배들 같으니! 이리 소극적으로 회(會)를 운영해서 언제 대규모 사업을 운영할 수 있겠느냐!"

"구광. 그만하면 됐다."

흑로의 엄중한 눈빛이 구광에게 향했다.

노기를 조절하라는 꾸짖음이었다.

"크흐음!"

구광이 못마땅한 표정으로 고개를 휙 돌렸다.

"네 의견을 무시한 것이 아니다."

"압니다."

흑로는 구광을 다독인 후 수염을 쓸어내렸다.

사업을 더 넓히느냐 마느냐.

이 두 가지의 선택지.

"철 사제."

"예, 대사형."

"이번 일로 호원무관은 사분오열될 테고, 배상액을 받은 자들은 호원무관이 보유하고 있던 사업체를 정리할 게다. 이 혼란을 틈타 지켜만 보던 사업을 넓혀야겠다."

구광의 눈이 번쩍 뜨였다.

"역시 대사형이십니다."

"광이 네가 맡고 있는 용골차 생산을 늘려라. 이제 용골차 거래처를 독점해야겠다."

용골차(龍骨車).

관개용 수차로 경작지에 물을 끌어들이는 역할을 하여 농작물을 더 풍성하게 늘리는 농기구였다.

그동안 호원무관은 반강제로 괴력회의 용골차 제작에 투자하였기에, 괴력회는 이익의 절반을 떼어 줘야 했다.

그래서 개량할 수 있음에도 그러지 않았다.

하지만 이젠 사정이 달라진 것이다.

그때 곽중이 말했다.

"호원무관의 배상액을 받아야 하는 귀빈이 저희를 찾아올 텐데요. 호원무관의 투자금을 회수하겠다고……."

흑로가 단호히 대답했다.

"그럼 놈들이 줬던 투자금을 원금 그대로 내줘라. 그리고 용골차의 개량 생산에 박차를 가해라. 어떻느냐."

나머지 사형제들은 더 이상 이의를 가지지 않았다.

그제야 흑로가 오랜만에 호탕하게 웃었다.

"으하하! 우리의 밝은 미래가 보이는구나!"

용골차의 개량이 소문나면 각지에서 수많은 상단이 모이고 눈먼 돈이 모이리라.

그럼 창호상단과도 지속적인 거래가 가능할 게 분명했다.

～

병기를 완성시킨 다음 날, 악운 일행은 태은희, 호길과 함께 장원을 떠났다.

악기를 만드는 후 노야와 장 야장은 유준이 남긴 엽보원의 가솔들이 호위하여 동평으로 향하기로 했다.

그리고 며칠 뒤 악운 일행은 야장의 마을이라 불리는 몽성에 도착했다.

몽성의 초희객잔.

태은희가 주변을 둘러본 후 돌아와서 말했다.

"소가주 말이 맞았어요. 최근 괴력회가 창호상단과 용골차 거래를 맺었다고 하네요. 협력하던 호원무관이 무너지자마자 세를 확장하려고 하는 거 같아요. 그것 때문에 많은 야장들이 혹사당하고 있어요."

악운이 고개를 끄덕였다.

"마침 다른 이들도 비슷한 이야기를 들었습니다."

각자 흩어져 몽성 내부의 소식을 수집하고 돌아온 일행들은 하나같이 용골차에 관한 이야기를 언급했다.

호사량이 눈을 빛냈다.

"협력 관계가 끝났으니 호원무관과의 관계를 정리하고, 본격적으로 남궁세가라는 호랑이에 올라타려 하는 것이오. 남궁세가와 더 긴밀한 사이가 될수록 우리 입장이 더 불리하오."

백훈이 인상을 썼다.

"골치 아프네. 그럼 그 전에 뭐든 해야겠는걸."

"맞아."

악운도 동의하는 바였다.

"그럼 시작하자."

"말했던 대로 전면전?"

백훈의 반문에 악운이 고개를 끄덕인 후 자리에서 일어났다.

"현재 용골차의 제작을 맡고 있는 부지가 어딥니까?"

태은희가 대답했다.

"몽성 서쪽 부지예요."

태은희가 염려하듯 덧붙였다.

"성공할까요?"

"글쎄요. 우선 무고한 야장들을 구하는 게 우선일 겁니다."

악운은 주작을 단창으로 나눠 창대(槍帶)에 매달았다.

"백 형은 나를 따르고 여사님은 나머지 일행과 동쪽 부지로 이동하세요. 서둘러 일을 마친 후 저희도 동쪽 부지로 가겠습니다."

일행은 각자의 병장기를 쥐고 고개를 끄덕였다.

❧

몽성의 서쪽 부지.

캉, 캉, 캉.

화르륵!

이곳은 용골차의 제작을 위해 수많은 야장이 밤낮을 가리지 않고 작업하고 있는 대규모 대장간이었다.

용골차에 필요한 자재들이 끊임없이 수레들로 도착했다.

괴력회에 속한 야장들은 교대도 적게 하며 무리하고 있었다.

"뭣들 하느냐! 빨리 빨리, 작업하지 않고!"

괴력회의 둘째 구광은 야장들의 피로는 고려하지 않고, 작업 진척 속도를 재촉했다.

"굼벵이 같은 것들, 네놈들이 받아 가는 삯의 반이라도 일을 하란 말이다!"

눈치만 보던 한 야장이 용기를 내서 말했다.

"저…… 서장(西匠)님, 조금만 쉴 시간을 늘려 주시면 안 되겠습니까요."

괴력회 내에서 구광은 서쪽 부지의 책임자라고 하여 서장(西匠)으로 불렸다.

"너희같이 열정 없는 놈들이 열정 있는 야장들의 꿈과 헌신을 짓밟는 거다."

"그, 그것이 아니오라……."

"뭣들 해! 일하기 싫은 놈 끌어내지 않고!"

구광이 데리고 다니는 서검당(西劍黨)의 무사들이 반백의 야장을 끌고 갔다.

"서, 서장님! 아닙니다! 제가 잘못했습니다!"

"당장 꺼져라. 네놈같이 의지 없는 놈은 필요 없다. 몽성에 머무는 네놈의 일가족은 그간 괴력회에 진 빚만큼 노역당하다 죽게 될 줄 알아라! 알겠느냐!"

"제발!"

끌려가는 야장은 오열했지만, 구광은 조금의 자비도 베풀지 않고 단호했다.

"이의 있는 자 있느냐!"

지켜보던 야장들이 덜덜 떨며 다시 작업에 참여했다.

몽성 내 작업장들은 늘 이런 방식으로 작업장이 유지됐다.

처음에는 각지의 야장을 존중하는 태도를 취하며 이주를 권하지만 막상 이주 후에는 야장들을 노예처럼 부렸다.

밀려오는 작업량 아래 자유와 존중 따윈 사라졌다.

도망치면 가족이 몰살당하거나 죽었다.

"그래, 이제야 조용하군!"

구광이 그제야 흡족해하며 껄껄 웃었다.

"말 한마디를 뱉을 시간에 정을 두드려라. 너희들의 망치 한 번에 괴력회의 운명이 걸린 것을 잊지 말란 말이다!"

야장들은 소리 없이 눈물을 삼켰다.

그들이 꿈꿔 온 야장으로써의 미래는 이런 게 아니었으니까.

그 순간 웃고 있던 구광의 등 뒤에서 서늘한 음성이 울려 퍼졌다.

"그게 누굴 위한 회(會)지?"

낯선 음성에 구광이 두 눈을 치켜 떴다.

"뭐?"

주변을 호위하거나 야장들을 감시하는 서검당의 무사들은 서로를 쳐다보며 고개를 저었다.

그 순간.

제작이 완성된 용골차 위에 방갓을 쓴 검은 장포 괴인 한 명이 사뿐히 착지했다.

"웬 놈이냐!"

괴인은 대답하지 않았다.

대신 구광의 등 뒤에서 서늘한 음성이 들려왔다.

"네놈의 주둥이부터 찢어 죽이는 게 좋겠군."

구광은 온몸의 솜털이 곤두선 긴장감을 느꼈다.

'다가온 기척도 못 느꼈건만!'

구광 뿐 아니라 그의 주변에 포진한 서검당의 무사들도 깜짝 놀라며 병장기를 뽑았다.

스릉! 스릉!

그의 등 뒤에 자리 잡은 백훈이 구광의 목덜미에 검을 들이댔다.

이미 백훈은 야장을 끌고 가던 무사들을 베어 버린 뒤였다.

하지만 그때였다.

하얗게 질린 줄 알았던 구광의 표정에 조금씩 미소가 깔리기 시작했다.

"태은희 그년이 수완이 좋긴 좋구나. 천하의 산동악가가 그년을 위해 여기까지 오고."

용골차에 올라서 있던 악운의 눈에 이채가 흘렀다.

'우리를 안다.'

백훈 역시 담담한 표정을 유지했지만, 두 사람의 침묵은 이미 대답이나 다름없었다.

"여긴 괴력회의 터전이며 태은희 그년은 우리가 평생을 쫓아온 숙적이니라. 대놓고 들어온 외지인의 정체들을 파악 못할 만큼 우리가 우스웠더냐."

백훈이 조소했다.

"어이, 그래 봤자 달라질 건 없어."

"우리가 제작하는 것은 농기구, 병기, 마차, 수레, 천하에 필요한 수많은 것이다. 괴력편장의 명성이 좋긴 좋더군. 거부들은 물론 수많은 고수들도 천금(千金)을 싸들고 와서 우리에게 투자했지."

위화감을 느낀 백훈의 눈에 미묘하게 들쑥날쑥한 바닥이 보였다.

기문진식이다.

"밑이야!"

백훈이 소리친 그때.

땅 밑 곳곳에서 숨겨져 있던 구멍이 개방되고, 검푸른 독무(毒霧)가 흘러나왔다.

"젠장."

백훈이 황급히 숨을 멈추며 검을 휘둘렀다.

시간 끌 때가 아니었다.

콰악!

뻗힌 검은 정확히 구광의 목을 꿰뚫었다.

하지만 피를 뱉어 내는 구광의 얼굴에 들썩이는 면피(面皮).

'인피면구!'

애초부터 백훈이 잡은 건 구광이 아니라 구광 역할을 한 가짜였던 것이다.

그 찰나 작업장에 있던 야장들이 빠르게 쓰러지기 시작했다.

"우에엑!"

"커헉!"

"사, 살려 줘!"

사방을 뒤덮은 독무는 작업장 전체에 퍼져 나가며 야장들을 하나둘 쓰러트렸다.

그뿐이 아니었다.

사방에 퍼진 독무 주변으로 하나둘 그림자가 일렁이며 나타나기 시작했다.

"네놈들이로구나, 호호."

어깨 위에 황색 매듭을 멘 창백한 여인이 뱀처럼 요사하게
웃었다.

"대자사에 있었던 문도들을 죽인 자들이……."

하필 대자사의 악연이 부활하고 있었다.

흑로가 도심을 점거한 채 걸어 나왔다.

"지켜보고 있었던 건 너희들이 아니라 우리다."

그의 말이 끝나기 무섭게 각 골목에서 나머지 사형제들이
무사들을 이끌고 걸어 나왔다.

구광과 서검당(西劍黨).

철정봉의 남창당(南槍黨).

곽중의 북도당(北刀黨).

항곡심의 동패당(東覇黨).

여기에 그들이 식객을 데리고 있는 고수들이 속속들이 모
습을 드러냈다.

그중 검은 안대를 찬 외눈박이 도객(刀客)이 입을 열었다.

"흑 회주, 저자요?"

"그렇소."

"어디 산동악가 가솔들 실력이나 한번 볼까."

호사량이 신음을 흘리듯 읊조렸다.

"……단정도(斷情刀) 허진까지 영입했던가."

단정도(斷情刀), 허진.

호사량도 용모파기를 접해 봤을 만큼 악명이 높은 사파 고수였다.

위협이 된 자는 반드시 그 눈을 뽑아간다는 절정 고수로 지금의 호사량에게는 결코 쉽지 않은 상대였다.

'이자가 여기 머물고 있었던가.'

호사량은 빠르게 주변을 훑었다.

마을 전체를 아우를 만큼 천라지망을 펼친 놈들은 이미, 전력을 끌고 온 듯했다.

항곡심이 킬킬댔다.

"네놈들의 소가주를 기다려 봐야 소용없느니라! 지금쯤 본회의 귀한 손님들이 진귀한 독을 선사하고 계실 테니!"

서태량이 중얼거렸다.

"소가주가 그곳에 갈 줄 어찌 알고……?"

호사량의 눈빛이 예리해졌다.

"소가주를 예상한 게 아니라 우리 중 누군가가 저들의 사업장으로 향할 것이란 걸 예상한 것이오. 그게 하필 소가주였을 뿐. 만약 우리가 갔었다면 우릴 중독시켜 소가주를 핍박했겠지."

철정봉이 희미한 미소를 흘렸다.

"제법이로구나."

뒤따라 구광 역시 의기양양하게 웃었다.

"태은희, 이년! 드디어 네년의 목을 가져갈 수 있겠구나. 이 얼마나 기다려 온 일이냐. 먼저 간 네 아비가 얼마나, 너를 보고 싶어 하겠느냐."

태은희는 입술을 앙다물었다.

그들로부터 정말 오래토록 도망쳐 왔다.

그렇게 돌고 돌아 다시 이곳에 섰다.

"아버지께서 보고 싶어 하시는 건 내가 아니라 너희야. 누가 먼저 저승에 갈지 두고 보자."

흑로가 혀를 찼다.

"주제도 모르고 설치는 건 예나 지금이나 여전하구나. 쯧쯧! 뭣들 하느냐! 당장 쳐라!"

그때였다.

쐐애애액! 쾅!

검 한 자루가 지붕 위쪽에서 날아와 푸른 벼락처럼 내리꽂혔다.

유독 푸르고 시린 검에 새겨진 검명은 소왕(小王).

이어서 푸른 장포를 펄럭이며 한 인영이 사뿐히 대치 한가운데 내려앉았다.

이윽고.

소왕이란 검을 집어 든 사내는 앞에 놓인 이들은 신경 쓰지 않는 듯 호사량의 앞으로 유유자적 걸어왔다.

"산동악가는 보통 손님과 만남을 가질 때 전장 한가운데로 초대하오?"

눈살을 찌푸린 남궁진이 무척 불편한 기색으로 호사량을 응시하고 있었다.

다음 권으로 이어집니다

천하무적 운가장

운천룡 신무협 장편소설

**무공은 신의 경지지만 세상은 처음!
사부를 위해 강호 무림 절대자들이 모였다!**

자신이 얼마나 오래 살았는지조차 모르는
불사의 육체를 가진 운천룡

세상을 향해 나가려 할 때마다
거둬들인 세 명의 제자들
하나씩 하산시키고 나니 너무 보고 싶다!

단 한 번도 속세로 나가 본 적이 없던 천룡은
제자들을 만나기 위해 드디어 길을 나서는데……
제자들의 신분이 범상치 않다?

**강호 삼황과 함께하는 무림 생활
어서 오세요, 운가장입니다!**

유우리 퓨전 판타지 장편소설

상위 0.001%
랭커의 귀환

**현실이 된 던전 아포칼립스 게임
빚더미 취준생에서 영웅이 되다!**

서비스가 종료된 망겜 '드림 사이드'
그리고 드림 사이드 2 오픈일에 돌아온 건……

[#0115 채널이 개설되었습니다.]
[환영합니다. 이곳은 '지구 에어리어'입니다.]
[퀘스트가 도착했습니다.]

N포조차 아닌 N무 세대 강서준
바뀌어 버린 이 세상에서 그가 가진 최고의 무기
극악의 난이도인 드림 사이드 랭킹 1위!

**천외천 중의 천외천 플레이어
나만 이 게임을 공략할 수 있다!**